Das Buch

Alles muss anders werden: Genervt von schlechter Luft, ewiger Parkplatzsuche und Baulärm vor ihrer Kölner Wohnung beschließt Kiki, mit Max und ihrer einjährigen Tochter Greta aufs Land zu ziehen. Erst vor Kurzem hat sie sich auf einer Reise durch die Mecklenburgische Seenplatte frisch verliebt: in ein leer stehendes Schulgebäude mit Türmchen. Sofort war ihr klar: Hier eröffne ich ein Bed & Breakfast für gestresste Stadtbewohner. Das Haus entpuppt sich allerdings als komplette Bauruine. Drei Wochen vor der Eröffnung muss Kiki einsehen, dass sie es nicht allein schafft. In den Gästezimmern sieht es aus wie Kraut und Rüben, dafür herrscht auf den Beeten, in denen Biogemüse für die Gäste wachsen soll, gähnende Leere. Wie gut, dass die Dienstagsfrauen ihr mit Rat, Tat und ungebremstem Heimwerkertrieb zur Seite stehen. Statt zur feierlichen Eröffnung reisen die vier Freundinnen an, um kräftig mit anzupacken. Jede bringt ein Stück von ihrem Alltag mit. Außer Caroline, die hat einen Mann im Schlepptau, der ihr nicht geheuer ist.

Streit, Lügen, Verrat, selbst Kikis Umzug in den Osten: Nichts kann die Dienstagsfrauen auseinanderbringen. Höchstens ein Mann. Ein Mann mit Charme und geheimer Agenda.

Die Autorin

Monika Peetz ist die Autorin der Bestseller »Die Dienstagsfrauen« und »Sieben Tage ohne«. Beide Romane um die fünf Freundinnen verkauften sich allein im deutschsprachigen Raum über eine Million Mal. Ihre Bücher erscheinen in 24 Ländern und sind auch im Ausland Bestseller. »Die Dienstagsfrauen« wurde verfilmt mit Ulrike Kriener, Saskia Vester, Nina Hoger, Inka Friedrich u.a. Die Verfilmung von »Sieben Tage ohne« wird im Dezember 2013 im Ersten zu sehen sein.

Monika Peetz ist Jahrgang 1963, sie studierte Germanistik, Kommunikationswissenschaften und Philosophie in München. Nach Ausflügen in die Werbung und ins Verlagswesen war sie Dramaturgin und Redakteurin beim Bayerischen Rundfunk. Seit 1998 lebt sie als Drehbuchautorin in Deutschland und den Niederlanden. Jüngste Filmprojekte: »Und weg bist du« mit Christoph Maria Herbst und Annette Frier und »Deckname Luna« mit Anna Maria Mühe, Götz George und Heino Ferch.

KiWi
1345

DIE DIENSTAGSFRAUEN ZWISCHEN KRAUT UND RÜBEN

Monika Peetz

Roman

Kiepenheuer
& Witsch

Verlag Kiepenheuer & Witsch, FSC-N001512

1. Auflage 2013

Umschlaggestaltung: Barbara Thoben, Köln
Umschlagmotiv: © Kurt Steinhausen
Autorenfoto: © Bettina Fürst-Fastré
Gesetzt aus der Aldine 401 Regular
Satz: Wilhelm Vornehm, München
Druck und Bindung: CPI books GmbH, Leck
ISBN 978-3-462-04565-9

Für Pia und Paula Rehklau

1

Es hatte so einfach ausgesehen: Türen ausbauen, Schubladen rausziehen, den Korpus aus Birkenholz hochwuchten und dann im Schneckentempo das Treppenhaus nach unten. Schritt für Schritt. 42 Stufen. Von da waren es nur noch ein paar Meter bis zum Umzugswagen.

Die kleine Wohnung, die ewige Parkplatzsuche, Lärm und Abgase: Kiki hatte viele gute Gründe, vom Kölner Eigelstein wegzuziehen. Im Umzugsstress fiel ihr kein einziger mehr ein. Wo blieb Max nur? Wie lange konnte es dauern, Greta zu Oma und Opa zu bringen? Max' Eltern hatten sich bereit erklärt, am Umzugstag auf ihre siebzehn Monate alte Enkelin aufzupassen. Seit Max das Designstudium abgeschlossen hatte, übernahm er ab und an Aufträge für die Firma seines Vaters. Ein explosives Gegengeschäft.

»Das ist bei denen wie bei Krieg und Frieden«, sagte Kiki immer. »Viel Krieg, wenig Frieden. Waffenstillstand gibt's bloß, wenn sie auf Greta aufpassen dürfen.«

Die Großeltern Thalberg unterhielten ein schwieriges Verhältnis zu ihrer Beinahe-Schwiegertochter, die wie ein Blitz in das Leben ihres Sohnes eingeschlagen war. Vermutlich bombardierten sie Max gerade mit gut gemeinten Ratschlägen, um ihn zu überzeugen, sich die Sache mit dem Umzug noch mal zu überlegen.

Kiki war froh, dass die Dienstagsfrauen ihr beim Umzug zur Seite standen. Caroline half Kiki beim schweißtreibenden Abstieg mit Kommode, Eva zerlegte Bücherregale, und Judith verstaute das kunterbunte Sammelsurium von Kikis Besitztümern in Kartons. Nur Estelle, die in ihrem figurbetonten Overall am ehesten nach Möbelpacker aussah, war verschwunden. Höchstwahrscheinlich kontrollierte sie in der Küche, ob der mitgebrachte Champagner bereits die richtige Temperatur für eine Pause hatte.

»Jeder so, wie er kann«, hatte Kiki als Losung ausgegeben.

Estelle konnte nicht viel und wollte noch weniger. Normalerweise täuschte die reiche Apothekersgattin reflexartig familiäre Verpflichtungen vor, bevor jemand das Wort Umzugshilfe auch nur ausgesprochen hatte. Seit Stiefsohn Alexander jedoch samt angetrauter Stiefschwiegertochter nach Köln gezogen war, um Estelles Mann bei der Führung des Unternehmens zu unterstützen, erschien ihr jeder Umzug attraktiver als ein Familientreffen.

Von der Straße schallte aufgeregtes Stimmengewirr. Auf dem Bürgersteig diskutierte Zekeriya, Kikis türkischer Nachbar vom Brautmodengeschäft, mit den Besuchern des benachbarten Wettbüros über die zweckdienliche Beladung des Umzugswagens. Eigentlich hatten sich die Wettkönige in spe nur zum Rauchen auf der Straße versammelt. Das hielt sie nicht davon ab, dezidierte Meinungen zu vertreten. Zu wetten gab es an diesem frühen Sonntagmorgen nichts, zu palavern umso mehr. Zekeriya beharrte darauf, Diesel im Blut und deswegen grundsätzlich recht zu haben. Sein Opa, Vater, Bruder, sämtliche Onkel und Schwager verdienten ihr Geld im Im- und Exportgeschäft. Es war ihm eine Ehre gewesen, für Kiki und Max kostengünstig einen Lkw zu organisieren. Außer einem Zehnersatz »Leuchtbild Wasserfall mit realistischem 3-D-Bewegungseffekt« war der Laster leer. Immer noch. Kiki und Caroline waren mit der Kommode auf der ersten Biegung im Treppenhaus hängen geblieben. Da half kein Drehen, kein Wenden, kein Fluchen und Lamentieren. Kiki klemmte zwischen Geländer und Schrank fest. Das Gewicht der Welt lastete auf ihren Unterarmen. Es ging weder vor noch zurück.

»Aufs Land ziehen? So ein Unsinn!«, schimpfte sie. »Welcher Dämon hat mir bloß ins Ohr geflüstert, dass ich meinem Leben einen neuen Dreh geben muss? Ich schaff noch nicht mal die Kurve im Treppenhaus.«

»Rein theoretisch kann das Ungetüm nie in deiner Wohnung gewesen sein«, stöhnte Caroline mit hochrotem Kopf. Mit letzter Kraft stemmte sie die Kommode ein Stück höher.

»Mehr nach links. Nach links. Meine Hand«, brüllte Kiki. Die Kanten des Schranks schnitten ihr scharf ins Fleisch. »Wer sagt, dass man nicht auch in einer Stadtwohnung Kinder großziehen kann. Notfalls im Treppenhaus«, ächzte sie.

Bei Caroline machte sich zunehmend Verzweiflung breit: »Tu irgendwas, dreh um!«

»Geht nicht«, schrie Kiki zurück. »Ich stecke fest.«

Ihre panischen Stimmen hallten bis auf die Straße.

»Ihr hättet die Kommode hochkant nehmen müssen«, meldete Judith sich aus dem Hintergrund. Sie verkannte, dass in dieser Lage alles gebraucht wurde, nur kein guter Ratschlag. Die Kraftausdrücke und Verwünschungen, die augenblicklich aus Carolines Mund auf sie niederprasselten, waren ein zarter Abglanz des rüden Umgangstons, den

Carolines Klienten in die Kanzlei der Strafverteidigerin trugen. Im Treppenhaus brachten sich die selbst ernannten Umzugsexperten vom Bürgersteig in Position, um ihrer zukünftigen Exnachbarin Kiki zu zeigen, wo es langging. Qua Kommode. Rein theoretisch jedenfalls.

2

Judith flüchtete ins Schlafzimmer. Zu Estelle.

Die hatte sich in der letzten Ecke verbarrikadiert und versuchte, so unsichtbar wie möglich zu wirken, während im Treppenhaus der dritte Balkankrieg ausbrach.

»Ich drücke mich nicht«, verteidigte Estelle sich präventiv. »Ich kümmere mich um den artgerechten Transport der Topfpflanzen.«

Hingebungsvoll wickelte sie einen überdimensionierten Stachelkaktus in Noppenfolie. »Den bekommst du sonst nicht nach unten«, erklärte Estelle. »Es sei denn, du stehst auf botanische Tätowierungen.«

»Ich wundere mich, dass das Gewächs bei Kiki überlebt hat«, bemerkte Judith. »Kiki hatte noch nie Interesse an Grünzeug.«

Estelles Vermutungen waren eindeutig: »Der sieht aus wie ein Dildo. Vielleicht liegt es daran.«

Kikis Männerverschleiß war in der Dienstagsrunde legendär. Doch seit Kiki den dreizehn Jahre jüngeren Max Thalberg kennengelernt hatte und Mutter geworden war, war alles anders geworden. Die Großstadtpflanze hatte beschlossen, ihr bisheriges Leben hinter sich zu lassen. Tschüss, lange Abende am Brüsseler Platz, auf Wiedersehen, Hallmackenreuther, E-Werk, Six Pack und King Georg, bye

bye, »Coffee to go«, adieu, Dienstagsfrauen. Und das alles für einen höheren Zweck.

»Greta soll nicht in der Stadt aufwachsen und glauben, Milch wächst bei REWE im Kühlregal«, hatte Kiki ihren radikalen Schritt begründet. Das Honorar, das sie für ihren Designauftrag für die Kaffeehauskette »Coffee to go« erhalten hatte, investierte sie in ein neues Leben. Kiki und Max waren glückliche Neubesitzer einer Hypothek und einer renovierungsbedürftigen alten Schule mit ausreichend Land für grüne Selbstversorgerträume. In Mecklenburg-Vorpommern. Zu etwas anderem hatten die Finanzen der jungen Familie nicht gereicht.

»Neunzig Minuten nach Berlin, neunzig Minuten nach Hamburg, neunzig zum Meer«, begeisterte sich Kiki.

Die Entfernung zwischen Köln und ihrem neuen Wohnort ließ sie im Ungenauen. Kiki hatte das alte Schulgebäude auf einer Reise durch Mecklenburg-Vorpommern entdeckt. Hinter dem Haus befand sich ein 3400 Quadratmeter großes Grundstück mit altem Obstbaumbestand, eigenem Seezugang samt pittoresker Fischerhütte und einer eingefallenen Scheune, die abgerissen werden durfte. Aber wozu etwas abreißen, aus dem sich noch etwas machen ließ? Kiki war von dem geschichtsträchtigen Ort auf den ersten Blick begeistert gewesen. Ihre Bank weit weniger. Freiberufler? Kein gesichertes Einkommen? Noch nicht mal verheiratet? Und das Eigenkapital – war das alles? Was Kiki für unermesslichen Reichtum hielt, weckte in der Kreditabteilung der Sparkasse am Eigelstein ein müdes Lächeln. Selbst Kikis brillante Geschäftsidee, die alte Schule zu einem Bed & Breakfast für ruhebedürftige Großstädter und Ökotouristen auszubauen, hatte die Zahlenfetischisten bei der Bank nicht überzeugt. Erst Estelles Zusage, für ein halbes Jahr eine bestimmte Anzahl von Zimmern für eines ihrer Charityprojekte anzumieten, hatte die Bank gnädig gestimmt. Das lag vor allem daran, dass Estelle diese Zusicherung mit einer Vorauszahlung untermauern würde. Estelle begeisterte die Aussicht, Kindern aus sozial schwachen Familien zu kostenlosen Ferienaufenthalten bei Kiki zu verhelfen. Sie liebte ihre Charity-Arbeit. Solange das Engagement nicht mit körperlichem Einsatz verbunden war.

Die Dienstagsfrauen hatten alle fünf Kontinente bereist, sie hatten als Weltbürger die exotischsten Landstriche durchstreift. Die Mecklenburger Seenplatte kannte keine. Was könnte exotischer sein, als zwischen Hühnern, Kühen und Stadtflüchtlingen ein neues Leben zu beginnen?

Es war bald zwanzig Jahre her, dass sich die fünf Frauen bei einem Französischkurs am Kölner Institut français kennengelernt hatten. Bis heute kamen sie an jedem ersten Dienstag im Monat zusammen. Doch jetzt würde alles anders werden. Der Umzugstag fiel auf den elften November. Selbst die Pappnasen, die auf dem Weg zum Neumarkt waren, um die Karnevalssession zu eröffnen, konnten dem trüben grauen Tag keinen heiteren Anstrich verleihen. Mit jedem Karton, der geschlossen, mit jedem Möbelstück, das vom Umzugswagen verschluckt wurde, entschwand Kiki ein Stück mehr aus dem Leben der Dienstagsfrauen.

Judith bewunderte Kiki für ihren Mut. Sie selbst war nach den zahlreichen Veränderungen in ihrem Leben, die sie in den letzten Jahren durchlitten hatte, allergisch gegen allzu viel Neubeginn. Judith hasste Abschiede jeder Art. Die Mittagspause fand bereits in einem halb leeren Wohnzimmer statt. Ohne Kikis fröhliche Einrichtung offenbarte die Wohnung ihre ursprüngliche Hässlichkeit. Die Freundinnen machten es sich mit den verbliebenen Sofakissen auf dem Boden bequem. Als Tisch diente eine Umzugskiste mit dem kecken Aufdruck »Ruhe im Karton«. Darunter war in Kikis Handschrift »Küche unwichtig« vermerkt. Es war die Sorte Karton, die gemeinhin von Keller zu Keller umzog und später von Erben unbesehen entsorgt wurde. Doch Kiki hatte aussortiert. »Küche unwichtig« ging direkt zum Sozialkaufhaus in Nippes, wo die abgedankten Haushaltsgegenstände für einen guten Zweck verkauft wurden.

Kiki hatte sich vorgenommen, vernünftiger mit eigenen und fremden Ressourcen umzugehen.

»Der Mensch braucht 300 Gegenstände zum Leben«, verkündete sie. »Ich hatte mindestens 10000. Das meiste habe ich nie benutzt.« Kiki war entschlossen, ein einfacheres, ehrlicheres Leben zu führen. »In und mit der Natur«, betonte sie.

Judith konnte weder etwas essen noch sagen. Genau wie ihre Freundinnen hatte sie Mühe, Kiki ziehen zu lassen. Bei thailändischem Curry vom Imbiss und französischem Champagner redeten die Dienstagsfrauen alle ein bisschen lauter und schneller als notwendig, als wollten sie die leeren Räume ein letztes Mal zum Klingen bringen.

Eva hatte Tränen in den Augen. »Zu scharf, das Curry«, log sie.

Caroline war wie üblich weniger zurückhaltend: »So wie früher wird es nie wieder sein«, seufzte sie wehmütig.

»Gott sei Dank«, meinte Kiki unbeeindruckt. »Ich sehne mich nicht nach meinen unordentlichen Jahren zurück. Wer will schon noch mal zwanzig sein?«

»Ich«, entgegnete Estelle nüchtern. »Dafür verzichte ich gerne auf die Altersweisheit.«

Kikis iPad wurde herumgereicht. Kritisch begutachtete

Judith die neuesten Fotos vom zukünftigen Zuhause der kleinen Familie.

»Wir ziehen in die Lehrerwohnung im Dachgeschoss. Und dann fangen wir im Mitteltrakt an«, erklärte Kiki und wies auf den hohen Giebel mit Türmchen und alter Schuluhr, der das zweistöckige Gebäude in zwei gleiche Hälften teilte. »Der Frühstücksraum und die Küche kommen in die ehemalige Aula, die Fischerhütte und die Klassenzimmer werden nach und nach zu Fremdenzimmern umfunktioniert.«

Der Plan war einfach: In der Hauptsaison war die Frühstückspension für Einzelgäste reserviert, in den anderen Monaten sollte sie zu einem reduzierten Preis Estelles Stiftung zur Verfügung stehen. Kiki begeisterte der Gedanke, dass die Sandkrugschule nicht allein Besserverdienenden vorbehalten blieb. Schon im nächsten Sommer sollte ihr Bed & Breakfast eröffnen.

Wie immer bei Verliebtheiten war es schwierig, das unsichtbare Wunder in Worte zu verpacken und anderen zu vermitteln. Keine der Freundinnen wagte, einen kritischen Kommentar abzugeben. Man musste kein Bauexperte sein, um zu begreifen, dass die Gebäude unter die Kategorie »einstürzende Altbauten« fielen.

Kiki verstand auch so, was die betroffenen Mienen bedeuteten: »Es steht seit acht Jahren leer«, sagte sie betont munter. »Es gibt einiges zu renovieren.«

»Ich hätte den Mut nicht«, gab Eva ehrlich zu. Als vierfache Mutter und Ärztin in Teilzeit lavierte sie jeden Tag aufs Neue an der Grenze der eigenen Belastbarkeit. Sie konnte sich beim besten Willen nicht vorstellen, wie Kiki das schaffen wollte. Ein Baby? Die freiberufliche Arbeit als Designerin? Und dann noch mal so eben 475 Quadratmeter Nutzfläche von Grund auf renovieren? Vom selbst angebauten Gemüse, das zu Kikis Traum vom Leben auf dem Lande unabdingbar dazugehörte, ganz abgesehen.

Estelle konnte der Idee, ein Bed & Breakfast zu führen, durchaus etwas abgewinnen. »Ich habe das auch: Bei jedem Urlaub denke ich, ich sollte ein Hotel im Süden eröffnen. Palmen, Sonne, Strand, Urlaub für immer. Fünf Minuten nach der Landung zu Hause hab ich's wieder vergessen.«

Während die Dienstagsfrauen nur vorsichtig Zweifel äußerten, fand Max' Vater zum Abschied deutliche Worte. Als Umzugshelfer und Babysitter am späten Nachmittag am vollen Lkw für eine letzte Umarmung aufeinandertrafen, brach es aus ihm heraus.

»Ich gebe euch ein Jahr, dann seid ihr wieder in Köln«, prophezeite er.

Das Urteil von Johannes Thalberg fiel vernichtend aus. Der Designpapst hielt das meiste von dem, was sein Erstgeborener Max veranstaltete, für eine Schnapsidee. Die Verbindung mit seiner ehemaligen Angestellten Kiki gehörte dazu. Und Schrottimmobilien im Osten sowieso.

»Ich weiß gar nicht, wie ihr das stemmen wollt«, sagte er.

Als Chef einer international renommierten Designfirma hatte er Übung darin, eine schlechte Idee auch eine schlechte Idee zu nennen.

»Das Rad, das Auto, der erste Computer: Ohne Schnapsideen wären wir immer noch im Mittelalter«, meinte Max lässig.

»Das ist noch kein Grund, sich dorthin zurückzukatapultieren«, entgegnete Thalberg. Max' Eltern war die Vorstellung, dass ihr diplomierter Sohn nach vier Jahren Designstudium in London auf einer kleinen Scholle im

Osten den Hobbybauern, Teilzeitselbstversorger und Pensionswirt geben wollte, zutiefst suspekt.

»Selbst Michelle Obama züchtet im Weißen Haus Karotten«, sprang Caroline dem jungen Paar bei. »Das will was heißen.«

Max startete den Motor: »Im Sommer ist alles fertig«, rief er durch das Fenster, »dann kommt ihr uns alle besuchen.«

Kiki drückte ihren Freundinnen noch schnell ihre nagelneuen Visitenkarten in die Hand.

»Nicht verwechseln mit Bierkowo«, warnte Kiki. »Das liegt in Hinterpommern.«

»Birkow, Hirtenweg 4«, las Judith. Das klang nach Abgeschiedenheit und Einöde.

»Von dort kann es nicht mehr weit nach Hinterpommern sein«, meinte Estelle.

Greta lachte auf. Sie thronte auf Kikis Arm und quietschte fröhlich ob der Luftschlangen, die ein paar Karnevalisten auf sie niederregnen ließen.

Kiki fiel es schwer, sich loszureißen. »Auf dem Land können wir uns viel besser um Greta kümmern«, betonte sie. »Mit dem Bed & Breakfast sind Max und ich unabhängig von Aufträgen.«

Ihre Stimme wackelte. Seit Wochen hatte Kiki mit Feuereifer den Plan vorangetrieben. Jetzt, wo es ernst wurde, sah sie aus, als wollte sie in Tränen ausbrechen.

»Bloß weil Kiki nicht mehr jeden Monat ins Le Jardin kommt, heißt das noch lange nicht, dass die Dienstagsfrauen aufhören zu bestehen«, betonte Caroline.

»Es wird einfach anders«, tröstete Kiki ihre Freundinnen. Wie das aussehen sollte, konnte sich keine so recht vorstellen.

Eine letzte Umarmung, ein letztes Winken, und dann war es vorbei. Mit lautem Gehupe bog der Lkw vom Eigelstein Richtung Hansaring ab. Kiki verschwand aus ihrem Leben, einem unbekannten Ziel entgegen. Köln wirkte gleich ein Stück grauer.

»Ein Gutes hat es«, meinte Estelle und schluckte schwer. »Es wird in diesem Jahr keine Diskussion geben, wohin der Jahresausflug der Dienstagsfrauen gehen soll.«

3

Normalerweise diskutierten die Dienstagsfrauen einen ganzen Abend, um sich auf einen Urlaubsort für den jährlichen Ausflug zu einigen. Das Ziel war diesmal nicht das Problem, dafür benötigten sie ein geschlagenes halbes Jahr, um einen gemeinsamen Termin zu finden.

»Andere bekommen in der Zeit ein Kind«, übertrieb Judith. Fakt war, dass sie in den vergangenen Monaten oft die Einzige gewesen war, die am ersten Dienstag im Monat Zeit hatte. »Es bleibt alles beim Alten«, hatten sich die Dienstagsfrauen am Umzugstag versprochen. Und dann war alles anders geworden. Fast unmerklich war die Runde auseinandergefallen. Caroline war in einem spektakulären Entführungsfall zur Pflichtverteidigerin ernannt worden, Estelle rund um die Uhr damit beschäftigt, ihren Mann aufzubauen, der nach einem Schwächeanfall kürzertreten musste, und Eva ruderte an allen Fronten. Eine SMS von Kiki gab letztendlich den Anstoß, Nägel mit Köpfen zu machen: »Wenn ihr zufällig Zeit habt, ich könnte ein paar helfende Hände gebrauchen. Schnell.« Eva kannte Kiki seit ihrem 18. Lebensjahr. Kiki hatte das unschätzbare Talent, in allen und allem immer nur das Beste zu sehen. So eine SMS bedeutete: Land unter. Und zwar ganz akut.

Plötzlich ging alles ganz schnell. Die Woche vor Pfingsten wurde als Reisetermin festgelegt, am Freitag wollten sie aufbrechen. Eva freute sich, dass es endlich losging. Sie hatte alles so weit unter Kontrolle, dass sie dem Ausflug der Dienstagsfrauen gelassen entgegensehen konnte. Ihre Ältesten, David und Lena, waren inzwischen siebzehn und sechzehn, Frido jr. vierzehn und die Kleinste, Anna, auch schon zwölf. Die Kinder waren vorgewarnt, Ehemann Frido räumte bereits den Supermarkt leer, um Vorräte für eine Woche ohne Eva zu horten, und ihre Mutter Regine, die Eva gerne für sich vereinnahmte, übte sich auf Lanzarote mit einem indischen Guru in schamanischer Zupfmassage. Nach Dienstende wollte Eva mit Estelle und Judith im Gartencenter ein paar grüne Mitbringsel kaufen. Dann war alles geregelt. Nichts sollte mehr dazwischenkommen. Nichts außer einem Anruf vom Erzbischöflichen Gymnasium. Er ereilte sie im Krankenhaus, zehn Minuten vor Dienstende. Ihre vier Kinder besuchten alle die gleiche Schule. Allein der Anblick der Nummer auf dem Display des Telefons setzte Evas Fantasie in Gang. Die Bandbreite der Schreckensmeldungen, die bei solchen Telefonaten auf sie zukamen, variierte von »Wir brauchen jemanden, der beim Sommerfest hilft« über »Ihr Kind hat den Elternbeitrag zur Klassenfahrt nicht bezahlt« bis zu »Es gab da ein Unglück beim Sportunterricht«. Heute war es besonders schlimm. Heute fehlte die Angabe von Gründen. Am anderen Ende der Leitung wartete die Schulsekretärin mit der nüchternen Mitteilung auf, dass Herr Krüger sie am Nachmittag zu einem Termin bat. Eva kannte den neuen Rektor des Gymnasiums nur von einem Vortrag, bei dem er über den »3-D-Cyber-Classroom« der Zukunft doziert hatte. Worum es konkret ging, wollte die Sekretärin nicht enthüllen, nur das eine: »Es ist dringend. Sehr dringend.« Frido hatte wie üblich keine Zeit. Sie durfte sich Krüger alleine stellen.

»Was ist in der Schule los?«, schrieb Eva in einer SMS an alle vier Kinder. Die Straßenbahn zuckelte gemächlich durch die Stadt Richtung Gymnasium und gab ihren mütterlichen Schuldgefühlen ausreichend Zeit, sich zur Stelle zu melden. Eva klickte durch ihre Mails. Außer Einladungen zu Klassenabenden, Elternstammtischen und der pädagogischen Gesprächsrunde des Elternbeirats gab es keine Mail, die etwas mit Schule zu tun hatte. In Evas Kopf mahlte es. Auswahl an Themen gab es reichlich: David hatte zwei Verweise wegen chronischen Zuspätkommens kassiert, Lenes Leistungen bewegten sich, seit sie einen Freund hatte, in den unteren Kellerregionen, ihre Jüngste, Anna, lag im offenen Clinch mit der Mathelehrerin, und Frido jr. brachte mit seiner Besserwisserei das ganze Lehrerkollegium auf die Palme. Dass er tatsächlich vieles besser wusste als seine studierten Lehrer, machte die Sache nicht einfacher.

Wie lange brauchte die Straßenbahn bloß für die kurze Strecke? Auf der Suche nach Ablenkung wanderte Eva auf ihrem Smartphone zu Kikis Blog, der mit der kecken Überschrift »Bauruine gesucht und gefunden« versehen war. »41 Fenster, 19 Räume und große Pläne«, stand in Kikis erstem Beitrag. »Strom, Gas und Wasser lassen wir vom Fachmann machen, der Rest wird Eigenleistung.«

Eva wurde schummrig angesichts der Bilder von entkernten Räumen, schiefen Decken, fehlenden Fußböden und lose im Raum hängenden Leitungen. »Stil Dresden 1945«, lautete die selbstironische Bildunterschrift. »Uns geht es großartig.«

»Das heißt gar nichts«, hatte Estelle den Eintrag bei einem der Dienstagstreffen kommentiert. »Kiki fände es selbst auf der Titanic großartig. Wann begegnet man schon mal einem Eisberg?«

Neue Einträge und Fotos gab es schon lange nicht mehr. Nach den euphorischen Posts über den Anfang der Renovierungsarbeiten blieb es still in Mecklenburg-Vorpommern. Der Satz »Hast du was von Kiki gehört?« war längst zum Mantra der Dienstagsfrauen geworden. Jedes Telefonat, jede zufällige Begegnung, jedes Treffen begann und endete bei der Freundin. Wann immer Eva Kiki angerufen hatte, musste Greta gerade ins Bett, in die Badewanne oder zum Kinderarzt. Noch öfter war was mit der Telefonverbindung, Mauern mussten mit Lehm verputzt werden, Decken verkleidet, Wände gestrichen, Fußböden ausgesucht und verlegt, feuchte Stellen bekämpft oder ein Etappenabschnitt gefeiert werden. Es war höchste Zeit, persönlich in Birkow nach dem Rechten zu sehen. Wenn sie nur schon diesen Termin in der Schule hinter sich gebracht hätte.

Eva war bereits ein Nervenbündel, als sie die imposante Eingangshalle der Schule betrat. Statt des typischen Schulgeruchs, einer Melange aus Reinigungsmittel, Holzbänken, nassen Kinderjacken und muffigen Hausschuhen, die ihre eigene Schulzeit geprägt hatte, empfing sie eine moderne Eingangshalle mit einer digitalen Anzeigetafel. »Alle Zugänge zum Schulcomputer bleiben bis auf Weiteres gesperrt«, blinkte es dort in großen Lettern. Krügers neue Technik schien nicht ohne Tücken zu sein.

»Sie wissen, warum ich Sie einbestellt habe?«, schrie der Rektor sie an. Er musste laut werden, denn im Speichergeschoss kümmerten sich Handwerker geräuschvoll darum, die Klimaanlage vor dem Sommer einer längst fälligen Generalüberholung zu unterziehen. Eva konnte wahrlich Kühlung gebrauchen. Nach drei Treppen und tausend Schreckgespenstern im Kopf rann ihr der Schweiß in einem kleinen Bächlein den Rücken herunter. Wenn sie wenigstens den dicken Tweed-Blazer ausziehen könnte. Doch das ging leider nicht. In der morgendlichen Hektik hatte sie es gerade mal geschafft, die Vorderseite ihrer Bluse aufzubügeln. Sie ahnte, dass dieser Tag nicht zu retten war. »Einbestellt«, das Wort alleine.

Eva versuchte, einen möglichst kompetenten und gelassenen Gesichtsausdruck aufzusetzen, der vermitteln sollte, dass sie das Familienleben, ihre Teilzeitstelle im Krankenhaus, die vier Kinder und die Bügelwäsche im Griff hatte. Wieso ließ sie sich von jemandem beeindrucken, der ihr Sohn hätte sein können? Der Mann, der ihr an einem schweren Holzschreibtisch gegenübersaß, war mindestens zwanzig Jahre jünger als sie. Mit exaktem Scheitel im lockigen Haar, Sechzigerjahre-Brille und einem Anzugensemble aus schlammfarbenem Cord wirkte er, als hätte er sich nur als Schulleiter verkleidet. Vielleicht mischte er deswegen seiner voluminösen Stimme diese Prise väterlichen Tadels bei, die Eva bei Lehrern so hasste. Noch bevor das Vergehen bekannt war, fühlte man sich bereits als Delinquent.

»Um was geht es eigentlich?«, fragte Eva ungehalten.

»Ihr Sohn hat noch nicht mit Ihnen gesprochen?«, setzte Krüger seine Quizshow fort.

Der 50:50-Joker: Anna und Lene schieden also als potenzielle Übeltäter aus. Blieben David oder Frido jr. Welchem ihrer Söhne hatte sie diesen Auftritt zu verdanken? Der Rektor legte eine Kunstpause ein, um ihr Gelegenheit zu geben zu beweisen, wie gut sie mit ihren Teenagern kommunizierte. Eva schielte auf ihr Handy. Ihre elektronische Rundfrage, was sie in der Schule zu erwarten hätte, war unbeantwortet geblieben. Kein Wunder. SMS schreiben fanden ihre Kids so was von 2010. Heute kommunizierte man über WhatsApp. Wenn man in der Lage war, sich diese App herunterzuladen. War sie aber nicht.

»David ist heute Morgen wieder zu spät gekommen«, riet Eva, nur um eine Sekunde später festzustellen, dass sie die falsche Antwort gegeben hatte. Bis zu ihrer vorschnellen Bemerkung hatte der übereifrige Herr Krüger Davids schriftliches Attest auf dem Briefpapier des Krankenhauses für ein Original gehalten. Genauso wie Evas unleserliche Unterschrift. Eva fühlte sich mit einem Schlag unendlich müde. Viele Paare wünschten sich Kinder. Keiner wünschte sich Teenager. Am allerwenigsten Eva. Wenn es stimmte, dass Gehirne von Halbwüchsigen in der Pubertät umgebaut wurden, lebte Eva auf einer familiären Großbaustelle. Eines ihrer vier Kinder fand sich immer bereit, das Wohnzimmer zu vermüllen, den letzten Hausschlüssel zu verlieren, mit den vierzehn besten Freunden den Kühlschrank zu leeren oder Schulatteste zu fälschen. Sie nahm sich vor, gleich heute Abend das Elternbuch über die Pubertät zur Hand zu nehmen, das ihre wohlmeinende Mutter Regine ihr mitgebracht hatte. Vielleicht verriet der Ratgeber, wie man Tage wie diese überlebte. Wenn sie wenigstens etwas im Magen hätte. Schon beim Frühstück im Hause Kerkhoff war es drunter und drüber gegangen. David war nicht aus dem Bett gekommen, Lene beschwerte sich unter Verweis auf ihr stolzes Alter von sechzehn Jahren, dass sie nicht mit ihrem Freund übers Wochenende nach Amsterdam fahren durfte, und der kleinen Anna war um Viertel vor acht eingefallen, dass sie heute Stricknadeln und Wolle mitbringen musste. Als David beim dritten Weckruf die anstehende Mathearbeit mit dem Argument »Ich will Rapper werden, da braucht man kein Abitur« als sinnlos abtat, fragte sie sich, ob sie den Kampf um die Schulbildung ihres Erstgeborenen aufgeben sollte. Vielleicht musste sie akzeptieren, dass ihr Sohn Gefahr lief, die Frage nach dem ersten Menschen im Weltall mit Captain Kirk zu beantworten und Michelangelo für einen der Ninja Turtles zu halten. Nur Frido jr. hatte am Morgen geschwiegen. Wie üblich brütete er hinter seinem Computer über endlosen Zahlenkolonnen. Eva hatte darauf verzichtet, ihren täglichen Vortrag über den Esstisch als bildschirmfreie Zone zu halten, und entschied sich, stattdessen die Bluse für den Arbeitstag aufzubügeln. Auch wenn die Zeit nur noch für die Vorderseite reichte.

Krüger fächerte einen Stapel selbst gebrannter DVDs vor ihr auf. Die kopierten Cover zeigten ineinandergeknotete asiatische Frauen mit blanken Busen und gespreizten Beinen. Dazu ein beeindruckendes Arsenal an Samuraischwertern und viel Blut. Eva vermutete, dass die japanischen Schriftzeichen im Titel etwas wie »Kettensägenmassaker« oder »Massenmord im Bordell« heißen mussten. Sie hätte Frido jr. fragen können. Der lernte seit zwei Jahren Japanisch an der Schule.

»Gemeinhin nennt man diese Filme Asienschocker«, erläuterte der Rektor. »Ihr Sohn macht sich darum verdient, seinen Mitschülern fernöstliche Kultur zu vermitteln.«

Das Ziel des Japanischunterrichts am Erzbischöflichen Gymnasium war, nach drei Jahren sprachlich den Alltag im Land der aufgehenden Sonne zu bewältigen. Frido jr. hatte diese banale Herausforderung längst hinter sich gelassen.

»Erst hat Ihr Sohn die Filme verliehen«, erklärte Krüger.

»Leider war die Nachfrage so groß, dass er sich einen neuen Vertriebsweg ausdenken musste.«

Es dauerte einen Moment, bis sich die Geschichte bei Eva zusammensetzte. Frido jr. war nach Aussage von Krüger nicht nur perfekt in Japanisch, sondern zudem ein überaus talentierter Computerspezialist, dem eine große Karriere bevorstand. Bedauerlicherweise lebte er sein technisches Können am Schulserver aus, den er zur Abspielstation für Filme zweifelhafter Herkunft und noch zweifelhafterer künstlerischer Qualität umfunktioniert hatte. Frido jr. besaß den ökonomischen Verstand seines Vaters und hatte bereits 34 Abonnenten für seinen illegalen Kanal gewonnen. Kein Wunder, dass sein Bruder David sich keine Sorgen wegen seiner Mathearbeit machte. Wofür hatte man einen Hacker in der Familie?

»Ihr Sohn ist sehr begabt«, gab der Rektor zu. »Aber das ist noch keine Garantie für ein gelungenes Leben.«

Ein heftiger Schlag aus dem Obergeschoss untermalte donnernd seine warnenden Worte. Leise rieselte Putz von der Decke und legte einen weißen Schleier über die direktoralen Locken. Das bisschen Baustaub hielt Krüger nicht davon ab, sich in aller Breite über die Erziehungsziele des Erzbischöflichen Gymnasiums auszulassen, über Moral und gesellschaftliche Verantwortung zu dozieren, wobei er den ein oder anderen Philosophen und ein paar aktuelle pädagogische Ansätze zitierte. Eva rutschte nervös auf ihrem Stuhl hin und her. Ihre Muskeln verkrampften sich, ihr Herz pumpte das Blut immer schneller durch den Körper. Im Gesicht und am Hals spürte sie hektische rote Flecken aufblühen. Aus dem oberen Stock klangen die Schläge der Handwerker, im Kopf dröhnte der immer gleiche Satz durch ihre Gehirnwindungen. Ihre Existenz reduzierte sich auf ein einziges Problem, das ihr Denksystem in Beschlag nahm. Plötzlich und unerwartet war sie aufgetaucht, diese alles entscheidende Frage, die über Sein und Nichtsein entschied: Habe ich heute Morgen eigentlich das Bügeleisen ausgemacht?

»Es freut mich, dass Sie den Ernst der Lage erkennen«, lobte Krüger, der das Entsetzen, das Eva ins Gesicht geschrieben stand, fehlinterpretierte.

Eva dachte nur noch eins: Sie musste nach Hause. Jetzt sofort. Es gab Wichtigeres im Leben als die Verfehlungen eines Vierzehnjährigen, der seinen Schulalltag mit wahnwitzigen Geschäftsideen belebte. Eva konnte Krüger keine Sekunde länger zuhören. Die Vorahnung der nahenden Katastrophe wurde zur inneren Gewissheit. Die Kinder waren längst zu Hause. Würden die vier einen Schwelbrand im Schlafzimmer bemerken? Kohlenmonoxid war ein hinterhältiger Mörder.

»Wir bestehen darauf, dass Frido Mitwisser und Kunden preisgibt«, wetterte Krüger. »Wir verlangen die lückenlose Klärung aller Vorgänge.«

Was interessierte sie der Strafkatalog, den Krüger herunterbetete? Was bedeutete ein drohender Schulverweis? Ihr mütterlicher Instinkt verkündete, dass es um Leben und Tod ging. Sie spürte es körperlich. Eva war egal, was Krüger sagte und dachte. Nichts hielt sie mehr auf diesem Stuhl, in diesem Raum.

»Ich muss los«, grätschte Eva in Krügers Rede, die sich gerade den juristischen Implikationen und den damit verbundenen Kosten näherte. Sie griff wahllos ein paar der Filme, um ihre Bereitschaft zu signalisieren, sich mit den Verfehlungen ihres Sohnes auseinanderzusetzen, sprang wie von der Tarantel gestochen auf und machte einen

Schritt in Richtung Tür. Weiter kam sie nicht, denn genau in dieser Sekunde löste sich ein drei Meter großes Stück Deckenplatte. Eine Tonne Baumaterial krachte nieder und traf den Stuhl, auf dem Eva gerade noch gesessen hatte.

4

»Sie ist doch sonst so pünktlich«, wunderte sich Judith.

Am Tag vor Reisebeginn hatten sie sich zu dritt bei Estelle verabredet. In der Nähe der Heinemann'schen Villa gab es ein exklusives Gartencenter, wo sie ein Geschenk für Kiki kaufen wollten. Sobald Eva da war.

»Vielleicht ein Notfall«, klang Estelles Stimme dumpf aus dem begehbaren Kleiderschrank. Während die Freundin mit der Auswahl der passenden Urlaubsgarderobe beschäftigt war, brütete Judith über ihren Wahrsagekarten. Schauer jagten über ihren Rücken. Das Blatt, das sie vor sich ausbreitete, verhieß nur Schlechtes für den gemeinsamen Ausflug. In der obersten Reihe lagen die Karten, die für Reise, Veränderung und Todesfall standen, direkt nebeneinander. Keine gute Kombination. Judith schob die Karten auf Estelles Schminktisch zwischen Kristallfläschchen, mit Strass besetzten Dosen und edlen Flakons hin und her. Im vergoldeten Doppelspiegel konnte sie verfolgen, wie Estelle im Hintergrund zum vierten Mal den Koffer für Birkow umpackte.

»Versuchst du dich immer noch als Hellseherin?«, fragte Estelle.

»Ich glaube, der Mann hat mir die Karten ganz bewusst zugespielt«, antwortete Judith. »Der wusste, dass ich

Talent habe. Ich muss nur begreifen, wie sie funktionieren.«

Vor ein paar Wochen hatte ihr ein Gast im Le Jardin eine Karte aus einem Wahrsageset hinterlassen. Leider anstatt die Rechnung von 50,40 Euro zu begleichen. Zunächst war Judith wütend auf den Zechpreller gewesen, der sie mit einem antiquierten Fleißkärtchen abspeiste. Die Illustration stammte aus dem 19. Jahrhundert und zeigte ein rotwangiges blondes Mädchen im ordentlichen Schürzenkleid mit Rüschenunterrock und Schnürschuhen, das ein Goldfischglas in Händen trug. Im Hintergrund wartete ein kleiner Kavalier mit Blumenstrauß, in der rechten oberen Ecke stand »N°17. Geschenk bekom̄en«. Der Querstrich auf dem m deutete die Verdoppelung des Konsonanten an. Dass es sich nicht um herkömmliche Fleißkärtchen handelte, entdeckte Judith am nächsten Tag, als sie in ihrer esoterischen Stammbuchhandlung auf ein mysteriöses Buch stieß. *Du weißt mehr, als du denkst* lautete der Titel. Auf dem Cover war dieselbe Karte abgebildet. Es war ein Nachschlagewerk für den Gebrauch von biedermeierlichen Kipperkarten, mit denen man die Zukunft vorhersagen konnte. Ihr vorgebliches Fleißkärtchen gehörte zu einem Set von 36 nummerierten Wahrsagekarten, auf denen Ereignisse, Personen oder Charaktereigenschaften abgebildet waren. Ähnlich wie beim Tarot sagte jede Karte einzeln und auch als Teil einer Legekombination etwas über den Fragesteller aus. Aufgeregt schlug sie die Bedeutung der zurückgelassenen Karte nach: »›N°17. Geschenk bekom̄en‹ steht für neue Arbeitsangebote außerhalb der bisherigen Tätigkeit«, las sie. Judith verstand es als Zeichen und Verpflichtung.

Wie oft sah sie vor ihrem inneren Auge Situationen vor sich, die Tage, Monate, manchmal Jahre später passierten?

Es waren leise Vorahnungen, schwache Bilder. Judith war nie sicher, ob sie ihrer eigenen Intuition trauen konnte. Bis die Biedermeierkarten ihren Weg zu ihr fanden. Wenn das Leben Sinn und Logik hatte, musste es Instrumente geben, beides zu entschlüsseln. Judith war davon überzeugt, dass die Karten ein wirkungsvolles Hilfsmittel sein konnten zu formulieren, was im Innersten längst zum Abruf bereitlag und nur einen äußeren Anstoß brauchte, um die Oberfläche des Bewusstseins zu erreichen.

»Auch das werden wir überleben«, hatte Caroline nüchtern konstatiert, als Judith die Kipperkarten zum ersten Mal ins Le Jardin mitgebracht hatte. Judith nahm es gelassen. Es gab Menschen, die spürten Regen auf ganz besondere Weise, andere, wie Caroline, wurden einfach nur nass. Judith verstand es als ihre lebenslange Aufgabe, Caroline und den Dienstagsfrauen den Zugang zu einer spirituellen Welt aufzuzeigen.

»Kannst du deine Karten fragen, wo Eva bleibt?«, erkundigte sich Estelle.

Seit sie sich Judith an jenem Dienstagabend im Le Jardin als Versuchsperson zur Verfügung gestellt hatte, zweifelte Estelle, ob die Karten nicht doch eine Aussagekraft hatten.

»Du bekommst ein Kind«, hatte Judith zögernd und unsicher aus Estelles Blatt herausgelesen. Sie drehte und wendete und interpretierte und konnte doch nichts an der Vorhersage ändern. Der Rest ihrer Prophezeiung war in hysterischem Gegacker untergegangen, nachdem Judith darauf bestanden hatte, dass es Zwillinge würden. Am selben Abend eröffnete Estelles Mann seiner überrumpelten Gattin, dass er kürzertreten werde und seinen Sohn und die Schwiegertochter in die Unternehmensführung berufen hatte. Bis die beiden eine passende Bleibe gefunden hatten, würden Alexander und seine frischgebackene Ehefrau Sabine bei ihnen wohnen. In ihren Business-Anzügen sahen sie aus wie Zwillinge. Estelle war das Lachen vergangen. Sie hatte nie den Wunsch verspürt, Mutter zu werden. Noch viel weniger Stiefmutter.

Judith verbuchte das Erscheinen der Stiefkinder als Durchbruch. Sie war auf dem richtigen Weg. Das spürte sie. Die Kunst war, die Botschaften des Unterbewussten noch genauer zu interpretieren. Aus der Kombination, die auf Estelles Schminktisch lag, konnte selbst die blühendste Fantasie nichts Gutes herauslesen. Alle negativen Karten schienen sich in dem Legemuster zu einer großen Katastrophe zu vereinen.

Judith fegte die Karten energisch zu einem Stapel zusammen, mischte neu und fragte Estelle um Hilfe: »Zieh neun Karten.«

Estelle griff beherzt und ohne nachzudenken zu. Mit feierlicher Miene und angemessenem Ernst drehte Judith die Karten um. Der Einzige, der sich für ihre spirituellen Künste interessierte, war Oskar, Estelles schneeweißer Königspudel. Mit vollem Namen hieß er »Oskar von Caniche der IV«. Das Französische klang hochtrabend, hieß aber auch nur Pudel. Der edel getrimmte Vierbeiner schaute Judith so erwartungsvoll in die Karten, als würde er tatsächlich etwas davon verstehen.

Estelles Fragen an die Zukunft waren momentan eher praktischer Natur: »Was glaubst du? Brauche ich einen Föhn? Bademantel? Handtücher? Schlafsack? Zelt? Sollen wir Verpflegung mitnehmen?«

Estelle gehörte zu den statistischen 21 Prozent, die auch 24 Jahre nach der Wende noch nie in den Osten der Republik gereist waren.

»Wir fahren nicht in die hintere Mongolei. Wir fahren nach Mecklenburg-Vorpommern. Das zählt zur zivilisierten Welt«, meine Judith.

»Ich habe nachgesehen«, korrigierte Estelle. »Nach EU-Standard gilt das Gebiet als unbesiedelt. 78 Einwohner auf einen Quadratkilometer.«

»Dafür 18000 Seen«, ergänzte Judith.

Estelle, die gerade den Reißverschluss des Koffers zugezogen hatte, verschwand wieder in ihrem Ankleidezimmer. »Ich hab die Badesachen vergessen.«

»Du kannst jederzeit nackt ins Wasser springen. Das ist die ehemalige DDR. Die stehen auf FKK«, erklärte Judith.

»Ich bin über dreißig«, meinte Estelle, »da braucht man seinen Ganzkörperbikini.«

Oskar, der das Kartenset beschnüffelte, jaulte herzzerreißend auf. Judith konnte ihm nur recht geben.

»Und? Was erwartet uns?«, fragte Estelle und drängte sich neben Judith. Stand ihre Reise wirklich unter einem schlechten Stern?

»Die Karten stammen aus der Zeit des Biedermeier«, stammelte Judith. »Da kann man schon mal Probleme haben, die Bilder zu deuten.«

Estelle verunsicherte Judiths Ausweichmanöver. Sie bestand darauf, den Befund zu hören: »Ich habe ein Recht darauf, mein eigenes Schicksal zu erfahren«, betonte sie.

Das Klingeln des Telefons erlöste Judith von den inquisitorischen Fragen. Estelle nahm ab. Ihr Lächeln erstarb. »Es ist Eva«, flüsterte sie. »Sie hatte einen Unfall. Beinahe.«

»Das ist die Macht der Intuition«, bemerkte Judith beeindruckt, nachdem sie gehört hatte, was in der Schule passiert war. »Eva hatte längst begriffen, dass etwas nicht stimmt.

Ihr Körper ist spontan der Gefahr ausgewichen, bevor das Gehirn überhaupt angesprungen ist.«

Evas Geschichte bewies eindrucksvoll, wie wichtig es war, die innere Stimme zu trainieren. Judiths Blick fiel wieder auf das Blatt, das einen Vorgeschmack auf die Reise nach Mecklenburg-Vorpommern geben sollte. Einem glücklichen Ausgang der gemeinsamen Unternehmung stand vor allem die Karte »N° 8. Falsche Person« entgegen. Dazu gesellten sich die Unheilsboten »Diebstahl« und »Traurige Nachricht«.

Nach Harmonie sah das nicht aus.

»Ein Mann wird unsere Freundschaft auf die Probe stellen«, versuchte Judith sich an einer Erklärung.

»Max?«, erkundigte sich Estelle.

»Eher ein fremder Mann«, meinte Judith.

Estelle ging ins Ankleidezimmer und öffnete erneut den Koffer: »Vielleicht sollte ich was Schickes mitnehmen«, sagte sie. »Man weiß ja nie, bei fremden Männern.«

5

»Und? Was war?«, fragte Caroline am Telefon. »Hast du das Bügeleisen angelassen?«

Sie saß noch immer an ihrem Schreibtisch in der Anwaltskanzlei, als Evas Anruf sie erreichte.

»Natürlich nicht«, klang Evas Stimme fröhlich aus dem Hörer. »Ich hatte heute gleich mehrere Schutzengel im Einsatz.«

Als ob sie Carolines kritischen Blick durch die Telefonleitung spürte, verteidigte Eva sich sofort. »Ich bin katholisch. Da darf man an himmlischen Einfluss glauben.«

Caroline war zu sehr Anwältin, um diese Ansicht zu teilen: »Das ist Pfusch am Bau, da muss man etwas unternehmen.« Ihre Erfahrung lehrte, dass es besser war, sich weder auf Gottes Fügung zu verlassen noch auf einen höheren Plan des Schicksals oder metaphysische Fledermäuse, die einen aus Notsituationen retten. Engel waren unzuverlässige Gestalten. *Abends wenn ich schlafen geh, vierzehn Engel um mich stehn*: Selbst in dem berühmten Abendlied, in dem sich vierzehn wachsame Engel um das Bett drängelten, waren zwei davon abgestellt, einen umgehend in den Himmel zu geleiten.

Eva wollte sich auf keine Diskussion über die juristischen Aspekte ihres Beinaheunfalls einlassen. »Mir ist nichts passiert. Es bleibt wie abgesprochen. Wir fahren zu Kiki. Morgen früh«, beendete sie das Telefongespräch. Sie klang atemlos und hektisch. Caroline vermutete, dass die Freundin unter Schock stand.

»Frau Seitz, Frau Seitz …«, hörte Caroline eine aufgeregte Stimme auf dem Gang rufen. Im selben Moment flog ihre Bürotür auf. Ein leichenblasses, durchsichtiges Wesen mit wallendem Umhang, weiß geschminktem Gesicht, tiefdunklen Augen und lila Lippen schwirrte in ihr Zimmer. Das Gespenst hieß Nora und war Carolines neuer Azubi. Ihre Noten waren erstklassig, Umgangsformen und Geschmack gewöhnungsbedürftig. Noras Vorstellung von ihrem neuen Beruf als Anwaltsgehilfin war von amerikanischen Serien beeinflusst, der Alltag in der Kanzlei bislang eine einzige große Enttäuschung. Zu viel Papier, zu wenig Adrenalin. So engagiert wie heute hatte Caroline das Mädchen noch nie erlebt. Aufgeregt wedelte sie mit einem Brief.

Caroline erkannte die Machart auf den ersten Blick. Ein Drohbrief. Mal wieder.

»Ich mach dich tot«, stand auf dem Papier. Die Schrift war rot zerlaufen.

»Ist das Blut?«, platzte Nora aufgeregt heraus. Sie war sichtlich begeistert, dass endlich etwas passierte, was mit CSI mithalten konnte.

»Roter Edding«, meinte Caroline nach einer kurzen Geruchsprobe.

Nora sackte enttäuscht in sich zusammen. »Aber das ist doch eine ernst zu nehmende Drohung, oder?«

Caroline spielte den Vorfall herunter: »Was glauben Sie, wie viele solcher Schreiben die Kanzlei im Lauf der Jahre erhalten hat? Ganze Ordner voll.« Sie versuchte, so neutral wie möglich zu klingen. Wer Mörder und andere Schwerverbrecher verteidigte, musste damit rechnen, selbst zur Zielscheibe zu werden.

»Gehen Sie ins Kino und vergessen Sie den Mist«, empfahl sie. »Wir sehen uns nach meinem Urlaub.«

Nora entschwand desillusioniert. Caroline atmete tief durch. Seit dem Beginn ihrer Karriere kannte sie die Situation, bedroht, beschimpft und angegriffen zu werden. Das war alles nichts gegen die Hetzkampagne, die sie in den letzten Monaten aushalten musste. Caroline war in einem aufsehenerregenden Entführungsfall zur Pflichtverteidigerin berufen worden. Ein kleines Mädchen war am helllichten Tag aus einem öffentlichen Schwimmbad verschwunden und zwei Tage später vollkommen verwirrt in einem Straßengraben aufgefunden worden. Caroline hatte für den mutmaßlichen Kidnapper einen Freispruch mangels unwiderlegbarer und stichhaltiger Beweise erwirkt. Der Verdächtige war vorbestraft, das Opfer niedlich und der Volkszorn gegen die Verteidigerin gewaltig. Caroline wurde überspült von Beschimpfungen und Drohungen. Per E-Mail, Telefon und Brief, selbst auf der Straße gingen Fremde sie an. Vor drei Tagen hatte Caroline eine halb verweste Ratte in ihrem Briefkasten gefunden. »Deine Zeit läuft ab. Ich komme dich bald besuchen«, stand auf dem beiliegenden Zettel. Geschrieben mit blutrotem Edding. Das Gefühl, selbst zu Hause nicht mehr sicher zu sein, hatte ihr den Rest gegeben. Die unsichtbare Gefahr begleitete sie 24 Stunden am Tag, sieben Tage die Woche.

Als sie am Abend zu ihrem Auto ging, fiel ihr auf, wie unübersichtlich und schlecht beleuchtet der Parkplatz ihrer Kanzlei war. Tagsüber spielten Kinder auf dem Stück

Brachland, abends führten Hundebesitzer ihre kleinen Lieblinge aus, die mit manch heimlichem Liebespaar um einen Platz im Dunkel der Büsche konkurrierten. Überall konnte sich jemand in dem undurchdringlichen Gestrüpp verborgen haben. Du bist paranoid, Caroline, sagte sie sich und beschleunigte trotzdem ihren Schritt. Sie konnte mit offenen Auseinandersetzungen umgehen, mit verbalen Scharmützeln und Konflikten. Der unsichtbare Gegner zermürbte sie zunehmend. Sie lauschte in die Finsternis, spähte in die dunklen Ecken und probierte, tanzende Schatten zu deuten. Der Verstand befahl ihr, Ruhe zu bewahren. Die Drohbriefe, das sagte ihre Erfahrung, kamen von jemandem, der die direkte Konfrontation scheute, jemand, der Angst hatte, ihr in die Augen zu sehen und die Beschimpfungen zu wiederholen. Ein Feigling, der den direkten Kontakt fürchtete. Nichts würde passieren. Ihrem Angstzentrum waren solche Gedankengänge egal. Das Dauerfeuer an Kritik, dem sie ausgesetzt war, hatte sie dünnhäutig gemacht. Caroline hatte schon fast das Auto erreicht, als sie in ihrem Rücken Schritte hörte. Kleine, schnelle Schritte. Da lief jemand. In ihre Richtung. Hektisch kramte sie in ihrer Handtasche nach dem Schlüssel. Ihre Finger suchten hilflos zwischen Unterlagen, Terminkalender, Kopfschmerztabletten, Taschentüchern, Handcreme und der Post von vier Tagen, bevor sie endlich den Schlüssel ertasteten. Die Schritte in ihrem Rücken klangen schon ganz nah. In dem Moment, in dem sie den Schlüssel ins Schloss steckte, traf sie etwas am Hinterkopf. Hart. Schmerzhaft. Plötzlich. Caroline versuchte sich zu orientieren. Sie brauchte ein paar Sekunden, um zu merken, dass es nur ein Fußball war, der sie mit voller Wucht getroffen hatte. Sie drehte sich blitzschnell um. In der Hecke raschelte es verdächtig. Ein weißes Gesicht leuchtete aus dem Blättermeer. Caroline war so wütend, dass sie direkt auf den Schützen zuging und den Verursacher mit eiserner Hand am Schlafittchen aus dem Dunkel zerrte. Es war ein Junge, kaum vierzehn Jahre alt. Er hatte rote Haare, rote Sommersprossen und war ziemlich untersetzt.

Caroline verlor die Beherrschung: »Was glaubst du, was das ist? Ein Computerspiel, bei dem man Leute abknallt?«

In den Augen des Jungen stand nackte Panik. Er roch nach Pommes und Schweiß.

»Ich wollte das nicht«, stammelte er. »Ich wollte die Mülltonne treffen. Nur die Mülltonne. Ich bin nicht gut in Fußball. Fragen Sie den Trainer. Ich sitze die meiste Zeit auf der Bank.«

»Wissen deine Eltern, dass du dich so spät noch auf der Straße rumtreibst?«

Carolines Schädel brummte. Sie konnte nicht beurteilen, wie laut sie sprach.

»Ich hab Pommes gegessen. Am Kiosk. Hab ich selber bezahlt. Vom Taschengeld.«

Der Junge brach in Tränen aus. Er trug das grün-weiße Fußballshirt, das Caroline noch von früher kannte. Ihr Sohn Vincent hatte als Kind beim SC Borussia Lindenthal-Hohenlind gespielt, jetzt kickten Evas Söhne bei dem Kölner Traditionsverein. Wie oft war Vincent zu spät nach Hause gekommen, weil er auf dem Heimweg vom Fußballtraining drei Filialen von McDonalds' passieren musste? Caroline ließ schuldbewusst von dem kleinen Fußballspieler ab.

Der heulte einfach weiter: »Sie dürfen meinen Eltern nicht verraten, dass ich an der Imbissbude war. Ich muss immer zum Diätschwimmen. Weil ich zu dick bin.«

Caroline fühlte sich schlecht. Seit Wochen stand sie unter Druck und nun ließ sie ihren Ärger an einem Jungen aus, der ihr nichts entgegenzusetzen hatte als Stammeln, Stottern und Schluchzen.

»Es bleibt unter uns«, versprach sie.

Sie hatte überreagiert. Wegen eines verirrten Fußballs. Was konnte dieser arme Junge für ihre Probleme? Der kleine Sportler murmelte eine Entschuldigung und machte sich so schnell wie möglich vom Acker.

Müde ließ Caroline sich auf den Fahrersitz fallen. Ihr Schädel brummte. Ihr Gehirn hatte sich vom Schlag noch nicht erholt, der Nacken schmerzte. Das Telefon klingelte. Erschöpft nahm sie ab.

»Ich habe dich im Auge. Ich kann deine Angst riechen. Deine Zeit läuft ab«, hallte es. Die automatisierte Stimme gehörte Siri, der Sprachfunktion des iPhones, die gebrochen einen vorgegebenen Text las. Danach folgte martialische Musik. *I'm gonna kill you.*

Am liebsten hätte Caroline ihr Smartphone, das sie Tag und Nacht mit diesen Anrufen bombardierte, kaputt geschlagen. Stattdessen drückte sie den Anruf weg und zog die Landkarte hervor, die sie heute Nachmittag besorgt hatte. Man brauchte fast schon eine Lupe, um Birkow zu finden. Das Dorf lag am Rande des Müritz-Nationalparks an der Mecklenburger Kleinseenplatte, unweit der Landesgrenze zu Brandenburg. Der Ort versprach Weite, Landschaft und Natur. Niemand würde sie dort aufspüren. Hoffte sie.

6

»Was ist das? Schon wieder Muttertag?«, fragte Eva.

Dabei wusste sie sehr gut, dass heute Freitag war. Der Dreizehnte noch dazu. Ihr Abreisetag. Was konnte Schlechtes an einem Tag passieren, der mit einer Fünfsternebehandlung begann? David war extrafrüh aufgestanden und hatte beim Bäcker frische Brötchen besorgt, Frido jr. presste frischen Orangensaft und balancierte ihn zusammen mit einem opulenten Gourmet-Frühstück in Evas Schlafzimmer. Auf der Bettkante präsentierte Anna ihrer Mutter stolz die ersten Anfänge ihrer Strickarbeit: »Das wird ein Schal. Für dich«, versprach sie.

Nur Lene verweigerte jegliche Büßergeste. Ihr Freund hatte mit ihr Schluss gemacht und fuhr stattdessen mit der schrecklichen Marlene aus der Parallelklasse in die holländische Hauptstadt. Grund genug für Lene, bis auf Weiteres nie wieder ein Wort mit ihrer Mutter zu wechseln. Schließlich hatte Eva ihr die Reise verboten und somit die Liebe ihres Lebens auf dem Gewissen. Eva beschloss, dass auch nach einem Croissant und einem Schluck Kaffee genug Zeit war, sich dem Weltschmerz ihrer Ältesten zu widmen. Schließlich blieb die Schule wegen der Untersuchung des Unglücks heute geschlossen.

Genüsslich schlug sie die Morgenzeitung auf. Im Lokalteil begegnete sie sich selbst. »*Glück im Unglück hatte am Donnerstagnachmittag Eva K. (46), als sich bei Renovierungsarbeiten im Erzbischöflichen Gymnasium eine Deckenplatte löste.*« Die Seiten zitterten in ihren Händen, die Buchstaben tanzten auf und ab, das Adrenalin jagte durch ihren Köper. Der Schock kam mit zwölfstündiger Verspätung. Das körnige Schwarz-Weiß-Foto des zermalmten Stuhls bildete drastisch ab, was ihr erspart geblieben war. Ein paar Zentimeter, ein paar Sekunden, und das Leben wäre vorbei gewesen. Die Erkenntnis, dass sie dem Tod von der Schippe gesprungen war, fegte wie eine verspätete Druckwelle über sie hinweg.

»Alles in Ordnung?«, fragte Frido, der mit einem großen Blumenstrauß das Zimmer betrat. Das geschmacklose Gebinde stammte von Herrn Krüger und sah aus, als wäre es vom Friedhof geklaut.

Eva antwortete nicht. Bilder ihrer Beerdigung drängten sich auf. Die vier Kinder zwischen Erstarrung und Tränenmeer, Frido gebrochen, ihre Mutter am Rande des Nervenzusammenbruchs. Im Geiste hörte sie die salbungsvollen Floskeln von Pfarrer Rennert, der mit seinem dünnen Haar, das ihm matt auf die Schulter fiel, den hängenden Wangen und tränenden Augen die Idealbesetzung für Trauerfälle war. Aus seinem Mund quollen die üblichen Versatzstücke: »Mitten aus dem prallen Leben gerissen … so viele Pläne … das Leben hätte ihr noch so viel zu bieten gehabt.« Am Ende würde sein Hohelied ewiger Liebe in einem bedeutungsschwangeren »Sie wird auf ewig in den Herzen unserer Gemeindemitglieder fortleben« gipfeln. Das sagte er am Ende jeder Beerdigung. Eva wollte nicht in irgendeinem Herzen weiterleben. Sie wollte in ihrem Haus bleiben. Bei ihrem Mann und den vier Kindern. Kalter

Schweiß drang ihr aus allen Poren, ihr Herz raste unkontrolliert, das Schlafzimmer drehte sich um sie, als säße sie im Schleudergang der Waschmaschine.

»Sollen wir einen Arzt kommen lassen?«, klang dumpf Fridos Stimme an ihr Ohr.

»Ich muss packen«, stammelte Eva. »Caroline kommt gleich.«

»Du willst doch nicht wirklich fahren«, hielt Frido ihr entgegen.

Eva schlug energisch die Bettdecke zurück. Nach einem Autounfall sollte man sich so schnell wie möglich wieder ans Steuer setzen und zur Tagesordnung übergehen. Für Beinaheunfälle dürfte Ähnliches gelten.

»Ich will das gar nicht so genau wissen«, sagte Eva, zerknüllte die Zeitung und griff zum Terminkalender. Noch zwei Stunden bis zur Abfahrt. Was musste sie noch erledigen?

Fassungslos las Eva die To-do-Liste des gestrigen Tages. Bügelwäsche, stand da. Mit vier Ausrufezeichen. Oberen Stock saugen, Zahnarzttermin für Lene. Viermal Hausschlüssel nachmachen. Und wieder Ausrufezeichen.

Von wegen »pralles Leben«, von wegen »das Leben hätte ihr noch so viel zu bieten gehabt«. Um ein Haar hätte sie die letzten Stunden ihres Lebens damit zugebracht, über Bügelwäsche nachzudenken. Ihr Leben war von Nichtigkeiten überwuchert.

Was sollte sie an der Himmelspforte antworten, wenn sie sich der Frage stellen musste: »Hatte dein Leben einen Sinn?« Was würde sie antworten? »Ich hinterlasse einen viel beschäftigten Ehemann, vier anstrengende Teenager, die auch sehr nett sein können, drei unvollständige Schlüsselsätze für ein halb abbezahltes Einfamilienhaus in Parklage und einen vollen Bügelkorb.« Vielleicht würde es helfen, wenn sie betonte, dass mit ihrem Tod eine der heiß begehrten Teilzeitstellen im Krankenhaus frei würde. Ideal für Mütter, die weiter in ihrem Arztberuf arbeiten wollten.

Evas langes Schweigen beunruhigte die Kinder. Ihre beiden Söhne drückten sich in der Ecke herum und warteten auf das verdiente mütterliche Donnerwetter. Fridos Augen hüpften nervös wie Gummibälle.

»Wir besprechen das heute Abend«, sagte Frido und schob die Jungen raus.

»Heute Abend bin ich in Birkow«, entgegnete Eva.

Ihr Mann war da anderer Meinung: »Wir müssen Rechtsbeistand für Frido suchen«, bestimmte er. Eva kannte den Tonfall. »Wir« bedeutete in diesem Zusammenhang, dass Frido unentbehrlich in der Firma war und Eva die Aufgabe zukam, den halben Morgen herumzutelefonieren, um herauszufinden, wie man Frido jr. aus dem Schlamassel helfen konnte.

»Wir müssen einen Anwalt nehmen«, wiederholte Frido.

»Mach das«, sagte Eva lapidar, stand auf und griff den Koffer.

»Du hast Urlaub«, insistierte Frido. »Deine Reise kannst du leicht verschieben. Kommt doch auf einen Tag mehr oder weniger nicht an.«

Was wusste er schon? Vielleicht kam es gerade auf diesen einen einzigartigen Tag an. Warum gingen immer alle davon aus, dass Eva für alle Wechselfälle des Lebens zuständig war? Die Selbstverständlichkeit, mit der Frido über ihre Lebenszeit verfügte, machte sie wütend: »Wie viele Dienstagabende habe ich im letzten Jahr kurzfristig abgesagt, weil irgendetwas mit den Kindern war? Ich springe euch von morgens bis abends hinterher. Und? Hat es geholfen?«

»Aber das ist eine vollkommen neue Situation.«

»Nichts ist neu«, wehrte sich Eva. Sie redete sich in Rage: »Im Gegenteil. Ich predige jeden Tag dasselbe. Ich habe es satt, die Kinder zum Jagen zu tragen. Sieben Mal habe ich David gestern geweckt. Um wozu? Nur um nachmittags festzustellen, dass er sich auf dem Weg in die Schule verirrt hat.«

Auf dem Gang war Getuschel zu hören. Offensichtlich waren die Jungen lebhaft daran interessiert, wie der Streit ausging.

»Eva, das ist kein Kavaliersdelikt mehr. Das ist ein Straftatbestand. Wir tun gut daran, Krüger bei der Aufklärung der Sache zu helfen.«

Aus seinem Lauschversteck hinter der Tür meldete Frido jr. sich zu Wort: »Ich nenne keine Namen. Ich reite niemanden rein. Der Krüger ist selber schuld, wenn er so ein schlappes Passwort hat.«

»Vermutlich ein japanischer Ehrenkodex«, kommentierte Eva Frido jrs. Weigerung.

Wahllos griff sie ein paar Schuhe und warf sie in den bereitstehenden Koffer. »Er hat Strafe verdient, Frido. Du kannst die Kinder nicht vor jeder Niederlage retten«, argumentierte sie.

»Wir reden von einer möglichen Vorstrafe«, malte Frido den Teufel an die Wand.

Eva hatte eine andere Sicht auf die Dinge: »Vielleicht haben wir den Kindern viel zu lange alle Schwierigkeiten aus dem Weg geräumt«, sagte sie.

Eva riss energisch die Seite mit ihrer von Nichtigkeiten strotzenden To-do-Liste aus dem Terminkalender heraus. Den Zahnarzt konnte Lene prima selber anrufen, und wenn die Kinder andauernd ihre Schlüssel verloren: Na und? Was sprach dagegen, sie vor der Haustür warten zu lassen. Vielleicht würden sie schneller lernen, auf ihre Sachen achtzugeben, wenn verlorene Schlüssel nicht automatisch am Schlüsselbrett nachwuchsen. Ihr war schwindelig. In ihrem Kopf überschlugen sich die Bilder in schneller Folge: die Schlüssel, die Filme, die Deckenplatte, die fiel und fiel. Sie hatte das Geräusch wieder im Ohr.

»Ich brauche Erziehungsurlaub«, sagte Eva und versuchte, ihrer brechenden Stimme etwas Halt zu geben. »Eine Woche. Dann bin ich wieder für euch alle da.«

Frido konnte noch immer nicht glauben, dass Eva Ernst machte. Er schüttelte den Kopf: »Du kannst doch prima ausspannen, nachdem du einen Anwalt konsultiert hast.«

»Wie wäre es, wenn unser Sohn sich selber schlaumacht, was auf ihn zukommt«, schlug Eva vor. » Die Nummer von Carolines Kanzlei steht im Internet. Ich warne sie vor.«

Ohne Sinn, Verstand und Planung landete ein willkürliches Ensemble an Kleidung in ihrem Koffer: Unterwäsche, ein warmer Pullover, das luftige Sommerkleid für festliche Anlässe. Eva konnte sich nicht konzentrieren. Sie wusste nur, dass sie nicht aufhören durfte zu packen. Frido beobachtete seine Frau kopfschüttelnd.

»Ich rufe den Hausarzt an«, beschied er.

»Nur weil ich nicht mit dir einer Meinung bin, bin ich noch lange nicht krank«, entgegnete Eva.

Es war nicht das erste Mal, dass sie sich in den letzten Wochen über Erziehungsfragen in die Haare bekamen. Ihre Teenager kosteten sie den letzten Nerv. Und die eheliche Gelassenheit. Eva verstaute ihren Skianorak im Koffer.

Fridos Tonfall wurde bissig: »Bist du sicher, dass du nicht doch ein Stück Deckenplatte auf den Kopf bekommen hast?«

Eva schrie ihn an: »Wir fahren. Jetzt. Heute. Wie geplant. Und in einer Woche bin ich wieder da.«

Bis dahin sollten sich andere um neue Schlüssel kümmern, um Liebeskummer, den Bügelkorb und das pünktliche Erscheinen in der Schule. Mit oder ohne Wollknäuel. Auf jeden Fall aber ohne ihre Aufsicht.

7

»Bist du sicher, dass es dir gut genug geht?«, erkundigte sich Caroline besorgt.

Punkt neun hatte sie sich bei Eva eingefunden. Sie war die Erste auf ihrer Abholliste.

»Nach mir die Sintflut«, kommentierte Eva mit einem Blick auf die Unordnung im Hause Kerkhoff.

Die vier Kinder, ganz schlechtes Gewissen, hatten im Spalier Aufstellung genommen. Selbst Lene war gekommen, um sich von ihrer Mutter zu verabschieden.

»Vielleicht passiert dir was, und dann mache ich mir mein ganzes Leben lang Vorwürfe«, murmelte sie. »Das heißt nicht, dass ich nicht mehr sauer bin.«

Der Schock saß tief. Nur bei Frido war die Botschaft des Himmels noch nicht angekommen. Er war nirgendwo zu sehen.

»Sollen wir auf ihn warten?«, fragte Caroline.

Eva wusste, dass sein Nichterscheinen Gründe hatte. »Der telefoniert lieber Anwälte durch«, antwortete sie.

»Die Liebe in den Zeiten der Ehe ist bisweilen eine Herausforderung«, tröstete Caroline.

»Die Auszeit wird uns guttun«, sagte Eva.

Caroline teilte die Hoffnung. Noch mehr hoffte sie, dass Estelle inzwischen mit dem Ein-, Aus- und Umpacken fertig war und sie zügig zu Judith weiterfahren konnten.

Ein gelungener Urlaub beginnt mit der richtigen Begleitung, konnte man in jedem Reiseratgeber lesen. Für Estelle begann er offenbar damit, so viele Gegenstände wie möglich aus ihrem begehbaren Kleiderschrank an den Urlaubsort zu transferieren. Sie hatte zwei Koffer dabei, in denen man gegebenenfalls auch Sumoringer schmuggeln konnte, ein überdimensioniertes Beautycase, die Golfausrüstung und einen schneeweißen Königspudel. Früher hatte ihr Mann Oskar einfach mit in die Firma genommen, wenn Estelle mit den Dienstagsfrauen unterwegs war. Seit Schwiegertochter Sabine in die Firmenführung eingestiegen war, ging das nicht mehr. Der Machtkampf im Apothekenimperium tobte. Sabine führte einen radikalen Verdrängungswettbewerb. Oskar war ihr erstes Opfer.

»Sie hat eine Hundeallergie«, raunte Estelle Caroline zu. Ihr Tonfall ließ keinen Zweifel daran, dass sie unter schwerer Sabineallergie litt.

»Was hast du eigentlich gegen sie?«, fragte Eva.

»Sie ist fünfundzwanzig, hat einen Uniabschluss aus Harvard, ist charmant und witzig, spricht fünf Sprachen und hat früher als Model gejobbt«, ereiferte sich Estelle. Der Höhepunkt an Gemeinheit kam aber noch: »Wir tragen den gleichen Nachnamen«, schimpfte sie.

Caroline begriff nicht, was daran so schlimm sein sollte.

»Weißt du, wie man sie nennt, um uns zu unterscheiden?«, fragte Estelle. »Die junge Frau Heinemann.«

Caroline verstand: »Neben so jemandem zu stehen, lässt einen automatisch alt aussehen. In jedem Sinne des Wortes.«

»Wir sind in einem Alter, in der die Endlichkeit um die Ecke schaut«, sagte Eva.

Judith, die als Letzte zustieg, teilte diese Einschätzung. Ihr Gepäck war leicht, die Stimmung am Boden. Caroline war von ihrem Exmann Philipp einiges an autofahrerischer Besserwisserei gewöhnt. Judith schlug alles. Der Motor brummte kaum, da krallte Judith sich schon am Türgriff fest, als trainierte sie eine neue Yogaübung, bei der es darum ging, jeden verfügbaren Muskel bis zum Äußersten anzuspannen. Ihre Augäpfel sprangen nervös hin und her, um die Straße nach potenziellen Gefahren abzusuchen. Ihre Mimik spiegelte Carolines Fahrmanöver wider. Bei jeder passenden und unpassenden Gelegenheit zuckte Judith zusammen und bremste fröhlich mit. Am Autobahnkreuz Dortmund/Wuppertal war Caroline ob der vielen Achtungs, Vorsichts, Huchs und Pass-aufs am Ende ihrer Nerven. Caroline fragte sich, wie sie das die restlichen 622 Kilometer bis Birkow durchstehen sollte: sieben Stunden Fahrzeit insgesamt.

»Wir haben früher für nervöse Tramper immer Meskalin, LSD und Cannabis dabeigehabt«, schlug Estelle vor. Sie hatte es sich mit Eva im Fond des Wagens gemütlich gemacht. Zwischen ihnen, ordnungsgemäß angeschnallt, Oskar, der jedes Mal solidarisch mit Judith mitjaulte, wenn es etwas zu jaulen gab.

»Früher?«, amüsierte sich Eva.

»In den Siebzigern«, fügte Estelle hinzu.

»Da warst du noch nicht mal geboren«, meinte Caroline.

»Danke, Caroline«, sagte Estelle. »Du bist eine echte Freundin.«

Wer weiß, vielleicht hätten sie noch mehr Komplimente ausgetauscht, hätte Judith nicht unvermittelt aufgeschrien. Dabei hatte der Lkw zu ihrer Rechten nur einen klitzekleinen Schlenker gemacht.

Caroline war dem Herzinfarkt nahe: »Ich glaube dauernd, ich hab was übersehen«, ächzte sie.

Eva reagierte mit mehr Verständnis: »Was ist los, Judith?«, fragte sie besorgt. »Du bist doch sonst nicht so hysterisch.«

»Ich hatte heute Nacht einen merkwürdigen Traum«, gab Judith verhalten zu. Sie ahnte wohl, dass diese Mitteilung bei ihren Freundinnen auf wenig Interesse stoßen würde.

»Judith ist wieder als nebenberufliche Unkenruferin unterwegs«, stöhnte Caroline. Seit Judith ihre Intuition zur höchsten Instanz erklärt hatte, litt sie gerne unter kosmischen Eingebungen. Caroline war jemand, der plante und berechenbare Zustände liebte. Viele Jahre lang hatte der Blick in den Terminkalender genügt, um zu wissen, wie ihre Zukunft aussah. Seit dem Scheitern ihrer Ehe war ihr diese Sicherheit abhandengekommen.

»Wenn du fahren willst, gerne«, bot Caroline an.

»Ich dachte, der Lkw schert aus. Ehrlich«, verteidigte Judith sich.

Es war erstaunlich, dass Judith trotz Atemtherapie, Meditation, Yoga, Trommelkursus, Töpfern und Körpererfahrung durch Steinmeißeln noch immer nicht tiefenentspannt war. Im Gegenteil. Das Stressgen feierte munter Party.

»Ich vertraue dir vollkommen«, beeilte sich Judith zu versichern. »Dir schon. Nur allen anderen nicht.«

»Du musst mit der rechten Hand den Zeigefinger umklammern«, empfahl Eva von der Hinterbank. »Das kommt aus dem Japanischen. Der Zeigefinger steht für Angst. Durch das Halten des Fingers werden negative Gefühle harmonisiert.«

»Seit wann kennst du dich mit so was aus?«, erkundigte sich Caroline.

»Das tut die Hauptfigur in einem von Fridos Schockerfilmen.«

»Und hilft es?«, fragte Estelle.

»Eher nicht«, gab Eva zu. »Die Frau wird nach zehn Minuten ermordet.«

»Sie hätte statt des Fingers besser die Beine in die Hand genommen«, konstatierte Estelle nüchtern.

Wenigstens lenkte das Gespräch Judith vom Verkehrsgeschehen ab. Der Weg führte über Münster durch das Oldenburger Land und schließlich vorbei an Hamburg. Auf der Autobahn Richtung Schwerin wurde es schlagartig ruhiger auf der Straße. Mit jedem Kilometer gen Osten leerten sich die Fahrspuren zunehmend, und Judith vergaß endlich, dass sie schreckliche Angst hatte.

Caroline hörte den Gesprächen der Freundinnen nicht mehr richtig zu. Obwohl es kaum vier Uhr war, musste sie die Scheinwerfer anstellen. Die Orientierung wurde schwieriger. Im Autoradio liefen ständig Berichte über Sturmtief Lukas, das die Ostseeregion bedrohte. Die Eisheiligen versprachen, ihrem Namen alle Ehre zu machen. Für die Nacht wurden für Mecklenburg-Vorpommern orkanartige Sturmböen mit Spitzengeschwindigkeiten bis zu 120 Stundenkilometern und Temperaturen um die sechs Grad vorhergesagt.

Bei Rheinsberg bekamen sie die ersten Ausläufer des Unwetters zu spüren. Längst hatten die Dienstagsfrauen die Autobahn verlassen und waren auf kleinen Landstraßen unterwegs. Der Wind wirbelte Erde von den Feldern auf und fegte sie über die Fahrspuren. Sand verschleierte den Blick auf Wälder und die zahlreichen Seen, die die Landschaft prägten. Caroline hatte auf eine pittoreske Strecke gehofft, auf blühende Rapsfelder, frisches Grün und sanft gewelltes Hügelland. Jetzt musste sie sich ganz und gar auf die Straße konzentrieren. Sie hatten noch dreißig Kilometer vor sich. Die Staubmassen verhüllten winzige Dörfer, einsame Gehöfte und düstere Buschgruppen. Straßenschilder wiesen auf Seen hin, die nur noch als schwarze Löcher zu erahnen waren.

Caroline war so konzentriert, dass ihr der große dunkle Jeep hinter ihr zunächst nicht besonders auffiel. War es eine plötzliche Eingebung? Täuschte sie sich? Nach ein paar Kilometern drang zu ihr durch, wie merkwürdig es war, dass der Mann hinter ihr dieselbe Wegstrecke nahm. Immer öfter glitt ihr Blick in den Rückspiegel. *Du bist tot.* Die Warnung fiel ihr wieder ein. Die beiden hellgelben Autolichter, die formatfüllend im Rückspiegel prangten, hielten selbst dann den gleichen Abstand, als sie absichtlich langsamer fuhr. Der Jeep klebte an ihrer rückwärtigen Stoßstange. Hatte sie nicht bereits vor einer Stunde an der Autobahnraststätte den Eindruck gehabt, dass jemand um ihr Auto schlich, während sie drinnen Kaffee tranken? Als sie zum Wagen zurückgekommen waren, hatte sie nichts Verdächtiges entdecken können. Das befremdliche Gefühl in der Magengegend war geblieben.

Objekte im Rückspiegel erscheinen näher, als man denkt, tröstete sie sich mit einem Lehrsatz aus der Führerscheinprüfung. Doch ihre Angstvorstellungen fügten sich nahtlos in die Schauergeschichten, die auf der Rückbank ausgebreitet wurden. Estelle schilderte genüsslich ihr schrecklichstes Kinoerlebnis. Der Film handelte von einem kleinen Mädchen, das von einem Clown verfolgt wurde. »Und dann sitzt das Mädchen nachts alleine zu Hause und hört diese Geräusche aus dem Untergeschoss«, erzählte Estelle. »Als ob jemand im Keller Holz hackt. Und was macht die

Kleine? Sie geht nach unten, um persönlich nach dem Rechten zu sehen.«

»Was will der Clown von ihr?«, fragte Eva, die auf blutige Details gerne verzichtete und zügig zum positiven Ende kam.

»Das muss sie rausbekommen. Genau darum geht es in dem Film.«

Die Freundinnen waren so mit ihrem eigenen Horror beschäftigt, dass sie gar nicht merkten, wie Caroline am Steuer immer nervöser wurde. Der Jeep blieb konsequent hinter ihr. Panisch schwenkte ihr Blick zwischen Navigationsgerät und Rückspiegel hin und her. Auf der Suche nach einer möglichen Fluchtroute entdeckte sie auf dem Display des Navis einen kleinen Weg, der den ausgedehnten Linksschlenker der Hauptstraße abschnitt, um dann wieder auf den normalen Weg zurückzuführen. Das war die Chance, ihren Verfolger abzuhängen. Im letzten Moment riss Caroline das Steuer nach rechts und lenkte das Auto mit hohem Tempo über die Böschung auf den Forstweg. Judith schrie auf, Oskar bellte, der Wagen kam ins Schlingern.

Im Hintergrund rauschte der schwarze Jeep mit Vierradantrieb auf dem ursprünglichen Kurs weiter. Vage konnte Caroline die Silhouette eines Mannes erkennen. Er trug eine Brille und guckte gelassen geradeaus. Das Auto vor ihm schien er nicht weiter zu vermissen. Dann war der Wagen weg. Sie hatte nicht einmal daran gedacht, sich das Kennzeichen zu merken.

»Willst du uns umbringen?« empörte sich Judith.

»Das ist eine Abkürzung«, erklärte Caroline ihren Freundinnen.

Der Wagen holperte über den unbefestigten Weg voller Schlaglöcher, bis sich die Spur des Weges verlor. Pfützen standen auf der Wiese. Noch fünfzig Meter, noch ein kleiner Hügel, dann waren sie wieder auf der Landstraße. Caroline gab vorsichtig Gas. Viel zu spät bemerkte sie, dass die Pfütze in Wirklichkeit eine Matschkuhle war. Die Reifen frästen sich in den weichen Untergrund. Mit einem großen satten Schmatzer kam das Auto zum Stehen.

»Sie haben Ihr Ziel erreicht«, verkündete die Stimme aus dem Navigationsgerät fröhlich.

8

Gegen halb sieben wurde Kiki unruhig: »Sie müssten längst hier sein«, sagte sie zu Max. Sie hatte schon ein paarmal vergeblich versucht, ihre Freundinnen telefonisch zu erreichen. Greta, die den Mittagsschlaf ausgelassen hatte, war nach dem Abendbrot eingeschlafen. Kiki nutzte die unerwartete zeitliche Lücke, um überfälligen Bürokram zu erledigen. So gut das eben ging, wenn man sich Sorgen machte.

»Dann fangen wir jetzt mit der Bescherung an«, schlug Max vor.

Kiki verstand nur Bahnhof. »Welche Bescherung?«

»Eine Überraschung zum Geburtstag«, freute sich Max.

»Ich habe im November Geburtstag«, wandte Kiki ein.

»Findest du?«, fragte Max. Was ihn betraf, eignete sich ein Geburtstag bestens zum beweglichen Feiertag. Ewig angekündigte Feste hielten nie, was sie versprachen. »Schau dir Weihnachten an«, erklärte er. »Man hat 365 Tage Zeit, was Tolles vorzubereiten, und dann geht alles in die Hose, weil die Erwartungen zu hoch sind.« Festtage sollte man feiern, wenn einem danach zumute war. Zum Beispiel jetzt.

Kiki war froh, von der Aufgabe, Ordnung in ihre Papiere zu bringen, erlöst zu sein. Alles war besser als unbezahlte Rechnungen. Nur zu gerne ließ sie sich von Max die Augen verbinden und im Kreis herumdrehen. Ihr Rock schwang fröhlich, als wäre sie ein Kölner Funkenmariechen. Vorsichtig schob Max sie aus dem Büro Richtung Gang. Kikis Hände suchten nach Anhaltspunkten, um herauszubekommen, wohin die Reise ging. Sie ertastete das Paket von Ikea, das einmal der Kleiderschrank für Zimmer vier werden sollte, die alte Vitrine, die noch vom Holzwurm befreit werden musste, und den Bambusschrank, der beim Umzug ein Bein verloren hatte und seit Monaten der längst fälligen Reparatur harrte. Es gab so viel, was vor der Eröffnung in drei Wochen noch erledigt werden musste. Sie erreichten die Vordertür, wo noch immer eine Holzplatte die Treppenstufe ersetzte.

»Du hast die Bank am alten Baum endlich fertig gemacht«, riet sie.

Max schob sie wortlos weiter vor sich her. Am wechselnden Untergrund las Kiki die grobe Richtung ab. Vom schottrigen ehemaligen Schulhof an der Vorderseite ging es links ums Haus herum. Sie hörte das Quietschen des Gatters, das den Hühnerstall abgrenzte. Als sie wieder festen Boden unter den Füßen spürte, ahnte sie, dass sie im Schuppen angekommen waren. In dem intakten Teil lagerten sie das Material für die Renovierung: billig erworbene, handgeformte Dachziegel, Fliesen von einem Altbau in der Nähe, Bettwäsche für zehn Zimmer aus einer Hotelinsolvenz, drei alte Waschbecken, ein Karton Türklinken, vierzehn Rollen psychedelischer Tapeten aus den Siebzigern, Schränke, die mit ein bisschen Arbeit in altem Glanz erstrahlen konnten, verwittertes Gartengerät, das nach der fälligen Entrostung wie neu sein konnte, kurz, alles, was sich ansammelte, wenn man mit bescheidenen Mitteln neunzehn Zimmer einrichten und eine verwilderte Wiese in ein Gemüsebeet verwandeln wollte.

Max entfernte die Augenbinde. Kiki blinzelte in das Dunkel. Bunte Lichter tanzten vor ihren Augen. Da kein passendes Einwickelpapier aufzutreiben war, hatte Max sein Geschenk liebevoll mit Weihnachtsbeleuchtung verziert. *Frohes Fest*, blinkte es in Rot, Weiß und Grün.

»Die Beleuchtung gehört nicht dazu«, erklärte Max. »Die hab ich vom Möller ausgeliehen.«

Möller war der Bauer zu ihrer Linken, der seinen Hof an Weihnachten in ein wahres Lichtermeer getaucht hatte. Sehr zur Freude von Klein-Greta, die sich an dem Glitzern, Glimmen und Gleißen nicht sattsehen konnte. Ein Teil der Girlanden wand sich nun um ihr Geburtstagsgeschenk.

»Es ist ein Ferrari«, verkündete Max stolz.

Der zusätzliche Hinweis war hilfreich. Denn das Fahrzeug, das vor Kiki stand, war grün, hatte riesige Reifen mit dickem Profil und sah aus wie ein Traktor. Schlimmer noch: Es war ein Traktor. Selbst im romantischen Licht Hunderter bunter Lichter sah er aus wie ein Männerspielzeug. Max sprang aufgeregt um sie herum. Seine Wangen glühten.

»Was sagst du?«, erkundigte er sich.

Kikis Gehirn vollführte Pirouetten. Sie versuchte sich vorzustellen, welche Schneise so ein Gerät schlagen konnte. Zum Beispiel auf dem gemeinsamen Konto.

»Wir können das ganze Holz abtransportieren, die Wiese hinter dem Haus umpflügen und noch mehr Gemüse anbauen«, erläuterte Max, berauscht von seiner genialen Idee. »Du bekommst endlich deinen eigenen Acker.«

Er sah aus wie ein kleiner Junge, der zum ersten Mal dem Weihnachtsmann begegnet.

»Und er hat ein Radio mit Kassettenrekorder«, schwärmte er.

Die technische Ausstattung half Kiki, das Gefährt auf die

Siebziger zu datieren. Ihr neuer Traktor war ein begehrtes Museumsstück.

»Was kostet so was?«, fragte Kiki prosaisch. Sie hatte die vage Ahnung, dass hier das Geld, das Max während seines achtwöchigen Einsatzes in Berlin verdient hatte, vor ihr stand.

Max ließ sich durch so kleinliche Anmerkungen nicht aus der Ruhe bringen: »Auf den Preis habe ich nicht geachtet. Ich bin kurzsichtig.«

»Ich meine es ernst, Max.«

»Das Honorar für den Berliner Auftrag ist gekommen«, bestätigte Max ihre düstersten Befürchtungen. »Den Rest habe ich mir von meinem alten Kumpel Jens Schumann geliehen. Der ist grundpessimistisch und erwartet gar nicht, das Geld schnell zurückzubekommen.«

Kiki erwog kurz, ob finanzielle Amokläufe einen Mord rechtfertigten.

»Freust du dich nicht?«, insistierte Max. In sein Lächeln schlich sich ein Hauch von Enttäuschung.

»Das Geld war für den Ausbau der Scheune eingeplant.«

Seit ihrer Eröffnung im Jahr 1911 hatte die Schule als Versammlungsort für die Gemeinde gedient. Sie wurde für Familienfeiern, Lesungen, Ausstellungen, Trauer- und Hochzeitsfeiern genutzt. Bis die Wende kam und Schule und Dorf leer fegte. Der Plan war, in der ausgebauten Scheune die untergegangenen Traditionen wieder aufleben zu lassen. Ein lebendiges kulturelles Zentrum konnte dem Dorf, das seit der Schließung der Schule in einen tiefen Dornröschenschlaf gefallen war, nur guttun.

Max hatte seine eigene Logik: »Du willst doch mit deinen Freundinnen den Garten anlegen. Mit dem passenden Gerät geht das viel einfacher.«

Vorsichtig entfernte er die Weihnachtsdekoration: »Zu einer echten Landfrau gehört ein Traktor. Machen wir eine Probefahrt?«

Ohne die Antwort abzuwarten, schaltete er den Motor an. Ihr nagelneuer Ferrari klang wie ein Fischkutter, der vor der Küste herumschipperte. Mit verklärtem Blick thronte Max auf dem Führerstand und ließ sich durchruckeln.

»Du musst ihn zurückbringen«, verlangte Kiki. »Sofort.«

»Komm hoch«, forderte Max sie auf. »Du musst den Motor spüren. Da wird einem ganz anders. Und nicht von der Seite ans Lenkrad hängen. Dafür ist es nicht gemacht.«

»Wir eröffnen in drei Wochen. Das Geld fehlt an allen Ecken«, beklagte sich Kiki.

»Der Traktor ist für die schwere Arbeit, die ihr zu fünft nicht bewältigt.«

Endlich begriff Kiki, was wirklich gespielt wurde. Der Ferrari war kein verspätetes oder verfrühtes Geburtstagsgeschenk. Die Maschine war eine Art Ablasszahlung dafür, dass Max sie beim Garten nicht würde unterstützen können. Vor ihr stand kein Traktor, sondern das Sinnbild für ihre angeschlagene Beziehung zu Max.

»Du hast einen neuen Auftrag in der Stadt angenommen«, sagte Kiki ihm auf den Kopf zu.

Max redete sich nicht mal raus: »Mein Vater hat mich gefragt, ob ich ihn bei dem Konzept für die Neueinrichtung einer Steakhaus-Kette unterstütze.«

»Und du beschließt einfach, ohne mich zu fragen«, stellte Kiki nüchtern fest.

»Es ist eine einmalige Gelegenheit. Und Geld brauchen wir immer. Wie sollen wir sonst die Scheune finanzieren?«

Mit so viel fröhlicher Maxlogik war selbst Kiki überfordert. Er hatte recht. Das Projekt Bed & Breakfast hatte sich nicht so entwickelt wie erträumt. Der Finanzbedarf war so hoch, dass Max jeden Auftrag, den er kriegen konnte, annehmen musste. Der Aufbau Ost ruhte alleine auf ihren Schultern. Kiki war zur alleinerziehenden Mutter geworden. Fast.

»An Pfingsten bin ich wieder bei euch«, versprach Max. »Es sind nur zehn Tage.«

Kiki schluckte schwer. Max war ein Chaot. Aber noch schlimmer, als mit ihm zusammen zu sein, war, ohne ihn die Tage verbringen zu müssen.

»Du wirst nicht mal merken, dass ich weg bin. Wenn deine Freundinnen erst mal da sind …«

Sie musste sich über jeden Auftrag, der Geld in die klamme Kasse spülte, freuen. Trotzdem war Kiki zum Heulen zumute. Sie ging Richtung Straße.

»Wo willst du hin?«

»Ich geh zum Laden«, sagte Kiki. »Da gibt's Orangenblütentee. Der soll beruhigen.«

9

»Was ist das hier? Die Camel Trophy?«, fluchte Estelle.

Ihr Absatz bohrte sich beim Aussteigen in den durchweichten, morastigen Boden. Feuchtigkeit sammelte sich in ihren teuren Louboutins. Kalter Wind blies ihnen ins Gesicht. Über dem Feld, auf dem sie gestrandet waren, senkte sich langsam die Dämmerung. Ein Raubvogel auf der Suche nach leichter Beute kreiste über ihren Köpfen. Weit und breit keine Menschenseele, die ihnen helfen konnte.

»Wir rufen den ADAC«, meinte Caroline und tippte auf ihrem Handy herum, nur um festzustellen, dass sie nicht nur im Schlamm, sondern auch im Funkloch feststeckten. Die Karre saß im Dreck.

»Ihr schiebt. Ich gebe Gas«, beschied Caroline und nahm wieder hinter dem Steuer Platz. Sie war wild entschlossen, sich aus ihrer verzweifelten Lage zu befreien, bevor Hase und Igel sich auf der Wiese Gute Nacht sagten.

Die Musik aus dem Autoradio dröhnte. Judith, Eva und Estelle versuchten das Auto durch Schaukeln frei zu bekommen. Vorsichtig drückte Caroline das Gaspedal nach unten. Die Reifen drehten durch, es roch nach angesengtem Gummi, Matsch wirbelte in alle Richtungen. Die Fußmatte, die Caroline vor die Vorderreifen gelegt hatte, schleuderte über den Acker, als wäre sie ein Ufo. Die Kuhle, in der die Reifen versackt waren, war ein Stück tiefer geworden.

»Wenn wir im Schnee stecken geblieben wären, könnten wir wenigstens auf Tauwetter hoffen«, meinte Estelle.

Eva wischte sich den Modder aus dem Gesicht. »Ich konnte Schlammpackungen noch nie leiden«, klagte sie.

»Wir brauchen einen festeren Untergrund«, überlegte Caroline. So schnell würde sie nicht aufgeben. Beherzt verschwand sie in dem angrenzenden Waldstück, auf der Suche nach einem passenden Stück Holz.

Die Freundinnen folgten nur zögernd. Sie blieben am Waldeingang bei einer Gedenksäule stehen. *400 Meter von hier wurde 1846 ein Wolf erlegt,* verkündete die Frakturschrift, die in den hölzernen Pfahl geschnitzt war. Prosaisch wurde die Urteilsbegründung mitgeliefert: *Er hatte viel Schaden unter dem Wild angerichtet*. Vollstrecker des Todesurteils, so vermeldete die Inschrift, waren der Birkower Zimmermann Hermann Schwarzer, Bäckergeselle Ludwig Klein und Brauer Beppo Bieler. Die Erinnerung an die drei Hobbyjäger wurde liebevoll gepflegt. Die Schrift leuchtete in frischem Gold.

»Ich hab's gewusst«, brach es aus Judith hervor. »Ich wusste, dass wir nicht ankommen. Das schlechte Blatt, der merkwürdige Traum …« Sie kam ins Stammeln und begann aufgeregt von vorne. »Das war das Bild, das ich im Traum gesehen habe. Unser Wagen in der Wiese. Wir warten auf Hilfe. Dann hält ein Jeep, oben an der Straße. Die Tür geht auf …« Sie musste eine Pause einlegen, so atemlos war sie.

»Und dann?«, fragte Eva neugierig.

»Steigt ein Werwolf aus dem Auto.«

Evas Interesse erlosch augenblicklich. Sie war eindeutig aus dem Alter raus, in dem man ein romantisches Verhältnis zu Werwölfen entwickeln konnte.

Judith verteidigte die Richtigkeit ihrer Visionen: »Wolf, Werwolf, wo ist der Unterschied? Ich hatte alle Informationen, ich habe sie einfach nicht richtig zusammengesetzt.«

»Und Tote haben wir auch zu beklagen«, sagte Estelle und hielt anklagend ihre ruinierten Pumps hoch.

Eva beschäftigte etwas anderes. »Irrt sich das Schicksal manchmal?«, fragte sie. »Wer weiß, was passiert wäre, wenn wir am Abhang mehr Tempo gehabt hätten. Wir hätten uns überschlagen können.«

»An der genauen Interpretation feile ich noch«, wich Judith aus.

»Angenommen in den Karten steht, du kommst bei einem Flugzeugunglück ums Leben«, beharrte Eva auf ihrer Frage, »was passiert, wenn du den Zug nimmst?«

»Worüber machst du dir Sorgen?«, antwortete Estelle an Judiths Stelle. »Wenn das Schicksal dich um die Ecke bringen wollte, ist es ein furchtbarer Pfuscher. Es hat zweimal die Chance gehabt. Zweimal daneben.«

Judith sah das ganz anders: »Ihr seht das viel zu einseitig. Man darf nicht nur die negativen Dinge Schicksal nennen. Vier gesunde Kinder …«

»… drei gesunde Kinder, ein Hacker«, korrigierte Estelle.

Aus dem Dickicht des Waldes ertönte Carolines Stimme: »Vielleicht könnten die Damen von der esoterischen Gesprächsgruppe mit anpacken?«

Sie hatte eine Futterkrippe entdeckt, die in sich zusammengebrochen war.

»Möglicherweise können wir damit was anfangen«, schlug sie vor.

»Ob das funktioniert?«, meinte Judith mit Blick auf die morschen Balken.

Estelle kratzte sich am Hinterkopf. »Mich darfst du nicht fragen«, sagte sie. »Ich habe zwei linke Hände. Alles Daumen.«

Sie wuchteten, sie hievten, sie zogen und zerrten. Die Seitenwände der Krippe waren zerfressen, aber ein Teil des Dachs wirkte stabil genug, um als Rampe dienen zu können. Estelle, die hinten trug, stapfte verbittert auf Strümpfen über den nassen Waldboden und fragte sich laut, warum sie sich den Ausflug der Dienstagsfrauen jedes Jahr aufs Neue antat. Sie hätte es besser wissen können: »Was auch immer wir planen, am Ende bekomme ich jedes Mal eine Überdosis Naturerlebnis«, konstatierte sie nüchtern.

Am Waldausgang stockte Caroline. Entsetzt blickte sie auf die Lichtung. Da stand jemand bei ihrem Auto. Ein Mann. Aufmerksam äugte der Fremde durch alle Fenster, öffnete die Tür und sprach beruhigend auf den aufgelösten Pudel ein, der hinter der Scheibe tobte.

»Vielleicht sieht Oskar auch einen Werwolf«, unkte Estelle.

Der arme Pudel war über den unerwarteten Besucher genauso entsetzt wie Caroline. Oben an der Straße parkte ein Jeep. Die Warnblinkanlage leuchtete gespenstisch durch das Dunkel. Caroline erkannte das Auto sofort. Es war der Wagen ihres Verfolgers.

»Das ist es«, flüsterte Judith aufgeregt. »Das war das Bild, das ich im Traum vor mir gesehen habe.«

Ihr Ton jagte den Freundinnen Schauer über den Rücken. Der Wind heulte durch die Wipfel der Bäume.

»Wie ist dein Traum eigentlich ausgegangen?«, fragte Estelle interessiert.

»Ich bin aufgewacht«, gab Judith zu.

Caroline war nicht nach weiteren Kassandrarufen zumute. »Kann ich Ihnen helfen?«, rief sie dem Unbekannten zu. Sie klang betont munter. Dabei waren sie es, die Hilfe hätten brauchen können.

Der Mann drehte sich um. Fast hätte sie hysterisch aufgelacht. Ein Werwolf war es nicht. Haarig war der erste Eindruck dennoch. Dicht und halb ergraut standen sie in alle Richtungen ab: auf dem Kopf, im Gesicht, im offenen Hemdkragen. Vor ihr stand eine Art nachlässiger Dandy, mit Sakko und strahlend weißem Hemd. Seine dunklen Augen versteckte er hinter einer dicken Hornbrille. In der Gesamtwirkung lag er irgendwo zwischen gekonnt nachlässig und gnadenlos verkracht. Sein Gesicht war von Linien zerfurcht. Er blitzte die eingematschte Frauengruppe ironisch an.

»Ich dachte, der Pudel hätte den Wagen gesteuert. Das hätte manches erklärt.«

»Wir haben uns verfahren«, erklärte Judith und warf sich in Positur. Dass sie sich inzwischen mit dem Leben ohne Mann arrangiert hatte, blieb in manchen Momenten eher Theorie.

»Ich dachte, es wäre eine gute Abkürzung«, erklärte Caroline und streckte dem Fremden ihre dreckige Hand entgegen. »Caroline Seitz.«

Ihr vermeintlicher Verfolger nuschelte: »Thomas Steiner.« Klang er absichtlich so vage? Blitzschnell ratterte Caroline im Kopf ihre Fälle herunter. Als Strafverteidigerin hatte sie ein geübtes Gedächtnis für Namen. Nichts war peinlicher, als wenn man im Gerichtssaal Zeugen und Täter durcheinanderbrachte. Der Name Steiner weckte keinerlei Assoziationen bei ihr. Schon gar nicht in Bezug auf den

Schwimmbadfall. Das Gesicht noch viel weniger. Caroline wollte ihrem unguten Gefühl keinen weiteren Raum geben. Sie wollte weg. Jetzt. Sofort. Sie setzte das Holz vor dem Vorderreifen ab.

»Das funktioniert nicht«, sagte Steiner lässig. Er war kein Mann der großen Worte.

Hatte sie eine Wahl? Caroline ließ sich von kleinlichen Einwänden nicht von ihrem Plan abbringen. Sie rutschte wieder hinters Steuer. Aus dem Augenwinkel beobachtete sie den Mann. Gemeinsam mit den Freundinnen wartete er mit verschränkten Armen darauf, was passierte. Caroline entging keine seiner Bewegungen, kein Blick. Sie musste zugeben, dass er friedliebend und freundlich wirkte. Aber was hieß das schon? Caroline hatte gelernt, sich niemals auf den ersten Blick zu verlassen. Ihr ganzes Berufsleben war von Menschen mit zwei Gesichtern geprägt. Die Gefängnisse saßen voll mit Gewalttätern, deren Angehörige überzeugt waren, dass ihre Lieben keiner Fliege etwas zuleide tun könnten. Trotz Beweisen, Verurteilung und besseren Wissens. Caroline schob den Gedanken an die Drohbriefe beiseite.

Energisch drückte sie das Gaspedal runter. Der Reifen setzte auf dem Holz auf, die morsche Holzkonstruktion knackte. Beim zweiten Anlauf klappte es. Mit Schwung manövrierte Caroline das Auto aus der Schlammkuhle. Und das nur, um sich fünfzig Zentimeter weiter erneut festzufahren. Es roch nach Benzin. Irgendetwas am Unterboden war kaputt gegangen. Sie fühlte sich unendlich dumm.

»Ich nehme Sie an den Haken«, beschied der Mann. Widerspruch war, seinem Tonfall nach zu urteilen, nicht vorgesehen. Als Caroline ihn zu seinem Wagen begleitete, hoffte sie, dass er keinen Fleischerhaken meinte. Sie verbot sich, darüber nachzudenken, warum jemand im Frühjahr mit Schneeketten und Spaten im Kofferraum durch Mecklenburg-Vorpommern reiste. Neben einem abgegriffenen braunen Lederkoffer noch etwas Verstörenderes: eine flache silberne Metallbox, die sie an einen Waffenkoffer erinnerte. Caroline fühlte sich dafür verantwortlich, dass die Dienstagsfrauen auf der grünen Wiese gestrandet waren. Wenn sie dort vor Anbruch der Nacht wegwollten, hatten sie keine andere Wahl, als sich diesem Steiner anzuvertrauen.

10

Bibbernd saß Caroline am Steuer. Dreizehn Kilometer bis Birkow. Als das Auto mit den vier Freundinnen endlich wieder festen Grund unter den Rädern hatte, waren sie bis auf die Knochen durchgefroren. Dreizehn Kilometer an Steiners langer Leine. Im wahrsten Sinne des Wortes. Caroline sehnte sich danach, endlich anzukommen. Eine dampfende Tasse Tee, etwas zu essen, ein warmes Plätzchen: Die Sandkrugschule, von der Kiki so geschwärmt hatte, schien ihr schon jetzt wie das Himmelreich auf Erden. Sie jubelte laut auf, als kurz hinter dem Ortsschild Birkow das Wort Tankstelle in der Dunkelheit aufleuchtete. Ein mannshoher gelber Plastikvogel mit Latzhose, Knollennase und Schiebermütze in Knallrot wies ihnen den Weg. Im Leerlauf und mit blinkender Warnleuchte rollte Carolines Wagen an Steiners Abschleppseil auf das Werkstattgelände. »Stets dienstbereit zu Ihrem Wohl ist immer der Minol-Pirol!«, stand auf einem Plakat. Das schien auch für einen späten Freitagabend zu gelten. Aus dem weiß gekachelten Tankstellenhäuschen, das sich außer einer blutroten Reklameleiste für Sonax-Autopflege schmucklos funktionell präsentierte, leuchtete anheimelndes Licht. Merkwürdig war nur, dass dort, wo man Tanksäulen vermuten sollte, bunt bemalte Bierbänke zum Verweilen einluden. Dicke Wolldecken lagen bereit, Kerzen flackerten in hohen, windgeschützten Gläsern, beschriebene Steine dienten als Menükarte. Selbst wenn der Sturm salzige Ostseeluft über das Land fegte, konnte man hier der steifen Brise trotzen und seinen Kaffee trinken. Mit fröhlichem Gebimmel öffnete sich die Tür zur umfunktionierten Tankstelle. Im Portal stand Kiki, sprachlos über den Zustand ihrer Freundinnen, die abgekämpft, verdreckt und verfroren aus dem Auto stiegen.

»Wir machen jetzt auf Cross Country«, erklärte Estelle. »Nur ohne Pferd. Und du?«.

Caroline sah sich ratlos um. Was machte ihre Freundin bloß hier?

Kiki schossen Tränen in die Augen. Die Freude, die Freundinnen nach so vielen Monaten wiederzusehen, überwältigte sie.

»Warum habt ihr nicht Bescheid gegeben, dass ihr eine Panne habt?«, fragte sie.

»Wir wollten dir keinen Stress machen«, meinte Eva.

»Hat toll geklappt«, japste Kiki. »Statt Stress habe ich einen Herzinfarkt. Ich habe mir solche Sorgen gemacht.«

Caroline war gedanklich noch immer mit der Tankstelle beschäftigt: »Gibt es hier einen netten Pächter? Oder was treibt dich hierher?«, erkundigte sie sich neugierig.

»Das ist unser Dorfladen«, erklärte Kiki und winkte die Freundinnen hinein. »Zweimal die Woche habe ich Dienst. Der nächste Discounter ist acht Kilometer entfernt.«

Neugierig betraten die Freundinnen den kleinen Verkaufsraum, der zugleich als Café und Treffpunkt diente.

Caroline drehte sich vorsichtig zu ihrem mysteriösen Retter um. Thomas Steiner rollte selbstvergessen das Abschleppseil über Hand und Ellenbogen auf. An einer spontanen Führung durch einen Dorfladen war er augenscheinlich nicht interessiert. Caroline umso mehr.

»Wir sind eine Genossenschaft«, sagte Kiki. »Der Betrieb gehört mir sozusagen. Zusammen mit 26 anderen. Ich kann hier alles, was ich bei ›Coffee to go‹ gelernt habe, anwenden.«

Die Freundinnen staunten über den gut sortierten Laden. Neben Grundnahrungsmitteln wie Nudeln, Reis, Mehl, Zucker und Salz konnte man sich hier mit Brot, Milch und Eiern eindecken, frisches Obst und Gemüse erstehen, selbst gekochte Marmelade, Honig, Öl, Trockenfrüchte oder biologischen Wein. Selbst geistige Nahrung war verfügbar. In der Ecke stand ein Schrank, in den man gelesene Bücher einstellen und gratis gegen die ausgelesenen Schmöker anderer Dorfbewohner tauschen konnte. Alleine die vergilbte Minol-Landkarte »Tankstellennetz der DDR«, die die Wand zierte, und eine Vitrine mit Maskottchen der ehemaligen VEB Minol erinnerten an die ursprüngliche Bestimmung des Hauses. Am Eingang warteten in nostalgischen Bonbongläsern Süßigkeiten für Centbeträge auf kleine Kunden. Nur die hypermoderne Kaffeemaschine fiel aus dem Ökorahmen. Und das Kaffeegeschirr, das Kiki einst für die Kette entworfen hatte.

»Wir sind die östlichste Filiale von ›Coffee to go‹«, begeisterte sich Kiki. »Und die einzige, die neben Kaffee noch was anderes verkaufen darf.«

Eva nahm eine Wurst hoch. »Rehsalami«, las sie vom Etikett ab.

»Vom Förster, die macht er selbst«, erläuterte Kiki. »Die Wurstwaren kommen von den Höfen in der Umgebung, das Gemüse auch, und die Kuchen backt Ingrid. Ihr müsst

Ingrid kennenlernen. Was ist eigentlich passiert? Ich bin so froh, dass ihr endlich da seid.«

Es ging alles durcheinander. Kikis Stimme überschlug sich fast. Sie wollte so viel und alles gleichzeitig. Erzählen, fragen, zuhören, schauen, umarmen, weinen.

»Der Simon aus dem Nachbardorf kann sich den Wagen anschauen«, sagte sie.

Der Wagen. Natürlich. Im Wiedersehenstaumel hatte niemand mehr auf Thomas Steiner geachtet. Als Caroline durch die Scheibe nach draußen sah, war der Jeep inklusive Steiner verschwunden. Einfach so. Wer weiß: Vielleicht hatte ihr Helfer noch versucht, sich bemerkbar zu machen. Keine der Dienstagsfrauen hatte es mitbekommen.

»Wir haben uns nicht einmal bedankt«, sagte Eva betroffen.

Caroline war erleichtert. Von wegen Verfolger. So ein Unsinn. Der Druck der letzten Wochen fiel von ihr ab. Das Bombardement an Drohungen hatte bei ihr zu blinder Paranoia geführt. Sie atmete tief durch. Acht Tage in der ländlichen Ruhe würden ihr guttun.

»Wie schön, dass ihr alle kommen konntet«, freute sich Kiki. »Ich hätte nicht gedacht …« Ihr Blick blieb an Estelle hängen. Sie stockte. Ihr Lächeln erstarrte zu einer hilflosen Miene.

»Ist doch Ehrensache, dass wir dabei sind«, erklärte Estelle großzügig.

Kiki zögerte merklich. »Ich weiß vor lauter Arbeit nicht, wo mir der Kopf steht«, wechselte sie das Thema, »lasst uns nach Hause laufen. Dann könnt ihr euch noch von Max verabschieden.«

Mit einem ungestümen Rempler stürmte sie an Estelle

vorbei aus dem Laden. Estelle blieb mit ratlosem Gesicht zurück.

»Habt ihr Krach?«, fragte Caroline.

»Ich weiß von nichts«, meinte Estelle schulterzuckend.

Wie sich herausstellen sollte, lag genau da der Fehler.

11

»Ist es noch weit?«, klagte Estelle.

Sie hatte genug von nächtlichen Spaziergängen mit Gepäck. Die Kofferrollen hüpften über die Schlaglöcher der Hauptstraße, die in gemütlichen Windungen von der Minol-Tankstelle durch das Dorf zur alten Schule führte. Der Wind blies ihr scharf ins Gesicht und sortierte ihre Haare neu. Oskar zog, Estelle schleppte, die Freundinnen schwitzten. Nirgendwo gab es eine Spur von geselligem Dorfleben. Dabei war es gerade mal acht Uhr.

»Wenn ich hier wohnen würde, ich würde sofort wegziehen«, flüsterte Estelle Judith zu. »Die haben noch nicht mal Bürgersteige, die man hochklappen könnte.«

Die Häuser rechts und links der Straße wirkten ausgestorben. An mancher Rauputzfassade wackelte ein Schild *Zu vermieten/Zu verkaufen* im aufziehenden Sturm. Wo hinter dicken Gardinen ein Lichtschimmer zu erkennen war, wiesen die Autokennzeichen darauf hin, dass es sich um Zweitwohnungen handelte. Berliner Kennzeichen dominierten, dazwischen standen ein paar Hamburger. Estelle staunte: Waren das alles neue Bewohner aus den Großstädten, die am äußersten Rand der Mecklenburger Seenplatte ein neues Glück als freischaffende Künstler, Teilzeithoteliers oder Hobbylandwirte suchten? Autos, die ein MST wie Mecklenburg-Strelitz zierte, waren deutlich in der Unterzahl.

»Viele junge Leute wandern aus, weil es hier zu wenig Arbeitsplätze gibt«, erklärte Kiki. »Vor allem außerhalb der Sommersaison.«

Estelle fragte sich, wie der Palast aussehen müsste, der sie in eine solche Abgeschiedenheit locken könnte. Die Straßenlaternen flackerten träge. Sie warfen ihr müdes Licht auf die Plakate, die zum siebten Birkow-Cup in das Bowlingcenter am Dorfrand einluden. In der Sportstätte schien heute Abend auch nichts los zu sein, denn die Jugend des Dorfes, zwei blasse Mädchen und ein endlos langer, schlaksiger Junge, hatte sich zum Rauchen und Trinken in dem alten Bushäuschen versammelt. Die Zahl der Kippen, die rund um die Haltestelle verteilt waren, verriet die tägliche Routine ihrer Zusammenkunft. Sie hofften vermutlich, dass irgendwann einmal ein Überlandbus hielt und sie aus Birkow abholte.

»Uns geht es prima hier«, erklärte Kiki, als könne sie Estelles Gedanken lesen. »Es gibt Dörfer, die haben nur noch Leerstand. In vielen Ortschaften gibt es keinen Laden, keinen Gasthof, keinen Arzt. Birkow ist deutlich auf dem aufsteigenden Ast. Und mit unserem Bed & Breakfast sowieso.«

»Aufsteigender Ast« schien ein dehnbarer Begriff zu sein. Jedenfalls, wenn man ihn auf den Zustand von Kikis neuer Behausung anwandte. Hinter einer Biegung tauchte die Sandkrugschule auf. Der linke Teil des Klinkerbaus war noch eingerüstet. Heftiger Wind zerrte an den Plastikplanen. Stöhnend schleppten die Dienstagsfrauen ihre Koffer über den ehemaligen Schulhof, der mit Schotter bedeckt war. Das Hauptportal, an dessen höchster Stelle ein Gedenkziegel mit der Jahreszahl 1911 prangte, war nur über eine wacklige Holzkonstruktion zu erreichen. Estelle balancierte nacheinander ihre monströsen Koffer, Golfausrüstung und Pudel über die Bretter.

»Die Rampe ist ein Provisorium«, erklärte Kiki. »Die Treppe wird nächste Woche gemauert.«

Neugierig sahen sich die Dienstagsfrauen in Kikis neuer Heimat um.

»Erinnert mich an das Gymnasium von den Kindern«, sagte Eva und verzog das Gesicht.

Tatsächlich wirkte der Eingangsbereich ausgesprochen großzügig. Auf jeden Fall für eine Dorfschule. Die Geschosse waren durch eine Haupttreppe in der Mitte des Hauses verbunden. Rechts und links gingen die Gänge mit den Klassenzimmern ab, geradeaus lag die ehemalige Aula.

Judith sollte im Obergeschoss neben der alten Schulmeisterwohnung schlafen, Estelle, Eva und Caroline bekamen die Klassen eins bis drei zugeteilt.

»Eure Zimmer sind noch nicht ganz fertig«, warnte Kiki, bevor sie die erste Tür aufstieß.

Fassungslos sah Estelle sich um. »Nicht ganz fertig« beschrieb den Zustand ihres Zimmers nur ungenügend. Der Raum hatte den Charme einer Ausnüchterungszelle. Allerdings für Ali Baba und die vierzig Räuber.

Kiki merkte nicht, wie schockiert Estelle war. »Ihr hättet das Haus sehen müssen, als wir im November ankamen. 41 Fenster, 41 Problemfälle. Die Mails von unserem Zimmermann lasen sich wie das dritte Buch Hiob.«

Stolz über das Erreichte schwang in ihrer Stimme mit. »Wir haben erst vor zwei Wochen die Böden abgezogen. Deswegen ist es noch ein bisschen kahl.«

»Ich dachte, ihr wärt schon viel weiter«, platzte Estelle

heraus. Mit Entsetzen dachte sie daran, dass bereits in drei Wochen Eröffnung gefeiert werden sollte.

Kiki umging eine Antwort: »Ich schau mal, wie weit Max mit dem Essen ist«, erklärte sie. »Wir treffen uns in einer halben Stunde in der Aula.«

Estelle hatte sich immer gut mit Kiki verstanden. Seit ihrer Ankunft hatte sie den Eindruck, dass Kiki ihren Blicken und Fragen systematisch auswich.

Draußen ein Gerüst, drinnen ein Provisorium. Estelle sah sich betreten um. »Keine Geschäfte unter Freunden und Verwandten, das gibt nur Streit«, hieß es immer. Vielleicht hatten diese Stimmen recht. Estelle hatte eingefädelt, dass die apothekeneigene Stiftung »Ein Sommertag für alle« in Kikis Bed & Breakfast investierte, um bedürftigen Kindern eine sorglose Ferienwoche auf dem Land zu ermöglichen. Estelle gab die Richtlinien für die Arbeit der Stiftung vor, die praktische Durchführung ihrer Projekte übernahm die Zentrale. Als sie vor einem Jahr den Deal einfädelten, hatte sie zugesagt, sich aus dem Projekt rauszuhalten. Vielleicht hatte sie sich zu sehr daran gehalten.

»Mir gefällt's«, rief Judith.

Neugierig gingen die Freundinnen von Zimmer zu Zimmer, um Kikis Fortschritte in Augenschein zu nehmen. Judith sah, was Estelle nicht sehen konnte: die hohen Räume, die imposanten Fensterfronten, die antiken Kachelöfen, die Türen, die noch aus den Gründungsjahren stammten, und den schönen alten Parkettboden, über den jahrzehntelang Schülerfüße getrappelt waren. »Man spürt an der Atmosphäre, dass hier gelernt und gelacht wurde«, meinte sie.

Auch Eva und Caroline schienen nicht sonderlich beunruhigt. Warum auch? Sie hatten keine Stiefschwiegertochter, die im Stiftungsrat des Apothekenimperiums kritische Fragen über die laufenden Charity-Projekte stellte.

»Findet ihr nicht, dass Kiki sich komisch verhält?«, fragte Estelle, als sie Evas Zimmer betraten. Ihr Raum war genauso groß, aber außer drei Stockbetten stand auch dort nicht viel. Die Szenerie wurde spärlich beleuchtet von einem »Leuchtbild Wasserfall mit realistischem 3-D-Bewegungseffekt«. Die waren wohl versehentlich mit ausgeladen worden und nun in Mecklenburg-Vorpommern gestrandet.

»Wann kommt die erste Gruppe?«, fragte Caroline.

»Nach Pfingsten«, antwortete Estelle.

»Kiki hat Stress«, konstatierte Eva nüchtern mit Blick auf das Provisorium. »Ich jedenfalls hätte Stress.«

»Darum sind wir doch da«, meinte Judith.

Begeistert zeigte sie den Freundinnen, was sie auf dem Gang entdeckt hatte. In einer Ecke warteten fünf Paar knallbunte Gummistiefel, die Kiki für die Freundinnen besorgt hatte. Estelle verzog das Gesicht. Zum ersten Mal wurde ihr klar, auf was sie sich eingelassen hatte.

12

»Und? Wie finden sie es?« fragte Max neugierig.

Gemeinsam mit Greta stand er an der alten Schultafel, die einmal zur Ausstattung der dritten Klasse gehört hatte. Jetzt zierte das Überbleibsel aus längst vergangenen Tagen neben einem vergilbten Karton mit der Aufschrift »Polytechnische Oberschule Birkow« und einer alten Schulbank den Frühstücksraum. Bis das Bed & Beakfast eröffnete, bildete die sechs Meter hohe Aula das Zentrum von Max' und Kikis Familienleben. Der ehemalige Schulsaal diente gleichermaßen als Wohn-, Spiel-, Arbeits- und Esszimmer. Dort, wo früher die Bühne gewesen war, hatte Max eine Küchenzeile aus alten Holzresten gebaut und mit eisgrauem Lack überzogen. Das Mittelstück bildete ein moderner Elektro-Ofen, ein Prototyp eines befreundeten Designers. Die Herdplatten waren immer noch leer. Max hatte augenscheinlich vergessen, dass er für die Abendmahlzeit zuständig war. Hingebungsvoll malte er an der Schultafel Buchstaben aus: Herzlich willkommen Eva, Judith, Caroline und Estelle. Greta steuerte ein Quartett aus lustigen Kopffüßlern bei. Das Zeichentalent hatte sie von Kiki geerbt, das Talent, über dem Spielen alles andere zu vergessen, von ihrem Vater.

»Ich dachte, du hast schon mal mit dem Kochen angefangen«, motzte Kiki.

»Wir haben einen Gast in der Fischerhütte«, entschuldigte Max sich schnippisch. »Dem musste ich erst mal alles erklären.«

Da war er wieder, der gereizte Ton. Immer öfter hatte er sich in den letzten Monaten zwischen Kiki und Max eingeschlichen. Die ständige Überlastung forderte ihren Tribut. Nichts funktionierte wie geplant und erträumt. Die Fischerhütte war als einziges Zimmer im März fertig geworden und spülte ein wenig Umsatz in die klamme Kasse.

Max legte widerwillig die Kreide aus der Hand und schob die acht Einzeltische, an denen später einmal ihre Gäste frühstücken würden, zu einer langen Tafel zusammen. Die Tische stammten aus der Kantine einer ehemaligen LPG-Betriebskantine und hatten die Zeit nach der Wende beim Bauer Möller direkt nebenan überlebt. Um sie herum gesellte sich ein gutes Dutzend Stühle, deren einzige Gemeinsamkeit war, dass sie alle rot gestrichen waren. Kiki liebte die Aula. Sie kam der Vorstellung von ihrem persönlichen Bullerbü am nächsten.

»Was ist Greta groß geworden«, klang es vierstimmig hinter ihr.

Frisch gemacht und umgezogen erschienen die Dienstagsfrauen in der Aula. Max hob die Hand zum Gruß, die Freundinnen hatten nur Augen für Greta. Das kleine Mädchen sah aus, als entspränge es direkt Kikis alten Astrid-Lindgren-Büchern. Krause blonde Haare, pausbäckige rote Wangen, wacher Blick. Das Sweatshirt, das sie über der geringelten Stumpfhose trug, war über und über mit Kreide verschmiert. Angesichts der Invasion von begeisterten Tanten versteckte sie sich schüchtern hinter den Beinen ihres Vaters. Max konnte Kikis Freundinnen nicht mal richtig begrüßen, so fest klammerte sich das kleine Mädchen an seine Hosenbeine.

»Hier erkenne ich Kiki wieder«, sagte Caroline. Ihrem amüsierten Blick zufolge, meinte sie damit nicht nur die kleine Tochter, sondern vor allem die Einrichtung. Belustigt bewunderte sie die Hirsch- und Rehgeweihe, die dicht an dicht über dem offenen Kamin hingen. Zwischen echten Beutestücken aus DDR-Zeiten hingen einträchtig Fundstücke aus der Moderne: ein Rehkopf aus pinkfarbenem Wachs, ein silberner Springbock aus poliertem Aluminium, ein Hirschkopf aus Plüsch.

»Ich kenne niemanden, der sich allen Ernstes Geweihe an die Wand hängt. Bei dir sieht das irgendwie gut aus«, bestätigte Eva.

»Den kapitalen Hirsch hat Honecker höchstpersönlich erlegt«, erläuterte Kiki und wies auf den Zehnender in der Mitte.

»Wo hast du das alles her?«, fragte Judith ein wenig angeekelt. Als überzeugte Vegetarierin konnte sie der makabren Sammlung wenig abgewinnen.

»Das meiste habe ich bei Wohnungsauflösungen zusammengetragen«, erklärte Kiki. »Es gibt hier viel mehr Leute, die weggehen als herziehen.«

»Zu den 300 Gegenständen, mit denen ein Mensch auskommt, zählen offensichtlich 50 Geweihe«, merkte Estelle an.

»Die Wand dahinter ist marode«, gab Kiki ehrlich zu. »Die alten Geweihe waren die billigste Lösung, das zu kaschieren.«

Dogmatisches Denken war noch nie Kikis Sache gewesen. Das konsequente Durchziehen eines einmal getroffenen Plans jedoch auch nicht. Vom angekündigten Essen war nicht viel zu erkennen. Dafür deckten Max und Greta inzwischen einträchtig den Tisch.

»Sollen wir beim Kochen helfen?«, fragte Eva.

»Ruht euch einfach aus«, meinte Kiki. »Ich improvisiere ein bisschen.«

Max drückte die verdutzte Greta auf Estelles Schoß.

»Wer will was trinken?«, fragte er in die Runde.

»Mich«, rief Greta und bekam postwendend von Papa einen Trinkbecher mit Milch. Das kleine Mädchen hatte ihren Vater gut im Griff.

Kiki war bislang entgangen, dass Estelle etwas mit Kleinkindern anfangen konnte. Greta fand es großartig auf ihrem Schoß. Sie war vollkommen fasziniert von Estelles Glitzerkram. Andächtig berührte sie die Ketten, die Estelle um den Hals trug, und betastete die goldenen Ringe. Sie war so beeindruckt, dass sie etwas suchte, um Estelles Anerkennung zu erringen.

»Geta wei«, verkündete sie stolz und zeigte Estelle ihre Hand. »Wei.«

Das Selbstbewusstsein, mit dem sie ihre Hand hochhielt, zeigte, dass »wei« etwas war, dem in Gretas Vorstellungswelt eine ungeheure Wertigkeit zukam.

Estelle sah ratlos zu Kiki, die dolmetschte: »Greta ist schon zwei Jahre alt.«

Estelle nickte beeindruckt: »Und jetzt willst du natürlich wissen, wie alt ich bin?«, fragte sie das kleine Mädchen.

Greta verstand nicht, was die Dienstagsfrauen daran so komisch fanden, aber weil alle lachten, freute sie sich mit.

»Also, was sollen wir in der Woche alles tun?«, fragte die praktisch veranlagte Caroline.

»Nach dem Essen«, vertröstete Kiki.

Mit ein paar Handgriffen entkernte sie zwei Kürbisse, die sie aus dem Tankstellenladen mitgebracht hatte, zerkleinerte sie und mischte das Fruchtfleisch mit kalter Milch, Zimt und Zitronenschale.

»Seit wann kannst du kochen?«, fragte Eva neugierig.

Kiki war bislang weniger mit elaborierten Kochkünsten aufgefallen als damit, immer einen Mann an der Hand zu haben, der bezahlte, was sie im Restaurant bestellte.

»Ingrid bringt mir das bei«, erklärte sie. »Sie ist aus Berlin und hat jetzt eine Töpferwerkstatt im Dorf.«

»Das sieht richtig professionell aus«, lobte Eva. Dabei tat Kiki nichts anderes, als die Suppe zu würzen und mit Zucker und Eigelb abzuschmecken.

»Ich versuche, so einfach und regional wie möglich zu kochen«, erklärte Kiki.

»Wir kennen jeden Kürbis persönlich, den wir verarbeiten«, ergänzte Max. »All unser Essen kommt aus einem Umkreis von 50 Kilometern. Direkt vom Erzeuger.«

Er servierte zur Suppe frisches Brot und Bier, das von einer Mikrobrauerei in Schwerin produziert wurde. Die Dienstagsfrauen waren glücklich. Selten hatte eine Mahlzeit so gut geschmeckt. Kiki war froh, das Ausmaß ihrer Probleme noch ein paar Stunden für sich behalten zu können. Heute Abend wollte sie einfach nur genießen, dass ihre Mädels endlich wieder komplett waren.

Nur Max war schon wieder auf dem Sprung. Noch vor der Nachspeise stand er auf.

»Je früher ich morgen mit der Arbeit anfange, umso eher bin ich wieder zurück«, entschuldigte er sich.

Kiki fühlte einen Anflug von leichter Panik: »Wir müssen noch entscheiden, welche Fliesen in die Badezimmer im linken Flügel kommen.«

»Das hat doch Zeit«, winkte Max ab.

Das war seine Standardantwort auf fast alles. Kiki hielt sich zurück. Sie wollte nicht vor den Freundinnen Streit vom Zaun brechen. Eine hastige Umarmung, ein flüchtiger Kuss, und dann war Max weg. Den Koffer nahm er genau so mit, wie er ihn vor ein paar Tagen im Schlafzimmer abgestellt hatte.

Greta fing jämmerlich an zu schluchzen. Kiki hätte am liebsten mitgeweint. Die ewigen Abschiede waren zu einer Nervenprobe geworden. Manchmal schlief Max sogar auf dem Sofa, um Kiki und Greta nicht zu wecken, wenn er sich montags morgens auf den Weg nach Berlin, Hamburg oder Köln machte.

»Ist nicht so einfach, wenn der eine festsitzt und der andere immer auf Durchreise ist«, merkte Caroline an. Sie war die Einzige, die sich traute, nachzufragen. »Es läuft nicht so gut zwischen euch?«

Kiki nickte. Jetzt, wo Max weg war, hatte es keinen Sinn mehr, den Freundinnen etwas vorzuspielen: »Wir führen eine Telefonbeziehung. Da wird Liebe zur reinen Telepathie. Jedes Mal, bevor er fährt, gibt es Streit.«

»Das ist ganz normal bei Fernbeziehungen«, wusste Judith. »Das passiert unterbewusst. Mit Streit macht man sich den Abschied leichter.«

»Liebe auf Abstand ist eigentlich ganz normal«, meinte Caroline. »Das gab's schon in der Steinzeit. So ein Mammut erlegt sich nicht mal eben. Die Jäger waren oft tagelang unterwegs, um Beute zu fangen.«

»Es gibt nur zwei Gründe, warum Beziehungen scheitern«, mischte Eva sich ein. »Zu wenig Nähe oder zu viel. Jeden Abend aufeinanderzuhocken, ist auch nichts.«

Kiki lief mit Greta auf dem Arm durch die Aula. Sie versuchte vergeblich, ihre kleine Tochter zu beruhigen.

»Immer noch besser, als dauernd Tschüss sagen zu müssen«, meinte Kiki. »Wenn das so weitergeht, ruiniert das Haus unsere Beziehung.«

Estelle wusste Abhilfe: »In Singapur arbeiten sie an einem Gerät, das Küssen via Internet möglich machen soll. Fernküssen statt Fernweh.«

»Hier wird der Kussroboter nicht funktionieren«, wandte Kiki ein. »Das Internet ist manchmal so instabil, dass Max denkt, ich rappe seit Neuestem auf Arabisch.«

Die Dienstagsfrauen nickten ernst. Es stand viel mehr auf dem Spiel als die Eröffnung in drei Wochen. Es ging um Kikis Beziehung.

Plötzlich hörte Greta auf zu weinen. In den Augen glitzerten noch Tränen, aber auf dem Gesicht zeichnete sich bereits ein Strahlen ab. Sie hatte etwas entdeckt, was sie ihren Abschiedsschmerz augenblicklich vergessen ließ. Aufgeregt zappelte sie auf dem Arm herum, bis Kiki sie auf den Boden setzte.

»Mäh«, rief sie begeistert und sprang wie ein kleiner Gummiflummi auf und ab: »Mäh, mäh, mäh.«

Ihr kleiner Finger wies auf Oskar. Der Königspudel mit dem eindrucksvollen Stammbaum trug es mit Fassung, dass man ihn hier offenbar für ein Schaf hielt.

13

Der Tag war aufregend, die Nacht unruhig. Sturmtief Lukas fegte über die mecklenburgische Seenplatte, den Müritz-Nationalpark, Birkow und die Sandkrugschule hinweg. Regen peitschte gegen die Fensterscheiben. Wie ein zorniger Luftgeist rüttelte der Wind an den Läden, fegte Ziegeln vom Dach, knickte Äste aus den Kronen der Bäume und pfiff durch Schlüssellöcher und Mauerritzen. Judith starrte auf ihre Blusen, die wie unterleibslose Gespenster im Luftzug schaukelten. Da es noch keinen Kleiderschrank in ihrem Zimmer gab, hingen die Kleiderbügel an einem dicken Tau, das von Wand zu Wand gespannt war.

»Mein ganzes Leben habe ich von einem Haus geträumt, das ich so gestalten kann, wie es mir gefällt«, hatte Kiki betont. »Es dauert alles nur viel länger als geplant.«

Judith störte das Improvisierte nicht. War nicht das ganze Leben ein großes Provisorium? Sie hatte in den letzten Jahren gelernt, dass Ankommen nicht mehr war als ein kurzer Augenblick des Verweilens, bevor das Schicksal einen weitertrieb. Kiki war noch nie im Leben fertig mit irgendetwas gewesen, dafür lebte sie den Dienstagsfrauen immer wieder vor, wie man selbst in der Krise gut gelaunt auf der Lebensstrecke unterwegs sein konnte. Judith beschloss, es Kiki nachzutun. Wozu sich heute Sorgen machen, wenn morgen auch noch Zeit dafür war? Sie kuschelte sich tiefer in die Kissen.

Die Sturmgeräusche vermengten sich in ihrem Kopf zu merkwürdigen Bildern. Der Zechpreller, der sie mit den Kipperkarten in Kontakt gebracht hatte, erschien ihr im Traum, geisterhaft, schwebend und unheimlich. Judith ließ sich nicht beeindrucken: »Ich bekomme noch 50,40 Euro«, warf sie dem Geist an den Kopf.

»Und du schuldest mir eine Antwort«, rief der düstere Mann.

Dabei wusste Judith nicht einmal, was die Frage war. Ein martialisch aussehender Folterknecht kam dem Windgeist zu Hilfe. In immer kürzeren Intervallen ließ er kaltes Wasser auf ihren Kopf tropfen, um sie zu einer Aussage zu zwingen. Tack. Tack. Tack. Unaufhörlich. Tack. Tack. Tack. Das Geräusch steigerte sich ins Unerträgliche und drohte, ihre Schädeldecke von innen zu sprengen. Wasser lief ihr über die Stirn, die Wangen, sammelte sich in den Augenhöhlen und Mundwinkeln. Als das kalte Nass in ihr Ohr drang, fuhr Judith entsetzt aus ihrem Traum auf. Wo war sie? Was war passiert? Sie versuchte, das unvertraute Ensemble aus Schatten und Licht zu einem sinnvollen Ganzen zusammenzusetzen. Judith tastete nach dem Schalter der Stehlampe. Tack, tack, tack, klang es neben ihrem Bett. Als das Licht aufleuchtete, war ihr klar: Das war kein Traum. Das war bittere Realität. Tropfen für Tropfen suchte der Regen sich einen Weg durch das morsche Gebälk, direkt in Judiths Bett. Das Dach der Sandkrugschule leckte.

Vom Gang hörte Judith die aufgeregten Stimmen der Dienstagsfrauen. Sie hatte wohl tiefer geschlafen, als sie gedacht hatte, denn die Freundinnen, allesamt in Gummistiefeln und Pyjama, leisteten bereits Nothilfe an der Wasserfront. Das kalte Nass drang nicht nur in Judiths Zimmer, sondern auch durch die Ritzen im Gang und versackte im löchrigen Parkett des Obergeschosses. Es war eine Frage der Zeit, wann es in den frisch renovierten Klassenzimmern im unteren Stock anfangen würde zu regnen. Kiki stapfte in Babydoll und Plastikschuhen durch das Wasser und verteilte frische Handtücher. Eva und Estelle wrangen die klatschnassen Vorgänger aus.

»Im Hirtenweg kann es stellenweise zu Pfützenbildung kommen«, begrüßte Estelle Judith. »Wir bitten um erhöhte Wringfrequenz.«

»Es tut mir so leid«, entschuldigte sich Kiki. Sie fühlte sich persönlich verantwortlich für die Wassermassen.

Caroline winkte ab: »Wenn man ein altes Haus kauft, ist man nie vor Überraschungen gefeit.«

»Ich habe so viele Überraschungen erlebt«, seufzte Kiki, »ich bin so was von überraschungsmüde.«

Judith schlüpfte in ihre Gummistiefel und schloss sich der Wisch- und Wringkolonne an. Es tropfte an fünfzehn Stellen gleichzeitig. Sie kippte den Inhalt einer Schüssel mit brauner Brühe durchs Fenster. »Wir brauchen was Größeres, um das Wasser aufzufangen«, rief sie.

Kiki, Weltmeisterin in Zwischenlösungen, hatte die rettende Idee. Bei der Auflösung der Schlecker-Filiale Neustrelitz hatte sie nicht nur einen günstigen Kerzenvorrat für die nächsten zehn Jahre erbeutet, sondern zugleich für die kleinen Gäste ein gutes Dutzend aufblasbarer Babyplanschbecken erworben. »Die konnte ich nicht liegen lassen, so billig, wie die waren. Als ob ich geahnt hätte, dass wir beim ersten Sturm ein Innenschwimmbad bekommen.«

Sie verteilte die quietschbunten Sommerartikel an ihre

Freundinnen. Die Babybecken hatten allesamt lustige Formen. Caroline bekam eine aufblasbare Ente, Kiki ein Flugzeug, Eva einen lustigen Fisch mit Flosse. Estelle hatte besonderes Pech. Ihr Modell Insel hatte eine integrierte Palme, die zusätzliche Atemluft verlangte.

»Das letzte Mal, dass ich gepustet habe, war in ein Röhrchen«, kicherte Judith.

»Mir ist jetzt schon schwindelig«, klagte Eva nach drei Atemzügen.

»Es kommt auf die richtige Technik beim Blasen an«, meinte Kiki.

Estelle pustete und prustete: »Erspar uns die Details.«

Und dann sagte sie nichts mehr. Der Sauerstoff, den ihr Gehirn benötigt hätte, um weitere spitze Bemerkungen hervorzubringen, floss in die Palme eines Babyplanschbeckens. »Urlaub unter Palmen« bekam in diesen Minuten für Estelle eine vollkommen neue Bedeutung.

14

»Alles eine Frage der richtigen Technik«, hatte Kiki behauptet. Evas Fisch hing immer noch schlapp in ihren Händen. Sie bekam einfach nicht genügend Luft in das orangefarbene Plastikungetüm. Sie atmete zu schnell und blies zu unkoordiniert. Ihre Wangen schmerzten, ihr Kopf wurde leicht, als würde sie hyperventilieren. Panisch lauschte Eva auf jedes Knacken im Gebälk. Was passierte eigentlich, wenn der Plafond durchnässt war? Hatte es in der Schule nicht genauso geklungen, kurz bevor die Deckenplatte nach unten gekommen war und den Stuhl neben ihr zermalmt hatte? Die Angst krabbelte ihre Beine hoch, kroch über den Rücken und setzte sich in ihren Gehirnwindungen fest. Evas Selbstdiagnose war einfach: Sie litt unter einem Syndrom, das man gemeinhin PTBS nannte, posttraumatische Belastungsstörung. Die konnte man selbst dann entwickeln, wenn man einem Unglück knapp entronnen war. Allein der Gedanke, was alles hätte passieren können, war Belastung genug. Was, wenn sie in der Schule nicht aufgestanden wäre? Was, wenn der Sturm gleich die Fensterscheibe eindrückte und die Splitter wie kleine Messer durch den Raum trieb? Was, wenn ein im Wind schaukelnder Baum entwurzelt würde und aufs Dach fiel? Was, wenn sie sich im durchnässten Pyjama eine Lungenentzündung und dann den Tod holte? Was, wenn Judith unrecht hatte und das Schicksal gerade zum dritten und finalen Schlag ausholte? Das Leben war lebensgefährlich. Und nicht mal mit viel Glück hatte man eine Überlebenschance.

Unangenehme Bilder kamen nach oben. Pfarrer Rennert mit seinen hängenden Wangen tauchte vor ihrem inneren Auge auf: »Abschiede sind schwer«, predigte er salbungsvoll in ihrer Vorstellung, »für die, die gehen, und für die, die bleiben. Eva Kerkhoff wollte noch so gerne bleiben.«

Sie pustete, immer schneller ... unkoordinierter ... atemlos ... Der Regen peitschte einen Ast an die Scheibe. Das Fenster sprang auf, Regen klatschte auf Eva nieder. Hilfe! Sie sprang entsetzt auf. Das Zimmer um sie herum tanzte, sie geriet ins Taumeln, ihr Fuß schwebte haltlos über dem Holzboden und landete schließlich auf der nassen Schleckertüte, die blitzschnell unter ihr wegrutschte. Eva knickte weg, verlor das Gleichgewicht und fiel. Estelles Palme verhinderte, dass sie mit dem Kopf auf den Boden aufschlug. Statt der letzten Ölung bekam sie einen Wassertropfen auf die Stirn. Stimmen klangen verzerrt an ihr Ohr. Die Freundinnen bewegten sich wie in Zeitlupe. Vier Gesichter über ihr, vier besorgte Mienen.

»Alles in Ordnung?«, hörte sie Carolines Stimme. Die Freundin klang, als spräche sie aus dem Inneren eines Wattebauschs.

»Ruhig atmen«, befahl Caroline, als sei sie die Ärztin. »Ganz ruhig.«

Nach zwei Minuten ließ das Schwanken des Raums nach, die Konturen der Gesichter gewannen an Schärfe. Je mehr der Schwindel nachließ, umso stärker drängte der Schmerz nach vorne. Sie brauchte gar nicht nachzusehen.

In dem Gummistiefel nahm ihr Knöchel gerade eine dunkelblaue Farbe an.

»Ich spiele Schicksal«, stöhnte Eva. »Wenn es mich nicht von selber erwischt, helfe ich Tollpatsch eben nach.«

Kiki brachte einen Eisbeutel, Judith Trost: »Du hättest nach der Geschichte in der Schule nicht gleich weitermachen dürfen. Man muss das erst mal sacken lassen.«

»Ich sehe immer unseren Pfarrer vor mir«, erklärte Eva. »Und Bilder von meiner eigenen Beerdigung. Das hat mich umgehauen.«

»Wer Angst vorm Tod hat, hat noch nicht genug gelebt«, meldete Kiki sich zu Wort. »Du musst von jetzt an nur noch das tun, was du wirklich willst.«

Estelle sah zweifelnd auf das Pfützenmeer: »Und das ist, was du wolltest?«, wandte sie sich an Kiki.

»Eins weiß ich sicher«, warf Kiki ein, »ich werde nicht von dieser Erde abberufen, bevor wir mit dem Renovieren fertig sind. Das Schicksal weiß ganz genau, dass es nie wieder einen neuen Mieter findet.«

Eva bewunderte die Freundin. Kiki probierte, selbst bei schlechtem Wetter und noch schlechteren Nachrichten den Optimismus nicht zu verlieren. Sie versuchte, es der Freundin nachzutun: »Geht schon wieder«, log sie tapfer. Dabei pochte und schmerzte das Sprunggelenk wie verrückt. Auftreten war unmöglich.

Der Pfarrer schwieg. Stattdessen verkündete die Fachfrau in ihr schon mal das ärztliche Urteil: Sie würde viel Zeit bekommen, sich in liegender Schonposition in die Geheimnisse der Pubertät einzulesen. Zu viel.

15

Kurz nach vier lag Caroline wieder in ihrem Bett. Wind und Regen hatten nachgelassen, die Planschbecken fingen zuverlässig das Wasser auf, das sich noch immer den Weg durchs Gebälk bahnte. Sie hatten alle zusammen in der Aula heiße Schokolade getrunken und Eva eine neue Nachtstatt bereitet. Eva war nicht mehr in der Lage, auch nur einen einzigen Schritt zu gehen. Caroline vermutete eher, dass ihr der Klassenzimmer-Trakt mit den durchweichten und morschen Decken nicht mehr geheuer war. Eva schlief lieber auf dem Sofa in der Aula, gleich neben Oskar, der ihr das Jaulen abnahm. Die beiden bildeten ein großartiges Team. Der Pudel hatte mindestens genauso viel Angst vor den unbekannten Geräuschen wie Eva.

Caroline löschte das Licht. Mit ein bisschen Glück fand sie noch ein paar Stunden Schlaf, bevor es morgen an die Arbeit ging. Auf dem Nachttisch blinkte ein winziges Licht. Ihr Telefon meldete einen eingegangenen Anruf. Wie ein Warnlicht blinkte die Anzeige.

Caroline zog die Bettdecke über sich. Es war ihr egal, wer mitten in der Nacht etwas von ihr wollte. Sie würde ihre Voicemail auf keinen Fall abhören. Was könnte sie um diese Zeit schon erledigen? Sie nahm sich ein Beispiel an ihrer Tochter. Josephine lebte in digitaler Diät. Vor ein paar

Monaten hatte sie verkündet, dass sie ihre E-Mails nur noch einmal am Tag lese und beantworte und am Wochenende überhaupt nicht mehr. Sie wolle sich nicht mehr vom permanenten Eingang mehr oder weniger wichtiger Mitteilungen bei der Arbeit oder dem Leben stören lassen.

»Stell dir vor, dein E-Mail-Eingang wäre ein realer Briefkasten und du würdest alle fünf Minuten rauslaufen, um zu sehen, ob etwas Neues angekommen ist«, hatte Josephine ihren Schritt begründet. »Sie würden dich in die Klapsmühle bringen. Mit Recht. Im Arbeitsleben halten wir das für normal.«

Caroline folgte dem guten Beispiel ihrer Tochter. Sie hielt durch. Drei Minuten. Dann fischte sie nach ihrem Handy. Sie hatte es geahnt. Im Ohr klang die verhasste Computerstimme. »Du kannst dich nicht verstecken. Ich bin näher, als du denkst.«

Energisch löschte sie die Mailbox-Nachricht. An Schlaf war trotzdem nicht mehr zu denken.

Als das erste Licht des Morgens über den Horizont kroch, tapste Caroline in Trainingsanzug und Joggingschuhen über den Gang. Im Dunkeln, die Glühbirne war wohl kaputt. Nach den Aufregungen der Nacht schliefen alle noch. Selbst die kleine Greta hatte augenscheinlich einen elternfreundlichen Schlafrhythmus entwickelt, nachdem sie beim letzten Trip der Dienstagsfrauen jeden Morgen schon vor dem Grauen begrüßt hatte.

Am Eingang zur Aula wedelte Caroline vorsichtig mit der Hundeleine. Vielleicht wollte Oskar sie auf ihrer frühmorgendlichen Erkundungstour begleiten? Als Bewacher? Der Pudel öffnete vorsichtig das linke Auge, um zu überprüfen, ob er eine Mahlzeit verpasste. Als er begriff, dass es um Frühsport ging, bedachte er Caroline mit einem mitleidigen Blick, gähnte einmal herzhaft und drehte sich wieder um. Alle Versuche, den Hund dazu zu bewegen, seinen Platz am warmen Ofen zu verlassen, blieben erfolglos.

»Bei Oskar handelt es sich um ein Indoor-Modell«, sagte eine Stimme. »Der letzte Schrei, seit Flokatis out sind.«

Die Stimme gehörte Eva.

»Habe ich dich geweckt?«, fragte Caroline schuldbewusst.

»Ich bin schon seit Stunden wach«, gab Eva zu.

Caroline untersuchte vorsichtig den Knöchel, der noch ein bisschen dicker angeschwollen war.

»Wir werden einen Arzt brauchen«, sagte sie beunruhigt.

Eva schüttelte energisch den Kopf: »Bloß nicht. Die machen einen erst richtig krank.«

»Das sieht nicht gut aus«, warnte Caroline.

»Ich komme prima zurecht«, sagte Eva. »Ich stehe unter ärztlicher Beobachtung.«

Caroline zögerte. Ärzte, das wusste man, waren die schrecklichsten Patienten.

»Los, verschwinde«, befahl Eva. Zur Bestätigung griff sie den pädagogischen Ratgeber. »Sonst bekomme ich nie raus, wie ich mit meinen Teenies umgehen soll.«

»Ich bin in einer Stunde zurück«, versprach Caroline. »Hoffentlich.«

16

Mein Gott, tat das weh. Eva hatte nicht die geringste Lust, dem Schmerz nachzugeben. Sie wollte Ferien. Aber doch nicht so.

Sie versuchte, sich auf das Handbuch zu konzentrieren. Der Ratgeber machte bereits auf den ersten Seiten deutlich, dass bei Jugendlichen zwischen zwölf und siebzehn weder Einsicht noch Empathieempfinden zu erwarten seien. Wie ein Sturm würde die Phase absoluter Eigenbezogenheit über das Leben von Pubertierenden hinwegfegen. Wichtig war, das betonte der Autor auf jeder Seite dreimal, in Krisensituationen nicht davonzulaufen, sondern im Gespräch mit seinen Teenagern und dem Ehepartner zu bleiben. Andernfalls verhalte man sich nicht anders als ein zweijähriges Kind, das sich die Augen zuhält und glaubt, verschwunden zu sein. Dass man sich selber eine Woche Erziehungsurlaub verordnete, kam in diesem Buch nicht vor. Eva pfefferte den Ratgeber in die Ecke. Bereits nach drei Minuten Lektüre war ihr bewusst geworden, dass sie alles falsch gemacht hatte, was man bei der Aufzucht von Teenagern beherzigen musste. Kein Wunder, dass sie dauernd mit Frido stritt.

Normalerweise war Eva zu beschäftigt, um sich allzu kritisch mit ihrem Leben auseinanderzusetzen. Jetzt war sie lahmgelegt und fand keine andere Abwechslung, als sich und ihre gesamte Existenz infrage zu stellen.

»Du hast eine Midlife-Crisis«, würde ihre Mutter nüchtern konstatieren und ihr dann wortreich den einen oder anderen Selbsterfahrungskurs andienen.

Kiki war da pragmatischer: »Du musst das Heute genießen«, empfahl sie immer. »Egal, wie es aussieht. Wer weiß, was morgen ist.«

Kiki hatte vollkommen recht: Man musste versuchen, aus dem Moment herauszuholen, was drinsteckte. Man durfte nichts aufschieben. Wenn sie noch Träume für ihr Leben hatte, dann war jetzt der richtige Moment, sie anzugehen. Aber was war wirklich wichtig? Was durfte man im Leben um keinen Preis verpassen? Was wollte sie noch erreichen? Schlank werden? Das erschien Eva zu oberflächlich. Zwischen ihr und ihrem Übergewicht herrschte gegenwärtig Waffenstillstand. Musste man einmal im Leben Fallschirm gesprungen sein? Vielleicht sollte sie wie einst ihre Mutter vor dem Taj Mahal posieren? Oder das Amazonas-Gebiet mit einem Boot erkunden? Eva zog ihren Kalender aus der Tasche. Sie begann, an ihrer ultimativen To-do-Liste zu arbeiten, in der sie alles aufführen würde, was sie erledigen, fühlen, ausprobieren und erleben wollte, bevor das Schicksal und Pfarrer Renner zuschlagen konnten.

17

Caroline trat vor die Tür. Frische Morgenluft begrüßte sie. Der nächtliche Sturm hatte sich gelegt. Sie waren spät angekommen in Birkow. Noch hatten sie nicht viel gesehen von dem Anwesen. Nicht allein das Unwetter hatte dem Garten der Sandkrugschule übel mitgespielt. Die Grünfläche an der Rückfront des Hauses zeigte deutlich die Folgen jahrelanger Vernachlässigung: überwucherte Wege, vermooster Rasen, schiefe Bäume, wild gewachsene Büsche, Gestrüpp und Unkraut, wohin das Auge blickte. Zwischendrin lagerte überall Baumaterial von den Renovierungsarbeiten. Den einzigen Lichtblick bildete ein winziges Gemüsebeet, auf dem Kiki schon mal angefangen hatte, den Traum vom Selbstversorger in die Tat umzusetzen. Caroline war gerührt über das bescheidene Gärtchen, das Kikis Willen bezeugte, dem Brachland neues Leben einzuhauchen. Hinter dem Gemüsegarten führte ein zugewachsener Trampelpfad zum Seeufer. Zur Linken streckten sich die Weiden vom Möllerbauern aus, zur Rechten konnte man die Fischerhütte erahnen. Dichte Büsche umringten das Haus. Nur der lange Bootssteg ließ eine Unterkunft in Seenähe erahnen.

Einmal am Ufer angekommen, konnte Caroline zum ersten Mal nachvollziehen, warum Kiki sich in die Sandkrugschule verliebt hatte. Wenn man Natur suchte, hier fand man sie im Übermaß. Über dem See waberte sanft der Nebel. Die Landschaft glänzte in allen Schattierungen von Grau und Grün. Für Farbtupfer sorgten alleine das knallrote Bobby-Car von Greta und ihre bunten Sandförmchen, die auf dem kleinen Stück Privatstrand lagen. Ein Rundweg führte Wanderer durch baumreiches Gebiet um den See herum.

Caroline entschied sich für die linke Runde, die hinter den Kuhweiden direkt in den Wald führte. Sie trabte vorsichtig an. Der Boden, aufgeweicht von den nächtlichen Regengüssen, gab unter ihren Füßen nach. Sie trug Kopfhörer und iPhone mit sich. Caroline schaltete den lokalen Nachrichtensender NDR1 Mecklenburg-Vorpommern ein. In Telefoninterviews wurde die aktuelle Lage in Greifswald, Rostock, Wismar, Schwerin und Neubrandenburg beleuchtet. Der nächtliche Sturm hatte das Land schwer getroffen. Zwischen Wismar-Ost und Kreuz Wismar hatte ein umgestürzter Sendemast den Verkehr auf der Autobahn zum Erliegen gebracht, im südlichen Landkreis Mecklenburger Seenplatte war die Stromversorgung zusammengebrochen, überall gab es Verkehrshindernisse durch entwurzelte Bäume, verwehte Bauzäune, umgestürzte Plakatwände und abgedeckte Dächer. An der Küste war ein Frachter, der unter der Flagge Maltas fuhr, in Seenot geraten, die Feuerwehr war rund um die Uhr im Einsatz, um überflutete Keller und Straßen leer zu pumpen.

»Im ganzen Sendegebiet kommt es zu umfangreichen Behinderungen«, erklärte die freundliche Stimme und empfahl allen Bewohnern des Landes, Ruhe zu bewahren und am heutigen Samstag zu Hause zu bleiben.

Am Birkowsee herrschte die Ruhe nach dem Sturm. Ein seltsames Gefühl beschlich Caroline, als sie die freien Wiesen hinter sich ließ und vom Schlund des Buchenwalds verschluckt wurde. Das hohe Grün umfing sie wie ein gigantisches Zelt. In dem naturbelassenen Laubwald standen die Bäume dicht an dicht. Wie eine geschlossene Armee hatten sie dem Sturm getrotzt. Nur dort, wo der Wind freien Zugriff auf die Wipfel hatte, lagen Zweige auf dem Boden. Die Landschaft war vor zehn- bis fünfzehntausend Jahren durch die enormen Kräfte der Eiszeit geformt worden. Ein grüner Teppich hatte sich über den sanft gewellten Boden gelegt. In den Rinnen und Senken, die die Eiszeit geschaffen hatte, staute sich das Wasser, das in der Nacht heruntergekommen war. Millionen von Pflanzen überwucherten Tümpel und Waldboden und schufen eine verwunschene Märchenlandschaft in Grün. Caroline hätte sich nicht gewundert, hinter der nächsten Biegung Schneewittchen, den sieben Zwergen und Rotkäppchen zu begegnen. Oder dem bösen Wolf. Da waren sie wieder, die quälenden Gedanken. Unwillkürlich fiel Caroline Thomas Steiner ein. Die seltsamen Empfindungen vom Vortag waren noch ganz frisch, das Gefühl, gejagt zu werden, brodelte unterschwellig weiter. Unbewusst erhöhte Caroline die Laufgeschwindigkeit. Sie hatte in ihrem Alltag mit Menschen zu tun, vor denen man Angst haben konnte: Mörder, Gewaltverbrecher, hochkriminelle Serientäter. Im Umgang mit ihrer Verteidigerin blieben sie in der Regel freundlich und höflich, schließlich war Caroline die einzige Verbündete, die ihnen geblieben war. Sie war sich nicht sicher, wie weit dieser anonyme Anrufer wirklich gehen würde. Und warum? In all den Jahren in der Kanzlei hatte sie niemanden kennengelernt, der aus purer Lust tötete. Die meisten Morde hatten ihre Ursache in tief empfundenem Unglück.

Caroline versuchte, an etwas anderes zu denken. Sie konzentrierte sich auf die Stimme der Radiomoderatorin, die zum Tageshoroskop übergegangen war, das auf Plattdeutsch verlesen wurde. Sie verstand nur die Hälfte: »Nichts überstürzen sollten die Fische«, empfahl ihr die junge Frau. »Immer einen Fuß vor den anderen setzen.«

Nach dem unfreiwillig komischen astrologischen Intermezzo folgten Erziehungstipps. Ein Programm für überarbeitete Strafverteidigerinnen mit Hang zu paranoiden Zuständen gab es leider nicht.

Ein tief hängender Ast schlug gegen ihren Arm. Caroline drosselte ihr Lauftempo. Ihre unregelmäßige Atmung bescherte ihr schmerzhafte Seitenstiche. Sie schaffte noch ein paar Meter, dann musste sie innehalten. Gloria Gaynor jubelte ihr ein fröhliches »I will survive« ins Ohr. Caroline stellte das Radio ab. Eigentümliche Stille umfing sie. Motorsägen hallten in der Ferne, dann ein lauter Knall. Was war das? Ein Schuss?

Für einen Moment vergaß sie ihren eigenen Körper und analysierte nüchtern ihre Chancen. Der verwunschene Laubwald war der ideale Ort für ein Verbrechen. Hinter jedem Baum konnte sich jemand verborgen halten. Wenn ihr hier etwas zustoßen würde: Wie lange würde es dauern, bis man sie fand? Caroline rief sich zur Ordnung. Es war zu lächerlich. Am See klatschte sie sich kaltes Wasser ins Gesicht. Vom Ufer hatte sie einen schönen Blick auf die im Tiefschlaf liegende Sandkrugschule. Dahinter war das Dorf allenfalls zu erahnen. Wie merkwürdig, dass nicht in einem einzigen Haus Licht brannte. Birkow sah aus wie eine Geisterstadt. Das einzige Lebenszeichen stellte die dünne Rauchsäule dar, die aus dem Kamin der Fischerhütte in den Himmel stieg. Vom See hatte man eine gute Sicht auf das

Häuschen. Sie beschloss, am lichten Seeufer zurückzulaufen. Je näher sie kam, desto mehr Details schälten sich aus dem grauen Einerlei. Die Fischerhütte wirkte überraschend groß, die weinrote Fassade anheimelnd und freundlich. Fensterläden, Tür und Eckpfosten glänzten in strahlendem Weiß. Die Veranda schwebte auf Pfählen über dem Wasser, daneben verlief der Bootssteg, hinter dem Haus parkte ein Wagen. Carolines Herz blieb stehen. Sie erkannte das Auto auf den ersten Blick. Es gehörte ihrem obskuren Helfer vom Vortag, Thomas Steiner. Am Wagen prangte ein Kölner Kennzeichen. Caroline atmete schwer durch. An Zufälle hatte sie noch nie geglaubt.

18

Der Tag hatte angefangen. Unerbittlich und gnadenlos. Gestern waren die Matratzen in den Zimmern geschwommen. Heute stand Kiki das Wasser bis zum Hals. Fieberhaft sortierte sie auf ihrem Schreibtisch den Berg von Papieren: Rechnungen, Kontoauszüge, Belege, Zeitpläne, Budgetplanungen und Anträge. Sie verteilte ihre Buchhaltung auf verschiedene Stapel. Als die Schreibtischfläche nicht mehr ausreichte, erweiterte sie ihren Aktionsradius auf die Bodendielen. Dort hockte Greta, die sich hoch konzentriert als Schredder übte und mit einer Kinderschere die Einladung zum Birkower Bowlingturnier in Einzelteile zerlegte.

»Guten Morgen«, ertönte eine fröhliche Stimme. Judith stand im Eingang. Sie trug schwer an einem Weidenkorb, in dem sie die nassen Handtücher der letzten Nacht gesammelt hatte. Durch die Ritzen des Flechtwerks tropfte es noch immer.

»Stell die Wäsche im Gang ab«, sagte Kiki. »Wir haben keinen Strom.«

Sturmtief Lukas hatte ganze Arbeit geleistet. Die ehemalige Sandkrugschule glich einem Krisengebiet. Kein warmes Wasser, kein Licht, kein Telefon, kein Internet. Der ganze Landkreis war von der Außenwelt abgeschnitten. Der umgekippte Verteilerturm hatte sich im Wind über die einzige Zufahrtsstraße nach Birkow gelegt. Die Sackgassenlage des Dorfes erwies sich einmal mehr als Standortnachteil.

»Der Bauer von nebenan sagt, dass sich die Reparatur den ganzen Tag hinziehen kann. Die haben im Kuhstall ein Radio, das auf Batterie läuft.«

Judiths Blick glitt über Kikis Buchhaltungsstapel. Um die Elektrizität kümmerten sich andere, das Dach war deutlich Kikis Baustelle. Kiki brütete über Kindergeldbescheiden, möglichen Außenständen von Max und Kontoauszügen, die vielleicht noch ein Plus aufwiesen.

»Um neun Uhr kommt unser Bauunternehmer. Bis dahin muss ich einen geheimen Geldtopf aufgetan haben«, sagte sie zu Judith. »Du hast nicht zufällig Interesse an einem Traktor, Marke Ferrari?«

»Hast du überhaupt noch einen Überblick?«, erkundigte Judith sich vorsichtig.

»Nein«, gab Kiki offen zu. »Aber was macht das? Wenn man alles so genau weiß, kann man nur verzweifeln.«

»Und deswegen machst du die Post gar nicht mehr auf?«, Judith hielt ein paar Umschläge hoch, die Kiki und Max lieber nicht zur Kenntnis nehmen wollten. Sie kamen allesamt vom Bauunternehmen Bruno Schwarzer.

»Man lebt ruhiger, wenn man nicht alle Risiken kennt«, meinte Kiki, die schon früher Meisterin im Schönrechnen war. »Ich habe es noch immer hinbekommen.«

»Familie, Arbeit, das Riesenhaus, der Garten: Das ist alles ein bisschen viel für zwei?«, hakte Judith nach.

Kiki hatte nicht die geringste Lust, sich in der Stunde der Wassersnot auch noch rechtfertigen zu müssen: »Du klingst wie der Vater von Max«, beschwerte sie sich. »Mit dem Unterschied, dass der das nicht als Frage formuliert.«

Ihr Exchef und Nochnichtschwiegervater hatte ihnen

vor drei Monaten einmal einen Kurzbesuch abgestattet. Sein Gesichtsausdruck ließ keinen Zweifel, dass er seine Prognose, das Ostabenteuer würde sich nach einem Jahr von selber erledigen, gerade drastisch nach unten korrigierte. Sie wären nicht die Ersten, die aufgaben. Ein paar Dörfer weiter hatte sich eine Selbsthilfegruppe für bankrotte Schlossbesitzer gegründet. Vielleicht sollte sie da mal vorbeischauen. Sobald sie das mit dem Dach unter Kontrolle hatte.

»Kiki ist von der Fraktion ›Rechnungen bezahlen ist was für konfliktscheue Feiglinge‹«, meldete sich eine Stimme hinter ihnen. Estelle war aufgestanden und bereit, sich den Herausforderungen eines Tages auf dem Land zu stellen. Vorsichtshalber war sie schon mal in ihre rosafarbenen Gummistiefel geschlüpft.

Kiki fühlte Ärger aufsteigen. Sie wusste selber, dass ihr die Arbeit über den Kopf wuchs. Das hieß noch lange nicht, dass sie das von anderen hören wollte. Und schon gar nicht von einer verwöhnten reichen Dame wie Estelle. Sie ging instinktiv in Verteidigungsstellung: »Ich habe mein eigenes Ordnungssystem«, erklärte sie trotzig. »Rechnung ist nicht gleich Rechnung. Es kommt ganz darauf an, wer sie schickt. Wir haben Förderer und Freunde, denen macht es nichts aus, wenn sie auf der Bezahlliste nach hinten rutschen.«

Die skeptischen Mienen ihrer Freundinnen sprachen nicht dafür, dass sie Kikis Urteilsfähigkeit trauten. Wenigstens war Caroline noch nicht von ihrer Morgenrunde zurück. Caroline gab sich nie mit einfachen Antworten zufrieden. Das Vage, Unwägbare und Nichtkalkulierbare beunruhigte die strenge Strafverteidigerin. Kiki war da anders. Sie hasste nichts so sehr wie den Boden der Tatsachen.

»Ein altes Haus zu neuem Leben zu erwecken, das ist wie

die Geburt eines Kindes«, erklärte sie. »Wenn man wüsste, was auf einen zukommt, man würde sofort schreiend weglaufen.«

Es klingelte an der Tür. Besuch. Kiki sah auf die Uhr. Der Bauunternehmer konnte es noch nicht sein.

»Solltest du nicht …«, hob Estelle an. Weiter kam sie nicht.

»Nein, sollte ich nicht«, unterbrach Kiki rüde. »Und von dir brauche ich bestimmt keine guten Tipps.«

Sie raste nach draußen und stieß mit Caroline zusammen. Keuchend, verschwitzt und durcheinander. Offenbar war sie auf ihrer Joggingrunde um den See dem Leibhaftigen begegnet.

»Der Mann, Thomas Steiner, wie kommt der in die Fischerhütte?«, brachte sie atemlos hervor.

Kiki grinste sie an. »Max hat ihm den Schlüssel gegeben. Von da an war es ein Kinderspiel.«

Caroline ließ nicht locker: »Und was will der hier?«

»Er macht Ferien«, meinte Kiki gereizt. »Eine Woche lang.«

Caroline starrte sie ungläubig an: »Niemals.«

Kiki reichte es: »Tut mir leid, wenn es euch nicht gefällt. Es gibt Leute, die kommen gerne zum Urlaub hierher.«

Judith verstand noch nicht recht, was überhaupt vor sich ging: »Der Mann, der uns gestern aus dem Graben gezogen hat? Der hat die Fischerhütte gemietet? Was für ein unglaublicher Zufall.«

»Unglaublich, ja«, ereiferte sich Caroline. »Wer das für einen Zufall hält, ist doch total naiv.«

»Was soll es denn sonst sein?«, hielt Kiki dagegen.

Es klingelte erneut. Diesmal schon gereizter.

»Er ist uns hinterhergefahren«, meinte Caroline.

»Unsinn«, lachte Kiki auf. »Der Mann hat sich schon vor drei Wochen angemeldet.«

Caroline konnte das nicht überzeugen: »Vermutlich just in dem Moment, in dem wir im Le Jardin beschlossen haben, hierherzukommen.«

Kiki zuckte die Schultern: »Das genaue Datum steht schwarz auf weiß im Computer«, sagte sie. »Nur ist der tot. Wie alle elektrischen Geräte.«

Kiki ging. Hätte es eine Tür gegeben, hätte sie die zuknallen können. Aber zwischen Aula und dem ehemaligen Instrumentenzimmer gab es keine Tür. Die lag draußen auf einem riesigen Haufen Bauschutt.

Schwungvoll öffnete sie ihrem Besucher. Ein Problem weniger. Im Eingang stand der Arzt, den sie noch in der Nacht für Eva bestellt hatte.

19

»Bist du dir sicher, dass er hinter den Anrufen und Drohbriefen steckt?«, hakte Judith nach.

»Sicher? Natürlich nicht. Ich bin mir bei nichts mehr sicher«, gab Caroline zu.

»Merkwürdig ist es schon«, bestätigte Judith. »Das ist, was ich aus den Karten gelesen habe. Ein Mann wird unsere Freundschaft auf die Probe stellen.«

Estelle stöhnte auf: »Verschwörungstheorien um diese Uhrzeit. Und das ohne Kaffee«, ächzte sie. »Hätte ich gewusst, dass ich ein Survival-Camp gebucht habe, wäre ich zu Hause geblieben.«

Die neumodische Kaffeemaschine in der Küche funktionierte nur mit Strom. Genauso wie der Herd. Auf warmes Duschwasser, eine funktionierende Zentralheizung oder Licht im Dunkel brauchte man an diesem Tag nicht zu hoffen.

»Pilgern und Fasten war nichts dagegen«, befand Estelle.

Während sie ausführlich ihr Schicksal beklagte, beschloss Caroline zu handeln. Im Schuppen fand sie einen alten Turbotopf der VEB Union Quedlinburg, der so verbeult war, dass es nichts mehr ausmachte, wenn man ihn direkt ins Feuer hängte, um darin Kaffeewasser zu kochen. Judith schleppte bereits Brennholz heran.

»Jetzt brauchen wir nur noch eine Grillvorrichtung«, meinte Estelle ratlos. »Falls wir das Feuer anbekommen.«

»Sie müssen ein Dreibein bauen«, erklang eine Männerstimme aus dem Hintergrund. Caroline schrak zusammen. Da war Steiner. Gut gelaunt, ausgeschlafen und frisch geduscht. Das fehlende warme Wasser hatte ihn offenbar nicht von seiner morgendlichen Routine abhalten können. War Caroline beim Joggen beinahe in Ohnmacht gefallen, als sie merkte, dass Steiner dieselbe Unterkunft gewählt hatte, zeigte er nicht das geringste Zeichen von Überraschung, sie und ihre Freundinnen bei der Sandkrugschule anzutreffen. Nichts konnte ihn aus der Ruhe bringen. Weder ihre Anwesenheit noch ein Stromausfall. Selenruhig demonstrierte er mit drei kleinen Stöcken, was er meinte.

»Wichtig ist, dass die drei Stöcke eine stabile Spitze bilden, wie bei einem Zelt«, erläuterte er. »Am besten funktionieren Metallstangen. Und dann können Sie den Topf an einer Kette über den Flammen aufhängen.«

Steiner verhielt sich, als wäre es die normalste Sache der Welt, dass er hier auftauchte und so ganz nebenbei einen Schnellkurs »Überleben in der Wildnis« abhielt.

Caroline verdaute die Überraschung nicht so schnell. Sie hatte andere Sorgen als frischen Kaffee. »Wir waren unhöflich gestern«, sagte sie. »Wir haben uns nicht einmal bei Ihnen bedankt.«

Steiner winkte ab: »Ich wusste, dass wir uns hier wieder begegnen würden.«

Caroline verschlug es die Sprache.

»Sie wussten das?«, fragte nun auch Judith nach.

»Natürlich«, gab er lässig zur Antwort. Und dann verstummte er. Er verspürte offenbar wenig Bedürfnis nach weiteren Erläuterungen.

Caroline war überfordert: Wollte der sie provozieren? Aus der Reserve locken?

»Ach, und woher?«, interessierte sich Caroline.

»Sie haben die ganze Zeit von ihrer Freundin gesprochen«, lüftete Steiner das Geheimnis. »Wie viele Menschen gibt es wohl in Birkow, die Kiki heißen und Zimmer in einer alten Schule vermieten?«

Caroline ärgerte sich. Sie war gestern so mit sich, dem gestrandeten Auto und den eigenen Ängsten beschäftigt gewesen, dass sie nicht wahrgenommen hatte, wie viele Informationen sie und ihre Freundinnen unwillentlich preisgegeben hatten. Er wusste sehr viel mehr über sie als andersrum.

»Warum haben Sie uns nichts verraten?«, fragte sie vorwurfsvoll.

»Tut mir leid«, antwortete Steiner, »ich bin nicht gewöhnt, dass Frauen sich auf den ersten Blick für mich interessieren.«

Caroline überlegte, ob sie ihm präventiv an die Gurgel gehen sollte, da tauchte Estelle mit drei Metallstäben, einem Seil und einer alten Fahrradkette auf. Steiner machte sich sofort an die Arbeit.

»Und wie sind Sie ausgerechnet auf diese Unterkunft gestoßen?«, erkundigte sich Caroline. Sie versuchte, ihre Frage so leicht wie möglich klingen zu lassen.

»Ein Insidertipp«, gab er zu. »Und Sie?«

Mühsam, mit jemandem zu sprechen, der freiwillig keinen Zentimeter Information preisgab. Ob ihm das Spiel heimlich Spaß machte? Im Zeugenstand half es, hartnäckige Verschweiger mit überraschenden Aussagen zu verwirren und damit von ihrer Abwehrhaltung abzulenken.

»Sie kommen mir so bekannt vor«, versuchte Caroline eine neue Strategie. »Ich überlege die ganze Zeit, ob wir uns nicht schon mal begegnet sind.«

Steiners Antwort kam direkt und ohne Nachdenken. »Nein«, sagte er. Einfach Nein und dann gar nichts mehr.

Carolines schöne Kommunikationstheorie erwies sich als wenig tragfähig. Sie klang vermutlich wenig intelligent, als sie platt nachfragte: »Nein?«

Steiner blieb souverän. Es gab nicht einen winzigen Moment des Zögerns in seinem Verhalten. Er hielt es nicht einmal für nötig, Caroline genauer anzuschauen, um sein Urteil zu überprüfen. Er wusste es einfach. »Nein«, wiederholte er noch einmal.

Mit gekonnter Technik vertäute er die drei Stangen zu einer stabilen Konstruktion. Das Dreibein stand. So jemand, dachte Caroline, kann sicher auch eine Schlinge knüpfen.

»Jetzt müssen Sie nur noch Feuer machen«, meinte er. »Aber als alte Pfadfindermutter wissen Sie ja, wie das geht«, sagte er zu Caroline und winkte freundlich zum Abschied. »Wir sehen uns.«

Er verschwand in Richtung Haupthaus. Was auch immer er da wollte.

Die Freundinnen blieben überwältigt zurück: Was für ein Auftritt!

Judith kapierte nichts mehr: »Ihr kennt euch?«, wandte sie sich ratlos an Caroline.

»Ich weiß es nicht. Nein. Eigentlich nicht. Denke ich«, stammelte Caroline.

Man hatte sie immer für ihr gutes Gedächtnis und ihren klaren Verstand geschätzt. Seit sie übersehen hatte, dass ihre Freundin Judith ein Verhältnis mit ihrem Mann unterhielt, der jetzt ihr Exmann war, hatte sie zunehmend den Boden unter den Füßen verloren. Konnte sie den eigenen Wahrnehmungen und Erinnerungen überhaupt noch trauen?

Selbst Estelle war aufgefallen, dass Steiner seltsame Dinge sagte: »Seit wann bist du eine Pfadfindermutter?«, fragte sie.

»Vincent war mal bei den Pfadfindern. Vor zwanzig Jahren«, antwortete Caroline.

»Vielleicht kennt ihr euch daher«, mutmaßte Judith.

»Oder es war ein Witz«, warf Estelle ein. Sie fand das alles nicht so schlimm und Steiner kein bisschen gefährlich: »Warum engagieren wir den Trapper nicht?«, schlug sie vor. »Der kann uns sicher ein Wildschwein grillen. Falls wir heute Abend immer noch keinen Strom haben.«

Caroline ärgerte es maßlos, dass sie sich Steiner gegenüber hilflos fühlte. Noch mehr ärgerte es sie, dass die Batterie ihres Telefons leer war. Sie hatte beim Joggen das dunkle Dorf bemerkt und falsch kombiniert. Natürlich schliefen die Bauern und Dorfbewohner nicht länger als sie. Auf Stromausfall war sie nicht gekommen. Statt vernünftig mit den verbliebenen Ressourcen umzugehen, hatte sie sich das Horoskop angehört. Die Texte schrieb vermutlich eine fleißige, aber chronisch unterbezahlte Volontärin, die ihren Frust jeden Morgen an einem anderen Sternzeichen ausließ. So war das letzte bisschen Batterie sinnlos draufgegangen. Caroline konnte nicht einmal mehr in der Kanzlei anrufen, um ihre findige Auszubildende Nora auf Steiner anzusetzen. Nora, ganz Kind ihrer Zeit, war ausgewiesene Google-Expertin und konnte sicher rausbekommen, wo die Querverbindung zwischen Caroline und Steiner lag. Ihre eigene Recherche in der Nacht hatte erbracht, dass es im Bundesgebiet 28493 Menschen mit dem Nachnamen Steiner gab. Die meisten davon lebten in südlichen Gefilden. In der irrigen Annahme, dafür am Morgen genug Zeit zu haben, hatte sie darauf verzichtet, die 148 000 Treffer, die sie bei Google unter Thomas Steiner erzielte, genauer zu recherchieren.

»Ist der merkwürdig oder bin ich es?«, fragte sie.

»Vielleicht musst du Kiki fragen«, schlug Estelle vor. »Ich habe keine Ahnung, was das für Leute sind, die hier freiwillig Urlaub machen.«

Caroline war durcheinander. Wenn Steiner es tatsächlich auf sie abgesehen hatte, was bedeutete dieser merkwürdige Auftritt? War das wie bei einer Katze, die im Konflikt zwischen Tötungswillen und Spiellust eine Maus erst drangsalierte, bevor sie ihr endgültig den Garaus machte?

20

Eva konnte es nicht glauben: Das musste er sein. Oder nicht? Das war doch der Mann, der sie gestern aus dem Schlamm gezogen hatte?

Von der Terrasse, wo die Dienstagsfrauen sie auf einer Liege zwischengelagert hatten, beobachtete Eva, wie Steiner den Freundinnen beim Aufbau des Grills half und ebenso plötzlich, wie er aufgetaucht war, wieder verschwand.

»Was ist los? Was macht der denn hier?«, rief sie. Der Wind trug ihre Worte davon. Nur die Kühe vom Nachbarn, die zu ihrer Linken unterwegs zur Weide waren, schenkten ihr kurz Aufmerksamkeit. Eva fühlte sich, als wäre sie Patientin in einem Lungensanatorium, wo man unter dicken Decken im Freien dahindämmerte und keine andere Aufgabe hatte, als gute Luft einzuatmen. Während ihre Freundinnen Gegend und Lage erkundeten, beobachtete sie Kikis Hühner beim Picken. Ein spannendes Leben sah anders aus. Selbst Pilgern war abwechslungsreicher als zwei Stunden Hühnerfernsehen. Sie konnte noch nicht einmal zu Hause anrufen. Im Laufe des Vormittags waren die Akkus sämtlicher Geräte verendet. Eva hoffte, dass Frido und die Kinder aus den Nachrichten erfahren würden, dass es kein Unwille, sondern höhere Gewalt war, warum sie nichts mehr von sich hören ließ. Sie bezweifelte, dass es jemanden interessierte. Als sie gestern Abend angerufen hatte, um zu vermelden, dass sie angekommen waren, war keines der Kinder zu Hause gewesen und Frido merkwürdig kurz angebunden. Jetzt war das Handy leer. Ihr innerer Akku auch.

Sie war froh, als Kiki sie aus ihren düsteren Gedanken riss. An ihrer Seite lief ein hochgewachsener Mann, von Wind und Wetter gegerbt, mit schlohweißem Haar. Er schleppte schwer an einem Koffer.

»Sie ahnen nicht, was in Birkow los ist«, erzählte der Mann, den Kiki als Ole Jensen vorstellte. »Das ganze Dorf ist am Aufräumen. Der Bruno und seine Handwerker sind im Dauereinsatz, um alle Schäden aufzunehmen.«

Opfer, so hörten sie, habe es keine gegeben. Nur eine Kuh vom Möller hatte es getroffen. Und Eva.

Der Unbekannte setzte sein Gepäck ab. Zu Evas Verblüffung enthielt der Koffer ein portables, kabelloses Röntgengerät auf Digitalbasis. Der Mann war Arzt und auf alle Eventualitäten im freien Feld vorbereitet. Selbst ein mobiles Ultraschallgerät, das Eva aus den Rettungswagen kannte, war vorhanden. Eva hatte sich vorgenommen, aus jedem einzelnen Tag ihres Lebens ein Fest zu machen, und verspürte nicht die geringste Lust, offiziell als leidend abgestempelt zu werden.

»Das ist doch nicht nötig«, wehrte sie sich. »So ein Aufwand.«

»Es ist besser, wenn sich jemand deinen Knöchel anschaut«, meinte Kiki.

»Das ist nichts. Das spüre ich«, redete Eva sich raus. Es ging ihr nicht anders als anderen Patienten: Sobald der Arzt auftauchte, verschwand der Schmerz wie von Zauberhand.

»Wenn etwas kaputt ist, ist es besser, den Tatsachen ins

Auge zu schauen«, sagte ausgerechnet Kiki, amtierende Weltmeisterin im Runterspielen aller Probleme. Eva wollte nichts lieber, als aufstehen und mit der Arbeit beginnen. Sie wollte sich nützlich machen und fühlen. Es ging darum, Gemüsebeet und Garten anzulegen und den Zimmern einen gemütlicheren Anstrich zu verleihen. Sturmtiefs, leckende Dächer und kaputte Knöchel hatten in ihrer Vorstellung von einem gelungenen Hilfseinsatz keinen Platz. Arztbesuche ebenso wenig. Schon bei der ersten Berührung schossen Eva Tränen in die Augen. Mit zusammengebissenen Zähnen ließ sie die Untersuchung über sich ergehen. Wer weiß, vielleicht tat es weniger weh, wenn sie sich nicht unablässig fragen musste, ob eine Sehne oder ein Muskel gerissen war. Jede positive Diagnose würde den Heilungsprozess beschleunigen. Eva wollte nicht stillgelegt werden. Sie wollte gemeinsam mit ihren Freundinnen Kiki auf die Sprünge helfen. Vor allem aber wollte sie wissen, wie Thomas Steiner hierherkam.

»Wie nett, dass Sie auch am Samstag kommen«, sagte Eva. Sie fühlte sich in jeder Hinsicht schuldig. Sie wusste von ihren Kölner Patienten, wie schwer es war, einen Arzt zu einem Hausbesuch zu bewegen. Wie oft waren Patienten mit Ferndiagnosen am Telefon abgespeist worden, bevor sie in der Notaufnahme ihres Krankenhauses landeten.

»Ich komme immer ins Haus«, nuschelte Jensen. Und dann sagte er nichts mehr.

»Er ist nicht gewöhnt, dass seine Patienten mit ihm sprechen«, erklärte Kiki. »Normalerweise arbeitet er auf einem Gestüt.«

»Ein Pferdedoktor?«, fragte Eva entsetzt. »Sie sind Tierarzt?«

Jensen bestätigte: »Und Taxateur. Ich gebe Ihnen gerne Tipps, wenn Sie wissen wollen, ob der Ankauf eines Pferdes sich lohnt.«

Er ließ freundlicherweise offen, ob er sein Geld auf Eva setzen würde. Im Moment war sie eher ein lahmer Gaul und unverkäuflich. Schicksalsergeben wartete sie auf das fachkundige Urteil. Statt eine Diagnose abzugeben, zeigte Jensen ihr auf dem Computer die gemachten Ultraschall- und Röntgenaufnahmen.

»Für den Befund bist du verantwortlich«, erklärte Kiki.

Eva zweifelte, ob sie Kiki unmöglich oder genial finden sollte. In ein paar Sekunden hatte sie die Situation erfasst: nichts gebrochen. Nichts gerissen. Trotzdem würde sie sich ein paar Tage schonen und den Hühnern beim Picken zusehen müssen. Das Problem war nur, dass es im Hühnergehege, das seitlich von der Terrasse lag, nichts mehr zu sehen gab. Noch bevor Eva verstand, was vor sich ging, hörte sie Estelle aufschreien. Die Freundinnen waren gerade dabei, den malerischen Gartentisch fürs Frühstück zu decken, als sie von ein paar entflohenen Hühnern auf kulinarischer Entdeckungsreise hinterrücks angefallen wurden.

»Wenn ich gewusst hätte, dass diese Hühner Meisterausbrecher sind, ich hätte mir nie welche angeschafft«, seufzte Kiki, die offensichtlich Erfahrung darin hatte, mit ihrem Federvieh Fangen zu spielen. Eva lehnte sich entspannt zurück. Sie erwartete großes Theater. Und sie bekam großes Theater.

21

»Es geht ganz einfach«, erklärte Kiki ihren Freundinnen: »Langsam anpirschen, zügig ein Bein packen, das Huhn vorneüberkippen und dann so schnell wie möglich unter den Arm, um die Flügel zu fixieren.«

Mithelfen beim lustigen Hühnerfangen konnte sie nicht. Denn gerade als der Angriff beginnen sollte, ertönte ein fröhliches Hupkonzert: Bruno Schwarzer. Endlich. Der Bauunternehmer war allerbester Laune. Die zerstörerischen Kräfte von Sturmtief Lukas brachten ihm zweifelsohne ein sattes Umsatzplus. Kiki verschwand mit ihrem Handwerker im Haus, die Freundinnen widmeten sich dem Hühnervolk.

Manche Leute besaßen Vorwerk-Staubsauber, Kiki hatte Vorwerkhühner. Die einen räumten, die anderen machten Mist. Judith hatte es für einen Scherz gehalten, aber die Sorte hieß wirklich so. Kikis Hühner sahen aus wie Bilderbuchtiere, hatten jedoch nicht die geringste Lust, sich auch so zu verhalten. Die gefiederten Hausgenossen hatten die Verwirrung des Morgens genutzt, um aus ihrem Stall auszubrechen, der durch einen heruntergestürzten Ast eine winzige Lücke bekommen hatte. Sie wollten sich endlich den Köstlichkeiten widmen, die Kiki ihnen systematisch vorenthielt. Und die lagen auf dem Komposthaufen, den sie bislang aus ihrem Gehege nur sehnsuchtsvoll anschmachten durften.

»Das kann doch nicht so schwierig sein«, verkündete Judith tapfer. Während Kiki Schwarzer auf den Dachboden führte, betätigte sie sich gemeinsam mit Caroline und Estelle als Fangkommando. Auf ihrem Logenplatz auf der Terrasse setzte Eva sich in Positur, um keinen Moment des Spektakels, das sich vor ihren Augen im Garten abspielte, zu verpassen. Denn vor die Hühner hatte der Herr Elvis gesetzt. Es gab verrückte Hühner, gackernde Hühner, junge, kopflose, kranke und wilde Hühner, und es gab Elvis, den Hahn. Elvis nach Elvis Costello, weil er sein Kikeriki in den unterschiedlichsten Stilen und Tonlagen schmettern konnte. Mit schrillen Warnrufen forderte Elvis seine Mannschaft auf, sich zu verdrücken. Entschieden stellte er sich dem mobilen Einsatzkommando der Dienstagsfrauen in den Weg. Offensichtlich litt er unter einer narzisstischen Persönlichkeitsstörung, die ihm einflüsterte, dass er den drei Frauen körperlich und mental weit überlegen war. Den Mangel an Größe kompensierte er mit kamikazehaftem Wagemut. Elvis, Meister der Attacke, war bis in die letzte Hühnerkralle motiviert, seine Damenmannschaft zu verteidigen. Noch bevor Judith einer seiner Hühnerdamen zu nahetreten konnte, warf er sich mit abstehendem Halsgefieder auf den Feind. Und das waren in dem Fall Judiths Füße, die in leichten Turnschuhen steckten. Dem Besen, mit dem Caroline Judith zu Hilfe eilte, erging es nicht besser.

»Der verteidigt sein Rudel bis aufs Messer«, meinte Judith.

»Heißt das ›Rudel‹ bei Hühnern?«, wunderte sich Caroline.

»Mich darfst du nicht fragen«, warf Estelle ein. »Ich kaufe sie immer im Pfund.«

Hühner pflücken war viel schwieriger, als es aussah. Jeder Versuch, eine Henne anzufassen, wurde als schwere Verletzung der Hühnerprivatsphäre aufgefasst und mit wütendem Picken, Flattern und Kratzen geahndet. Das gefiederte Fußvolk machte ordentlich Radau.

Nichts für Menschen mit schwachem Reaktionsvermögen, niedriger Frustrationstoleranz oder städtischem Hintergrund. Die Hühner schienen überall zu sein, nur nicht im eigenen Gehege. Jedes Mal, wenn eines der Hühner entwischte, quittierte Elvis den Sieg mit einem Machoblick, der deutlich machte, woher der Ausdruck »Da lachen ja die Hühner« herkam. Er war deutlich der Meinung, dass die Sonne jeden Tag nur für ihn aufging.

Estelle war einem Prachtexemplar schon ganz nah. Auge in Auge stand sie mit dem gefiederten Feind. Das Huhn verfiel in nackte Panik und sah aus, als würde es in Erwägung ziehen, sofort tot umzufallen und sich als Abendessen anzudienen.

»Zugriff«, brüllte Judith.

Estelle packte zu und ins Leere. Auf der Terrasse erlitt Eva einen hysterischen Lachkrampf. Judith konnte es verstehen. Vermutlich sahen sie bescheuert aus, so wie sie über den Hof hetzten und versuchten, die Hühner erst in die Ecke und dann ins sichere Gehege zu treiben. Die dummen Hühner hatten keine Ahnung, dass ihnen nächtlicher Besuch in Form von Marder oder Fuchs blühte, wenn sie sich nicht kooperativ zeigten. Judith probierte es noch einmal. Langsam rangehen, gut zureden, dem Huhn klarmachen, dass es keine Gefahr lief, im Suppentopf zu landen. Mitten in der Attacke rutschte sie aus, landete im Mist und fragte sich zum ersten

Mal seit Jahren, ob sie nicht wieder dazu übergehen sollte, Fleisch zu essen. Zum Beispiel Hühnerschenkel.

»So läuft das jeden Tag bei mir zu Hause«, rief Eva. »Aufgeschreckte Hühner sind wie Teenager. Du hast das Beste mit ihnen vor und sie rennen in ihr Unglück.«

»Geht es mit ein bisschen mehr feinmotorischer Finesse?«, ermahnte Caroline die Freundinnen. »Ihr macht viel zu viel Wirbel.«

Judith schlug eine neue Taktik vor: »Du musst dich in die Lage des Huhns versetzen. Nicht hinterherlaufen, sondern vorausschauen. Du musst ahnen, wo es hinwill, und dort ruhig warten.«

Estelle spann den Gedanken weiter und streute wie einst Hänsel und Gretel die Minipellets, mit denen Kiki ihre Hühner ernährte, in einer verlockenden Spur bis zur Tür des Schuppens. Dahinter stand Caroline, bereit zuzupacken. Die Hühnerdamen waren ebenso hungrig wie misstrauisch. Auf den Trick fiel nur einer rein. Elvis. Der Leckerbissen ließ ihn seine männlichen Aufgaben vergessen.

Bei den Hennen half nur Teamarbeit. Caroline und Judith packten zwei herumliegende Zaunpfähle, spannten zwischen ihnen ein Moskitonetz und trieben damit die Hühner in ihr Gehege zurück. Zwei Jäger, ein Fänger und eine Eva, die sich köstlich amüsierte. Freudig begrüßte der Hahn seine Hennen. Endlich konnte Elvis wieder das tun, worin er am besten war. Seiner Männlichkeit freien Lauf lassen und seine Damen beglücken, bis sie vor Hühnerseligkeit umfielen.

Applaus erklang. Der kam von Schwarzer. Neben ihm stand Kiki mit düsterer Miene. Die gute Laune war sofort dahin. Judith ahnte es genauso wie die Freundinnen: Es gab schlechte Nachrichten.

22

»Oh, oh, oh, oh«, jammerte Bruno Schwarzer und schüttelte dazu den Kopf. »Oh, oh, oh.«

Kiki kannte dieses Lied. Es war der Refrain eines Klageliedes, das sie in den letzten Monaten viel zu oft gehört hatte. Vom Installateur, dem Elektriker, dem Statiker. Der Refrain lautete im Gesamten: »Oh, oh, oh. Das wird teuer.«

Heute legte Bruno Schwarzer das Gewicht der Welt in sein »oh«. Dieses »oh« verkündete den nahenden Weltuntergang. Schwarzer war nur wenig älter als Kiki und eine Koryphäe in Birkow und Umgebung. Ein Kerl wie ein Baum. Lang gewachsen, kräftig, erdverbunden und direkt. So einer, das sah man sofort, hielt jedem Sturm stand. Schon sein Urgroßvater Hermann war Zimmermann gewesen. Und als Wolfstöter eine Legende. Bruno Schwarzer stand seinem Vorfahr in nichts nach. Kein Bauvorhaben im Umkreis von 50 Kilometern, an dem er nicht beteiligt war, keine Entscheidung im Gemeinderat, bei der er nicht seine Finger im Spiel hatte. Er war Alleinherrscher in der Firma, seit er seinen einstigen Kompagnon Rico aus dem Geschäft gedrängt hatte. Selbst die Freundin Peggy hatte er ihm ausgespannt. Peggy und Schwarzer waren bis heute verheiratet, Rico tauchte unter. Selbst beim Bowlingturnier, Höhepunkt des Birkower Jahres, ließ er sich nicht blicken. Schwarzer stiftete traditionell den Hauptpreis und gewann ihn anschließend selber. Er war gewöhnt, dass alles auf sein Kommando hörte.

»Wir müssen den ganzen Dachstuhl neu machen«, stellte er fest. »Sonst haben Sie hier bald den Schimmel. Und den kriegen Sie nie mehr raus. Oh, oh, oh.«

Bruno klappte seinen Notizblock zu.

»Und was kostet das?«, fragte Kiki tapfer. Sie hatte in den letzten Monaten mehr als eine schwierige Situation überstanden.

»Das kann man so nicht sagen«, verkündete Bruno. »Das kommt auf die Dacheindeckungsart an. Wenn wir uns da geeinigt haben, kann ich mit dem Rechnen anfangen. Bauholz nach Kubikmeter, Ab- und Aufstellen des Gerüsts, Schalung, Unterdeckbahn plus Dacheindeckung, Heizung muss natürlich berücksichtigt werden, Dämmung, Elektro, Wasser …«

Kiki wurde jetzt schon schwindelig.

»Amen«, rief Greta panisch. Und dann noch einmal: »Amen.« Das war kein Kommentar zum allgemeinen Trauerspiel, sondern die Aufforderung, auf den Arm genommen zu werden. Kiki konnte ihre Tochter verstehen. Sie hätte auch am liebsten irgendwo Schutz gesucht. Und Max war, wie üblich, weit weg.

»Ich bewundere deinen Mut«, hatte Judith gesagt, als sie zum ersten Mal von ihren Plänen berichtet hatte.

Diese Unerschrockenheit kam Kiki langsam abhanden. Von der Sandkrugschule waren es sechzig Kilometer bis zur Ostsee, dreißig Meter zum eigenen Badesee und drei Schritte bis zum finanziellen Abgrund. Leider. Es gab Momente, da zweifelte sie, ob der Umzug wirklich so eine gute Idee gewesen war. Heute Morgen war sie sich sicher: Es war der größte Fehler ihres Lebens.

Der ursprüngliche Plan hatte vorgesehen, dass sie möglichst viele Renovierungsarbeiten in Eigenregie ausführten. Leider hatten sie sowohl Max' freie Zeit als auch das eigene handwerkliche Potenzial überschätzt. Kikis bautechnische Erfahrung beschränkte sich auf die Herstellung maßstabsgetreuer Modelle. Eins aber wusste sie von ihren Designprojekten: Wer aufgibt, hat verloren.

»Wann können Sie anfangen?«, fragte sie tapfer.

»Fräulein Kiki«, stöhnte Schwarzer auf. Er nannte sie immer Fräulein Kiki. Das klang nach Hamburger Amüsiermeile, war aber nicht wirklich amüsant. »Fräulein Kiki. Ich hab Sie wirklich gerne«, gestand er. »Aber unsere Buchhaltung kann Sie nicht ausstehen.«

Die Buchhaltung, das war Peggy, seine Frau, die sich neben ihrem Job bei OBI, der dem Bauunternehmer Schwarzer satte Prozente beim Einkauf von Material garantierte, höchstpersönlich um die finanziellen Belange ihres Mannes kümmerte. Jedes Mal, wenn Kiki ihr auf der Dorfstraße begegnete, drohte Peggy mit dem Gerichtsvollzieher. Den kannte Kiki auch schon. Der war leider schwul und unempfänglich für Kikis blaue Augen und Blauäugigkeit.

»Die ganzen alten Rechnungen sind noch offen.«

»Sobald der Pensionsbetrieb einmal läuft …«

Doch Bruno wollte Kiki nicht zuhören. »Ich muss weiter«, beschied er. »Der Sturm hat meinen Auftragskalender durcheinandergepustet.«

So einer wie Schwarzer wurde überall gebraucht.

»Wir haben noch drei Wochen bis zur Eröffnung«, verhandelte Kiki weiter. Sie trug schwer an der Last der Verantwortung und an Greta, die auf ihrem Arm beinahe einschlief.

»Ich habe es Ihnen gleich gesagt, Fräulein Kiki. Die Schule ist ein Fass ohne Boden. Sie wollten ja nicht hören.«

Bruno redete sich in Rage: »Die Leute aus der Stadt wollen nie hören. Ich sag's denen immer. Das wird teuer. Wissen Sie, wie viele ich gesehen habe, die an diesen Häusern verzweifelt sind? Ihr Vorgänger hat katholischen Selbstmord begangen. Mit Rotwein. Dem billigsten noch dazu. So runtergekommen war der.«

Kiki sagte nichts mehr. Im Hintergrund hatten sich die Freundinnen eingefunden. Das Feuer für den Kaffee loderte. Sie hatten die Köpfe eng zusammengesteckt. Kiki ahnte es schon: Da wurde geflüstert, gemunkelt und Klartext geredet. Sie hätte ihren Freundinnen so gerne vermittelt, dass sie alles im Griff hatte und nur noch ein paar Details fehlten, bevor das Bed & Breakfast eröffnen konnte. Ihr fehlten Argumente. Vor allem solche Argumente, mit denen man Rechnungen begleichen konnte.

Schwarzer stieg in seinen strahlend weißen Porsche Cayenne und wendete mit quietschenden Reifen. Der Schotter flog Kiki um die Ohren.

»Man sieht gleich, wenn ein Handwerker zu viel verdient«, tröstete Judith. »Da fährt das Geld, das er seinen Kunden zu viel berechnet.«

Kiki überlegte fieberhaft, was sie tun sollte. Es ging ans Eingemachte. Wenn Schwarzer jetzt wegfuhr, waren alle Anstrengungen vergeblich gewesen. Kiki gab sich keiner Illusion hin, dass sie von einem anderen Handwerker eine andere Antwort bekommen würde. Was waren ihre Alternativen? Geschlagen nach Köln zurückgehen? Aufgeben? Niemals. Besser, sie unternahm einen letzten Versuch. Energisch stellte sie sich Schwarzer in den Weg: »Sie machen mir bis morgen einen Kostenvoranschlag«, sagte sie in bestimmenden Tonfall. »Ich weiß, dass Sie mich nicht hängen lassen.«

»Morgen ist Sonntag«, wehrte Schwarzer ab. Er verdrehte die Augen.

»Der Genossenschaftsladen ist trotzdem geöffnet. Ich mache Ihnen meinen speziellen Weltklasse-Kaffee und dann besprechen wir, wie wir das hinbekommen.«

Bruno Schwarzer sah sie gequält an: »Fräulein Kiki, Sie machen mich unglücklich.« Und dann verschwand er mit quietschenden Reifen.

»Bis morgen. 11 Uhr!«, brüllte Kiki ihm hinterher.

»Mich bekommt keiner klein«, sagte sie trotzig und warf Estelle einen bösen Blick zu. »Keiner.«

Und dann ging sie ins Haus, um Greta für ihren Mittagsschlaf hinzulegen.

Estelle sah Caroline verblüfft an: »Habe ich was Verkehrtes gesagt? Also schlimmer als sonst?«, erkundigte sie sich.

»Am besten, du fragst Kiki«, meinte Caroline. »Unter vier Augen.«

23

»Wer hat die schönsten Schäfchen, die hat der goldne Mond, der hinter unsern Bäumen am Himmel oben wohnt«, sang Kiki. Greta war wie ihre Mutter. Sie wollte lieber etwas erleben, als Mittagsschlaf machen. Seit Pudel Oskar zu Besuch war, wollte Greta zum Einschlafen ein und dasselbe Schaflied hören. Immer und immer wieder.

Estelle lauschte an der Tür. Nervös trat sie von einem Bein auf das andere. Sie zermarterte sich den Kopf, was sie falsch gemacht haben könnte. Eine indiskrete Nachfrage? Ein dummer Witz? Eine zu scharfe Bemerkung? Vielleicht doch zu sehr eingemischt? Aber was sollte sie tun? Estelle fühlte sich persönlich für das Gelingen des Projektes verantwortlich. Sie hatte im Stiftungsrat durchgesetzt, dass Kikis Bed & Breakfast in das Ferienprogramm »Ein Sommertag für alle« aufgenommen worden war. Bald schon sollten die ersten Kinder aus sozial schwachen Familien hier nach Lust und Laune herumtollen und den ersten Urlaub ihres Lebens genießen. Die Stiftung des Apothekenimperiums hatte einen ordentlichen Vorschuss für die Fertigstellung der Pension gewährt. Wo war das Geld geblieben? Estelle hatte sich in den vergangenen Stunden genau umgesehen: Die Bauarbeiten lagen offensichtlich schon länger brach. Selbst die Bretter, die so platziert waren, als würden sie gleich morgen gebraucht, lagen unter einer dicken Dreckschicht.

Das Unfertige weckte bei Estelle unangenehme Erinnerungen. In ihrer Kindheit war sie von altem Kram umgeben gewesen, den ihr Vater als Schrottsammler zusammengetragen hatte. Überall hatte etwas herumgelegen, was man noch gebrauchen, verwenden und verwerten konnte. Kein Gerät, das seinen Dienst aufgab, wurde je entsorgt. Ihr Vater sammelte, was andere nicht mehr brauchten, er sah Geld dort, wo andere Abfall vermuteten, und wühlte im Müll der Nachbarn. Estelle machte es nervös, dass es rund um die Sandkrugschule aussah wie in ihrem früheren Leben.

Nach fünfmaligem Lobgesang auf Gottes Schäfchen war Greta sanft entschlummert. Kiki legte den Finger auf den Mund, bedeutete Estelle zu schweigen und eilte schon wieder von dannen: »Ich habe so einen Kaffeedurst.«

Estelle stellte sich ihr in den Weg: »Was ist los, Kiki?«

Kiki musterte Estelle. Sie zögerte sichtbar, bevor sie herausplatzte: »Das weißt du selber doch am besten.«

»Ich weiß nur, dass nach Pfingsten die ersten Kinder kommen sollen, und hier ist nichts fertig.«

Bei der Unterzeichnung der Verträge hatte Estelle Kiki versprochen, sich inhaltlich rauszuhalten. Und jetzt ging sie die Freundin an. Direkt und frontal.

»Und das wundert dich?«, fragte Kiki. »Wenn du es genau wissen willst: Hier passiert schon seit Wochen nichts mehr.«

»Warum hast du nicht eher gemeldet, dass es Probleme gibt?«, fragte Estelle.

»Ich dachte, ich schaffe es auch ohne dich«, gab Kiki scharf zurück.

Estelle schüttelte ratlos den Kopf: »Ich verstehe kein Wort.«

»Wir hatten unsere ganze Kalkulation darauf aufgebaut, dass wir von euch einen Vorschuss für die Kinderunterbringung bekommen«, gab Kiki patzig zurück. »Wenn der dann wegfällt, bricht alles zusammen.«

»Wieso wegfallen?«, echote Estelle. Besonders klug schien sie dabei nicht auszusehen.

»Als ob du nicht weißt, was bei euch in der Firma läuft«, platzte Kiki hervor.

»Ich habe nicht mal eine Ahnung, wovon ich keine Ahnung habe«, gab Estelle ehrlich zu.

Kiki zog Estelle mit in ihr Büro. Mit einem Handgriff fand sie das Schreiben. Es trug das Logo der Stiftung »Sommertag für alle«. Die Buchstaben tanzten vor Estelles Augen.

»Deine Schwiegertochter will die Entscheidung, in welche Projekte das Apothekenkonsortium investiert, noch mal grundsätzlich überdenken und hat alles auf Stopp gesetzt«, fasste Kiki zusammen. »Ohne euren Beitrag hat die Bank einen Rückzieher gemacht. Seitdem schwimmen wir.«

Estelle hatte alles und von allem zu viel. Sie gab gerne, großzügig und unbürokratisch. Von ihrer Stiefschwiegertochter Sabine konnte man das nicht behaupten.

Verbunden mit dem personellen Wechsel in der Apothekenkette, hieß es in dem Schreiben, *ist eine Neustrukturierung der Stiftung Heinemann. Dazu benötigt Frau Sabine Heinemann weitere Unterlagen.* Es folgte eine Liste mit vierzehn Posten. *Sobald die Informationen vorliegen, wird sie den Vorgang prüfen und sich zeitnah bei Ihnen melden.*

»Das Schreiben ist drei Monate alt«, wunderte sich Estelle.

»Deine Sabine prüft vermutlich besonders gründlich«, mutmaßte Kiki.

Estelles Taktik, die globalen Linien festzulegen und die Durchführung anderen zu überlassen, war mit Sabine nicht mehr machbar. Ihre Schwiegertochter wollte alles entscheiden. Am liebsten alleine.

»Max und ich überleben das schon«, verkündete Kiki mit fester Stimme. »Wir überleben alles. Aber was ist mit den Kölner Kindern, die sich auf ihren ersten Urlaub gefreut haben?«

Kiki hielt an dem Gedanken fest, dass die Sandkrugschule mehr sein sollte als Obdach und zukünftige Ernährungsgrundlage für eine dreiköpfige Familie. Sie wollte die Kinder, die schon genug mitgemacht hatten, auf keinen Fall enttäuschen. Sie würde sie empfangen. Auf eigene Rechnung.

»Was glaubst du, warum ich den Gemüsegarten fertig haben will?«, sagte sie. »Dann haben wir wenigstens was zu essen für die Kids. Das ist dann meine eigene kleine Stiftung.«

»Warum hast du dich nicht sofort gemeldet?«, fragte Estelle.

»Ich war überzeugt, du weißt davon«, gab Kiki kleinlaut zu. »Ich dachte, du machst einen Rückzieher und traust dich nicht, mir etwas davon zu sagen.«

»Ich regle das«, versprach Estelle. »Und zwar sofort.«

24

Estelle liebte es, aus dem Vollen zu schöpfen. Noch mehr liebte sie es, eine geheime Reserve zu haben. Und wenn es nur ein bisschen Akkulaufzeit auf ihrem Telefon war. Für den Notfall. Fünf Prozent mussten ausreichen, sich Sabine vorzuknöpfen.

Drei Jahrzehnte hatte Estelle die Charity-Aktivitäten der Stiftung Heinemann alleine geleitet. Jetzt funkte ihr jemand dazwischen? Ohne sie zu informieren? Mit Oskar an der Leine stapfte sie durch das Dorf und überlegte sich die richtige Taktik. Sie brauchte keine Ohrenzeugen für ihr Telefonat. Oskar wäre lieber in der Schule liegen geblieben. Das Landleben war voller Gefahren und wilder Tiere. Kühe zum Beispiel. 20 Kilo unwilliger Pudel hingen an der Leine. Wenn Oskar sich weiter so über den Asphalt schleifen ließ, würde Estelle sich den nächsten Termin beim Hundefriseur sparen. Normalerweise hatte seine Verweigerungsstrategie Erfolg. Heute aber hatte er keine Chance gegen Estelle. Sie wusste, was sie wollte. Oskar kuschte vor der Entschlossenheit seines Frauchens. In ihr brodelte und tobte es. In das Gefühl von Wut mischte sich die Ahnung, dass das kryptische Schreiben Vorbote eines aufziehenden Orkans war, der ihr bisheriges Leben wegfegen würde. Ihr stand der Höhepunkt des Wirbelsturms noch bevor, in Birkow dagegen war bereits Aufräumen angesagt.

Das Unwetter hatte eine Schneise der Verwüstung geschlagen. Bei vielen Häusern hatten sich Dachziegel gelöst, Bäume waren umgeknickt und Gartenmöbel vom Wind neu verteilt worden. Überall wurden entwurzelte Bäume geräumt, Äste gesammelt, zersplitterte Fenster abgeklebt, Scherben gefegt und zerstörtes Mobiliar entsorgt. In Birkow wurde die alte Ordnung wiederhergestellt. Estelle sah es als gutes Omen.

Entschieden tippte sie auf Sabines Namen in ihrem Smartphone und erlebte eine Überraschung. Statt der Stiefschwiegertochter nahm Gisela Pelzner ab, die seit über 20 Jahren das Büro der Stiftung leitete.

»Haben Sie jetzt schon am Samstag Dienst?«, wunderte sich Estelle.

Frau Pelzner wand sich: »Ach, Frau Heinemann. Sie wissen doch, seit die junge Frau da ist, weht ein neuer Wind in der Firma. Ich bin froh, wenn ich in Rente gehe. Ich wollte heute mit den Enkeln in den Zoo. Alles war vorbereitet. Die haben sich schon so gefreut. Die Luna wollte …«

»Was war denn so wichtig?«, unterbrach Estelle, bevor Gisela Pelzner sich in den Details unendlicher Omafreuden verlor.

»Der Stiftungsrat tagt. Ganz kurzfristig. Aber damit sollen Sie sich nicht belasten. Sie sind im Urlaub«, ereiferte sich die Büroleiterin. »Die junge Frau Heinemann hat mir verboten, Sie zu belästigen.«

Estelle verstand auch so. »Es geht um meine Projekte«, schloss sie haarscharf. Während sie in Mecklenburg-Vorpommern festsaß, war in Köln die Palastrevolution ausgebrochen.

Gisela Pelzners Stöhnen am anderen Ende der Leitung war Antwort genug. Jahrzehntelang hatte Gisela Pelzner ihr zugearbeitet. Jetzt stand sie unter der Fuchtel der Juniorchefin.

»Ich will zu Frau Heinemann durchgestellt werden. Sofort«, forderte Estelle. Der Akku würde nicht lange durchhalten. Da musste man eindeutige Ansagen treffen.

»Die Herrschaften sind gerade zu Tisch«, sagte die Büroleiterin.

»Was steht auf der Tagesordnung?«, fragte Estelle nach.

»Ich weiß das nicht so genau«, wich Frau Pelzner aus. »Ich bin nur noch für den Kaffee zuständig. Und fürs Telefon.«

Schon bei der ersten gemeinsamen Sitzung hatte Sabine Estelle auflaufen lassen. Ohne Umschweife hatte die junge Frau den Platz am Kopf des Konferenztisches eingenommen und den Vorsitz für sich reklamiert. Im schwarzen Anzug, rosa Bluse, Perlenkette und mit exakt geschnittenem Bob sah sie wie der Inbegriff der höheren Tochter aus. Tüchtig war sie, patent und extrem gut vorbereitet. Sie versuchte, mit Fleiß zu punkten, und hatte ihre Unterlagen mit bunten Markierungen, Notizen und Vermerken so aufbereitet, dass sie sich schnell zu jedem Thema äußern konnte. Dazu ließ sie wie ein Haifisch die Zähne sehen und lächelte alle und alles bis zur Kieferverkrampfung nieder.

»In Krisenzeiten muss man strenger mit dem Stammkapital umgehen«, verkündete sie und wies darauf hin, dass man die Stiftung in Zukunft strenger kontrollieren wolle. Sabine sagte immer »man«, wenn sie »ich« meinte.

Sabine forderte Ordnung. Ordnung, das hieß Verträge, wo früher ein Handschlag genügte, Nachweispapiere, wo bislang unbürokratisch geholfen wurde. Offensichtlich hatte sie Wort gehalten und mit ihrer Bürokratie alle Hilfsmaßnahmen blockiert, die Estelle angeleiert hatte.

»Gehen Sie an den Aktenschrank und suchen Sie den Ordner von ›Sommertag für alle‹«, wies Estelle die Büroleiterin an.

»Die Akten sind nicht mehr hier«, meinte Frau Pelzner. »Die junge Frau Heinemann hat alle Unterlagen in ihr Büro geholt. Sie hat vor …«

Mitten im Satz brach das Gespräch ab. Aus, vorbei, Ende. Fünf Prozent waren nichts. Nicht genug jedenfalls.

Estelle hatte keine offizielle Funktion in der Firma. Sie war die Frau vom Chef. Das hatte genügt, ihre Anwesenheit und Aktivität zu legitimieren. Aber was war sie, wenn der Chef nicht mehr der Chef war? Sie wusste nur eins: Sie würde das Feld nicht kampflos räumen.

25

»Sie haben sich an einem Samstag zusammengesetzt. Ohne mich«, tobte Estelle.

Sie saß auf dem Fahrrad und trat in die Pedale. Schneller und schneller. Voran kam sie dennoch nicht. Keinen Zentimeter. Wie auch? Schließlich war das Fahrrad zwischen zwei Holzscheiten auf dem Kiesplatz vor der Schule aufgebockt und ohne Räder.

»Und? Wie viel hab ich?«, rief sie schwitzend.

»Ein Prozent«, las Caroline von Estelles iPhone ab.

»Das reicht nicht mal aus, um an Frau Pelzner vorbeizukommen«, stöhnte Estelle. Aufgeben wollte sie trotzdem nicht.

Mit Thomas Steiners Hilfe hatten sie eine mobile Handy-Aufladestation installiert. Da die Straße in den nächsten Ort durch die Arbeiten am Stromnetz blockiert war, konnte man nur über reine Muskelkraft mit der Außenwelt in Verbindung treten. Estelle versuchte krampfhaft, so viel Saft in ihr Handy zu bekommen, dass es dafür reichte, Sabine ordentlich die Meinung zu geigen.

Judith verstand die ganze Hektik nicht. Die Zeit arbeitete ohnehin für Estelles junge Konkurrentin. »Was regst du dich auf?«, ermahnte sie die Freundin. »Früher oder später löst uns die nächste Generation ab.«

»Später. Ja«, wehrte sich Estelle.

Judith schüttelte den Kopf. Anstatt ruhig abzuwarten, verfielen die Freundinnen in nackte Panik, und das nur, weil sie nicht mehr auf Dauerempfang waren. Ständig versuchten sie, verschiedene Dinge gleichzeitig zu erledigen, waren mit dem Kopf überall und am Ende nirgendwo und ganz sicher nicht im Hier und Jetzt. Selbst Caroline litt unter ihrem Offline-Status. Judith brauchte keine Google-Recherche, um zu begreifen, dass man Steiner nicht trauen konnte. Sie musste nur auf ihren Bauch hören. Und auf die Karten.

Nur Eva wirkte gelassen. Judith konnte sich des Eindrucks nicht erwehren, dass sie froh war, für Frido und die häuslichen Probleme nicht erreichbar zu sein. Sie thronte in ihrem Rollstuhl, den Kiki bei Nachbar Möller ausgeliehen hatte, und bewunderte ausführlich Steiners technisches Können.

»Sie müssen drei Stunden eine Geschwindigkeit von 15 bis 20 Stundenkilometern fahren, dann ist das Handy aufgeladen«, informierte Steiner die ausgepumpte Estelle. »Schneller dürfen Sie auch nicht werden. Bei über 30 Stundenkilometern zerstört sich das Gerät.«

Estelle trat weiter in die Pedale.

»Zwei Prozent«, lobte Caroline. »Du bist auf dem richtigen Weg.«

Die Stromerzeugung in eigener Herstellung funktionierte nur mäßig.

»Das mit den regenerativen Energien hört sich in der Theorie wesentlich besser an«, beschwerte sich Estelle. »Ich weiß nicht, ob ich für grünen Strom geboren bin.«

»Das Gerät ist eigentlich als Handkurbel konzipiert«, meinte Steiner. »Die Übersetzung funktioniert nicht so gut.«

Estelle lief langsam rot an.

Kiki versuchte Estelle zu trösten: »Für mich brauchst du dich nicht so abzustrampeln. Wir hangeln uns schon seit Wochen von Rechnung zu Rechnung. Man gewöhnt sich dran.«

»Ich radle aus eigennützigen Motiven«, empörte sich Estelle. »Ich will mich an so etwas wie Sabine gar nicht erst gewöhnen.«

Kiki, die ihrem chronischen Optimismus treu blieb, hielt an der Idee fest, dass sie die Instandsetzung des Daches womöglich ohne Hilfe von außen stemmen konnte: »Vielleicht ist die Reparatur gar nicht so teuer.«

Nach dem Dämpfer vom Vormittag gab sich Kiki hoffnungsfroh, dass sich das Problem lösen lassen würde. Tatsächlich hatte Schwarzer am Nachmittag einen Gesellen für die notwendigen Messarbeiten vorbeigeschickt.

»Es muss ja nicht immer das Schlimmste sein«, sagte Kiki sich vor. Dabei bewiesen ihre bisherigen Erfahrungen mit der Sandkrugschule das Gegenteil.

Estelle ließ sich erschöpft vom Rad fallen. »Perfekt«, sagte sie. »Bis man Strom im Apparat hat, hat man so viel Dampf abgelassen, dass man keine Kraft mehr hat, sich über irgendetwas aufzuregen.«

»Und bei Ihnen hat es funktioniert?«, wandte Caroline sich interessiert an Steiner. Sie hätte zu gern in der Kanzlei angerufen, um ihre Auszubildende Nora auf Steiner anzusetzen. Ein paar Hintergrundinformationen mussten doch zu bekommen sein.

»Bei meiner Tour durch die Karibik bin ich auf Rarotonga gestrandet. Da hatte ich perfekten Empfang«, erzählte Steiner.

Eva nickte.

Caroline war weit weniger beeindruckt: »Rarotonga gehört zu den Cook-Inseln und liegt im Pazifik«, korrigierte sie.

Steiner war nicht aus der Ruhe zu bringen: »Dann werde ich mir die Geschichte ausgedacht haben, und das Stromgerät ist nagelneu, unbenutzt und ungetestet.«

»Was treiben Sie eigentlich so, wenn Sie nicht gerade als Abschleppkommando unterwegs sind?«, versuchte es Eva.

»Beruflich?«, fragte Steiner nach.

Eva nickte. »Zum Beispiel.«

Das interessierte alle.

Steiner lehnte sich entspannt zurück: »Raten Sie!«

Judith ärgerte sich maßlos. Sie hatte sich auf ein paar schöne Tage mit den Freundinnen gefreut, und jetzt drehte sich alles um den Gast aus der Fischerhütte. Steiner schaffte es, alle Aufmerksamkeit und Gespräche auf sich zu lenken. Es ging nur noch um ihn.

»Vermutlich ist er im wirklichen Leben Buchhalter«, raunte Judith Estelle zu. »Ich seh so was sofort. Zu Hause hat der einen Gummibaum und einen Nasenhaarschneider. Und hier macht er einen auf Abenteurer.«

Caroline hatte wenig Lust auf heiteres Beruferaten: »Ich bin kein bisschen fantasiebegabt. Ich halte mich lieber an Fakten«, meinte sie.

»Sie enttäuschen mich, Frau Seitz«, reagierte Steiner. »Sie bilden sich doch was ein auf Ihre Menschenkenntnis.«

»Mit Elektronik verdienen Sie Ihr Geld jedenfalls nicht«, mischte Estelle sich ein.

Statt Steiner antwortete Eva: »Ich tippe auf etwas, wo man viel draußen sein muss. Landschaftsgärtner?«

Steiner lachte auf. »Im Gegenteil.«

»Braumeister, Architekt, Fliesenleger?«, wagte Eva einen neuen Versuch.

Steiner winkte ab. »Alles falsch.«

Eva riet sich munter durchs Alphabet, vom Autoverkäufer bis zum Waffenhändler und Zeitungszusteller. Ihre Vorschläge wurden immer absurder.

Steiner war amüsiert: »Ich verstehe ohnehin nicht, warum manche glauben, der Beruf würde einen Menschen definieren. Man sagt, man ist Arzt, und schon nicken alle. Schublade auf. Mensch rein. Fertig.«

War das Zufall, dass er den Arztberuf nannte? Steiner schien gut über die Freundinnen informiert zu sein. Nach der Abfuhr traute sich Eva nicht mehr weiterzufragen.

»Serienbetrüger«, schlug Caroline vor.

Caroline und Steiner rangen um jeden Zentimeter. Judith konnte sich den Eindruck nicht verkneifen, dass es Steiner Spaß machte, seine verbalen Kräfte an Caroline zu messen. Hoffentlich ließ sie sich nicht von ihm einwickeln. So wie Eva.

Steiner blickte Caroline in die Augen: »Suchen Sie sich was aus: Pizzabäcker, Fahrradkurier, Langzeitstudent, Zahlenfetischist, Hobbypedant, Ehemann, Vater, Onkel, Sohn. Im Leben spielt man mehr als eine Rolle.«

Caroline ließ nicht locker: »Und jetzt?«

»Bin ich freischaffend«, erklärte er. »Leider unterliege ich der Schweigepflicht. Genau wie Sie.«

Und dann stand er auf und zog sich in seine Fischerhütte zurück. Judith war die Einzige, die darüber erfreut war.

»Ich finde, er hat was«, verkündete Eva.

26

Der Abend kam schnell. Nachdem sich alle damit abgefunden hatten, von der Außenwelt abgeschnitten zu sein, wurde es gemütlich. Niemand musste weg, niemand ging mal eben seine Mails checken, einen Anruf tätigen, im Internet was nachsehen, eine Waschmaschine kaufen oder die Welt retten. Selbst die Arbeit am Garten musste warten. Mit primitiven Mitteln eine Mahlzeit zuzubereiten, kostete Zeit und Mühe.

Caroline kümmerte sich um das Feuer, Judith schleppte Brennholz heran, Eva schnippelte Gemüse, Kiki Kräuter, und Greta führte stolz wie Oskar selbigen an der Leine herum. Der Königspudel machte seiner Zweitidentität als Schaf alle Ehre. Ein winziger Ruck an der Leine hätte genügt, Greta aus dem Gleichgewicht zu bringen und umzuwerfen. Stattdessen blieb er lammfromm an ihrer Seite. Wenn Greta an einer verlockenden Pfütze oder vergessenen Sandform vorbeikam, wartete er stoisch, bis Greta ausgehüpft oder den Kuchen fertig gebacken hatte. Oskar war vielleicht ein Feigling, aber er war eine treue Seele.

Irgendwann saßen sie alle ums Feuer herum. Die dicken Holzscheite sorgten für Hitze, und den Freundinnen wurde es warm ums Herz. Unter freiem Himmel am offenen Feuer zu grillen, garantierte romantische Naturgefühle.

»Es fehlt nur noch jemand, der zur Gitarre greift und ›House of the rising sun‹ singt«, schlug Judith vor.

»Besser ein Banjo«, meinte Caroline.

Estelle hatte ähnliche Assoziationen: »Schade, dass ich nicht rauche. Als Teenie wollte ich so cool sein wie der Marlboro-Mann: Kaffee aus dem Blechgeschirr und dann am brennenden Ast die Zigarette anzünden.«

Eva fand, dass man für den Hauch von Abenteuer und Freiheit mehr leisten müsse: »Vorher musst du aber einen Büffel oder mindestens ein verirrtes Fohlen einfangen.«

Estelle hielt dagegen: »Ich finde, sieben Hühner reichen fürs ultimative Cowboyfeeling. Für mich sind die wild genug.«

Es gab nicht Huhn, sondern Ente am Strick, so wie sich das für ein echtes Naturcamp gehörte. Steiner hatte ihnen den Trick gezeigt. Das Biest war sorgsam verschnürt, mit zwei Schaschlikspießen durchbohrt, und baumelte an einem Strick am Dreibein. Seit zwei Stunden drehte sich ihr Abendessen nicht über, sondern neben der heißen Glut langsam um die eigene Achse. Alle Viertelstunde musste man den Strick neu eindrehen, dann lief der Garprozess von alleine. Unten im Feuer schmorten in Aluminium verpackte Gemüsepakete.

Es war die perfekte Entschleunigung: essen, trinken, ins Feuer schauen. Sie hingen alle fünf ihren eigenen Gedanken nach. Eva beschäftigte noch immer ihre ominöse Liste. Als Kind hatte sie sich oft ausgemalt, wie das Leben sein würde, wenn sie später einmal groß war. Das Problem war: Sie war längst groß und »später« die Gegenwart. Selbst ihre Kinder waren auf dem besten Weg, erwachsen zu werden.

»Habt ihr das auch? Eine Liste mit Dingen, die ihr im

Leben noch unbedingt erledigen wollt?«, fragte Eva in die andächtige Stille hinein.

»Meine guten Vorsätze sind bereits am zweiten Januar dahingegangen«, gab Estelle zu. »Es war ein schneller Tod. Sie mussten nicht lange leiden.«

»Ich meine nicht die guten Vorsätze«, korrigierte Eva. »Nicht so was wie ›Ab morgen trenne ich den Müll, fahre nur noch mit dem Fahrrad zur Arbeit und esse nie wieder Fertiggerichte.‹ Ich meine Dinge, um die es wirklich geht im Leben.«

»Es sind nie Dinge, die zählen«, gab Judith zu bedenken.

Caroline verstand, worauf Eva hinauswollte: »Ein Haus bauen, einen Sohn zeugen, einen Baum pflanzen? Auch wenn die Welt morgen untergeht. In dem Sinn?«

»Zählen Topfpflanzen auch als Baum?«, fragte Estelle. »Als ich in das Leben meines Mannes kam, war der Sohn schon gezeugt und das Haus fertig. Da muss man Abstriche machen.«

»Hier ist gestern schon die Welt untergegangen«, meldete Kiki sich zu Wort. »Wenn das mit dem Regen so weitergeht, bevor das Dach in Ordnung ist, fange ich mit dem Bau einer Arche an.«

Judith kicherte: »Ich habe mir früher vorgestellt, dass ich mal ein Gesetz breche. Ich stehle die Kronjuwelen, flüchte und werde Staatsbürger eines anderen Landes.«

»Schweden vermutlich«, kommentierte Estelle. »Da sind die Gardinen am schönsten.«

Caroline konnte solch kriminellen Fantasien nichts abgewinnen: »Ich würde gerne mal ein Leben retten, wie Eva das fast täglich tut. In meinem Beruf komme ich oft, wenn alles schon zu spät ist.«

Eva winkte ab. Der Alltag in der Klinik fiel weit prosaischer aus: »Leben retten kann man nur, wenn man akzeptiert, dass man auch Leben verliert. Das hält sich die Waage.«

»Fallschirm springen«, schlug Kiki vor. »Davon träume ich schon lange.«

Und dann stürzten die Einfälle vom Himmel wie der Regen am gestrigen Tag. Das Innere einer Pyramide erforschen, mit dem Rucksack quer durch Amerika ziehen, das Amazonasgebiet erkunden, zur Titanic tauchen, die chinesische Mauer ablaufen, mit der Transsibirischen Eisenbahn fahren, James Joyce lesen, den eigenen Namen ändern, endlich die alte Freundin anrufen, eine Antwort finden auf die wichtigen tagespolitischen Fragen: Ist was dran an den Verschwörungstheorien vom 11. September? Warum ist der Papst zurückgetreten? Wird der 1. FC Köln noch mal Meister?

Estelle hatte die ganze Zeit geschwiegen. Jetzt fiel ihr doch noch etwas ein. »Ich möchte einmal ein Lama besitzen«, sagte sie.

»Was für ein Unsinn. Niemand will ein Lama«, meinte Judith.

»Es sind meine Träume, nicht deine«, beschwerte sich Estelle und erzählte von einem Verein, der Therapie-Lamas züchtete. Alleine das Wort »Therapie-Lama« führte zu hysterischen Heiterkeitsausbrüchen.

»Es ist mir ernst mit der Frage«, mahnte Eva.

Estelle blieb dabei: »Mir auch. Lamas sind ehrliche Gesellen. Sie kommunizieren mit Körpersprache. Wenn ihnen was nicht passt, spucken sie es direkt aus. Jeder kann sehen, wenn sie sauer sind. Und man kann eine Decke draus machen.«

»Und was machst du mit einem Therapie-Lama?«, fragte Caroline interessiert.

»Nichts«, erklärte Estelle. »Die sind einfach da. Von Lamas kann man Stressbewältigung lernen. Kühe gehen auch. Die umarmt man und wird augenblicklich glücklich.«

Oskar jaulte auf. Seit er die riesenhaften Tiere auf der benachbarten Weide entdeckt hatte, traute der Stadthund sich keinen Zentimeter mehr aus dem Garten. Schon die pure Erwähnung einer Kuh ließ ihn ängstlich wimmern.

Eva, die die Diskussion angeschoben hatte, hielt sich bedeckt. Über Pyramiden oder Abenteuer mit Lamas oder Kühen zu fantasieren, lag ihr fern. Bei ihrer inneren Inventur war ihr aufgefallen, dass es in ihrem Leben eine große Leerstelle gab. Merkwürdigerweise hatte sie nichts mit der Frage nach ihrem Erzeuger zu tun. Eineinhalb Jahre war es jetzt her, dass Eva rausgefunden hatte, wer ihr biologischer Vater war. Die Geschichte war kompliziert und verknotet. Auch wenn sie dem Mann, der noch immer mit ihrer Mutter befreundet war, regelmäßig begegnete, hatte sie darauf verzichtet, die Wahrheit auszusprechen. Sie wusste, dass er wusste, dass sie wusste, dass er wusste. Das genügte ihr. Eva hatte Frieden geschlossen mit ihrer Vergangenheit und ihrer Mutter Regine. Zumindest theoretisch, wenn sie nicht in der Nähe war. Es gab eine andere Leerstelle.

Hatte sie etwas verpasst, weil es in ihrem Leben eigentlich nur einen einzigen Mann gegeben hatte? Auf der Pilgertour hatte sie eine flüchtige Männerbekanntschaft gehabt. Vielleicht hätte sie sich in ein Abenteuer stürzen sollen, anstatt brav zu Ehemann Frido zurückzukehren. Wenn sie ehrlich war, dann wünschte sie sich, noch einmal verliebt zu sein. Noch einmal Schmetterlinge im Bauch, noch einmal so nervös zu sein vor einem Treffen, dass man den ganzen Tag nichts runterbekam, noch einmal geheime Blicke auszutauschen und einen ersten ängstlichen Kuss, noch einmal an einer Schwelle stehen, an der das Leben in zwei Richtungen gehen konnte. Noch einmal sagen »Ich liebe dich« und es wirklich zu meinen. Doch das behielt sie für sich. Es war zu lächerlich. Eva konnte ihren Freundinnen alles sagen. Dass ihre Fantasien vor allem um Thomas Steiner kreisten, verschwieg sie lieber.

27

Es regnete die halbe Nacht, es regnete in den frühen Morgenstunden, es regnete zum Sonnenaufgang. Draußen zerrte der Wind an den Plastikplanen, drinnen zerrte das ewige Tropfen, das man aus dem oberen Stock hörte, an den Nerven. Am Morgen führte Carolines erster Griff zum Lichtschalter. Noch immer kein Strom. Es gab keine Drohanrufe, aber auch keine Antworten auf die drängenden Fragen über Steiner.

Normalerweise war Carolines Stimmung nicht vom Wetter abhängig. Was machte es in ihrem Kölner Alltag schon aus, ob es regnete, schneite, der Wind blies oder die Sonne brannte? In Birkow fühlte sie sich zum ersten Mal den Naturgewalten ausgeliefert. Ohne Strom reduzierte sich das Leben auf die elementarsten Bedürfnisse. Essen, Schlafen, im Warmen sein. So hatte sie sich Kikis »Zurück zur Natur« nicht vorgestellt.

Caroline trat auf die Terrasse. Die Sonne würde noch fast eine Stunde brauchen, bis sie sich ihren Weg gebahnt hatte. Sie sehnte sich nach einer Tasse heißen Milchkaffees, nach einem warmen Ofen und frisch aufgebackenen Croissants. Scheinbar ziellos durchstreifte sie den Garten. Die Feuerstelle von gestern hatte sich in einen kleinen dreckigen Tümpel verwandelt, auf dem kleinen Gemüsebeet ertranken die zarten Pflänzchen, die Kiki schon mal für das Aussetzen im großen Beet vorgezogen hatte. Fast unmerklich zog es sie zum See hinunter. Richtung Fischerhütte. Dorthin, wo Thomas Steiner residierte.

Aus dem Schornstein stieg gemütlich Qualm auf. Es roch angenehm nach frisch verbranntem Holz. Vorsichtig näherte sie sich, als die Tür plötzlich aufschlug. Caroline konnte sich gerade noch hinter einem Stapel Holz verstecken.

Trotz frischer Temperaturen und leichtem Regen brach Steiner zu einem morgendlichen Tauchgang im See auf. Er trug Badehose, um den Hals ein Handtuch und einen Regenschirm. Er war nicht so untersetzt, wie sie das erwartet hatte. Eher kräftig und durchtrainiert. Caroline verbot sich, ihn näher in Augenschein zu nehmen. Das war kein Mann, betete sie sich vor, das war ein Verdächtiger. Sie wollte sich nicht, wie die Freundinnen, von seinem geheimnisvollen Charme den Verstand vernebeln lassen.

Auf dem roten Stoff seines Regenschirms prangte das Logo einer Frankfurter Bank. War das Zufall? War der Schirm in der Fischerhütte liegen geblieben? War er Kunde dieser Bank? Oder gar Mitarbeiter? Es gelang Caroline nicht, sich Thomas Steiner an einem Bankschalter vorzustellen. Oder an irgendeinem anderen Ort der Welt. Es war, als hätte er nie etwas anderes gemacht, als Strom zu produzieren und beim Aufbau eines provisorischen Grills zu helfen. Irgendwie gehörte er hierher, in diese Landschaft.

Am Ende des Stegs legte Steiner den Schirm ab und warf sich mit einem beherzten Kopfsprung in den See. Seine Schwimmzüge waren kraftvoll. Zügig ließ er das Ufer hinter sich. Caroline kontrollierte ihre Uhr. Wenn er fünf

Minuten nach draußen schwamm, würde er mindestens fünf Minuten für den Rückweg brauchen. Zeit genug, sich einen Überblick zu verschaffen. Vorsichtig testete sie die Türklinke. Die Fischerhütte war unverschlossen. Caroline warf einen letzten Blick auf den Schwimmer, der dort angekommen war, wo das matte Blau des Sees in das Grau des Himmels überging. Zögernd betrat sie den Raum. Merkwürdig, so ohne Erlaubnis das Leben eines Fremden zu betreten. Die Fischerhütte empfing sie mit molliger Wärme und karger Ausstattung in edlem Weiß. Ein Esstisch, ein Sofa, ein Regal mit Büchern, mehr passte nicht in den Wohnraum. Vorne und hinten rechts gingen Türen in die Küche und den Schlafraum ab. In der Ecke stand der braune Lederkoffer, der im Tageslicht schäbig aussah. Steiner musste entweder arm oder weit gereist sein. Der Koffer war leer. Steiner hatte all seine Besitztümer ausgepackt und ordentlich verstaut, als plane er einen längeren Aufenthalt. Auf dem Nachttisch die Autobiografie eines schwedischen Operntenors und ein Geo-Heft über Neuseeland. Caroline probierte seine Lesebrille aus. Er war gehörig weitsichtig. Im Badezimmer, wie Judith richtig vermutet hatte, ein Nasenhaarschneider, Haarwuchsmittel und ein teures Maniküreset. Sie gab einem plötzlichen Impuls nach und roch an seinem Aftershave. Verstohlen sah Caroline aus dem Badezimmerfenster auf den See. Steiner war nicht zu sehen. Sie öffnete den Kleiderschrank. Alles war extrem ordentlich. War das Zufall, oder hatte er seine Kleider tatsächlich farblich sortiert? Wer war Steiner? Ein Kontrollfreak? Selbst die Socken waren penibel zusammengefaltet, ebenso wie die Boxershorts. Caroline schloss den Schrank. So genau wollte sie es wahrlich nicht wissen.

Viel interessanter war da die silberne Aluminiumbox, die

ihr schon am Vortag im Kofferraum aufgefallen war. Sie rüttelte daran. Nichts zu hören. Was auch immer sich darin befand, war mit Schaumstoff gegen Stoßbewegungen abgesichert.

»Sie finden sich zurecht?«, fragte eine Stimme in ihrem Rücken.

Caroline fuhr entsetzt herum. Steiner war viel schneller zurück, als sie kalkuliert hatte. Offensichtlich konnte er sein Tempo noch steigern. Sie hatte ihn und seine Schwimmfähigkeiten unterschätzt. Und die Lautlosigkeit, mit der er sich nähern konnte. Wenn er überrascht war, ließ er es sich nicht anmerken. Es kostete ihn keinerlei Mühe, seinen Ärger zu kontrollieren. Es schien ihm nicht einmal etwas auszumachen, dass er halb nackt war. Caroline umso mehr. Die Hütte war so klein, dass Caroline die Kälte spürte, die von seinem Körper ausging. Der See konnte kaum mehr als 16 Grad Wassertemperatur haben. Steiner rubbelte mit einem Handtuch seine Haare trocken und warf sich in den Bademantel. Er verhielt sich so natürlich, als hätten sie bereits 25 Jahre auf dem gemeinsamen Ehekonto.

Caroline stotterte eine Erklärung: »Kiki hat mich gebeten, nach dem Ofen zu sehen …«

Steiner glaubte keine einzige Sekunde an die Maskerade: »Ich habe noch nie jemanden so schlecht lügen sehen«, unterbrach er sie, bevor sie ihre Geschichte ausschmücken konnte.

»Sie kennen sich da aus? Mit Lügen?«, konterte Caroline.

Steiner ging nicht darauf ein: »Was interessiert Sie am meisten?«

Er hob ein paar sichtbar teure Herrenschuhe hoch: »Oxford, Nummer 551. Eigenimport. Vollkommen unpassend für einen Urlaub in Mecklenburg-Vorpommern.« Dann zog er die Nachttischschublade auf und eine Packung Bonbons heraus: »Matlows Butterscotch. Merke: anglophile Neigungen. Macht einen nicht per se zum Verbrecher.«

»Ich komme später wieder«, verabschiedete sich Caroline.

»Verzeihung. Ich langweile Sie. Das haben Sie natürlich alles schon gesehen. Vielleicht der Aluminiumkoffer?«

Caroline schwankte. Sie war beeindruckt von der Souveränität ihres Gegenübers. Steiner hatte etwas Faszinierendes und Beängstigendes zugleich.

»Von außen sieht er aus wie ein Waffenkoffer, nicht wahr? Aber als Strafverteidigerin mit 25 Jahren Erfahrung wissen Sie das natürlich.«

Caroline war verblüfft, wie problemlos er zugab, biografische Details von ihr zu kennen, die sie ihm nicht offenbart hatte.

»Ihre Freundinnen halten große Stücke auf Sie«, sagte er, als ahne er, was in ihrem Kopf vorging.

Caroline beschloss, sich davon nicht beeindrucken zu lassen: »Jetzt, wo ich schon mal hier bin, könnte ich ja einen Blick in den Koffer werfen«, sagte sie.

Steiner ließ das Schloss aufschnappen. Woher nahm er diese unfassbare Sicherheit? Hatte er jeden seiner Schritte im Voraus geplant? War er so gut darin, sich in andere Menschen hineinzuversetzen, dass ihn nichts überraschen konnte?

Er öffnete den Koffer. Caroline hatte den Eindruck, sie sei versehentlich in einen James-Bond-Film hineingeraten. Der Koffer enthielt eine komplette Spionageausrüstung, mit der man Menschen akustisch und optisch überwachen konnte. Eine ultramoderne Kamera, imposante Objektive, die Fotos aus großen Abständen möglich machten, ein Fernglas und eine professionelle Abhörapparatur. Das Einzige, was aus dem Rahmen fiel, war ein altmodisches Diktiergerät, das noch mit den großen, alten Kassetten funktionierte.

Selten hatte sie sich so verunsichert gefühlt. Steiner war selbstbewusst und faszinierend angstfrei. Vielleicht war er sogar gefährlich. Caroline bezwang die Panik, die in ihr aufstieg.

»Und? Wen überwachen Sie damit?«, fragte sie. Sie konnte nicht verhindern, dass ihre Stimme wackelte.

Statt eine Antwort zu geben, griff Steiner in seine Jackentasche. »Der Autoschlüssel, falls Sie sich noch im Wagen umsehen wollen. Aber da ist nichts. Es ist ein Mietwagen.«

Caroline blickte ihm fest in die Augen: »Fragen Sie sich nicht, warum ich Ihnen hinterherspioniere?«

»Sie sind Strafverteidigerin«, antwortete er, »Sie sind in einen spektakulären Fall verwickelt, Sie werden bedroht. Da kann man schon mal überreagieren.«

»Das erklärt nicht, was Sie mit Ihren Geräten überwachen«, hakte Caroline noch einmal nach.

Steiner nahm das Diktiergerät, entfernte die Kassette und drückte sie ihr in die Hand. »Ich bitte Sie. Ein bisschen was können Sie auch selber rausfinden. Wenn es Ihnen gefällt, ich nehme Sie gerne auf meine nächste Spionagetour mit. Sagen Sie einfach Bescheid.«

28

»Er hat überhaupt nicht darauf reagiert, dass du seine Sachen durchsuchst?«, fragte Judith ungläubig.

»Mit keinem einzigen Wort. Er hat sich benommen, als wäre das ganz normal.«

Judith staunte nur noch. Ähnlich wie Caroline war sie früh auf den Beinen. Sie liebte diesen Moment, der ihr ganz alleine gehörte. Yoga stand auf dem Programm. Wie jeden Morgen. Die Kühe vom Möller, die auf dem Weg zur Weide am alten Schulgarten vorbeikamen, nahmen den Sonnengruß persönlich. Sie versammelten sich am Zaun und vergaßen angesichts der fernöstlichen Verrenkungen gar das Wiederkäuen.

»Ich bin extrafrüh aufgestanden, damit niemand mich beobachtet«, beschwerte sich Judith bei Caroline. Sie machte sich Sorgen. Wie sollte ein Tag, der mit so viel Unruhe begonnen hatte, bloß enden? »Weißt du, welche Karte ich heute Morgen als Tageskarte gezogen habe? Wieder die Nummer acht. ›Falsche Person.‹ Das deutet auf Betrug und Täuschung hin.«

Caroline schwenkte die Kassette: »Lass uns mal reinhören.«

»Wir haben immer noch keinen Strom«, sagte Judith.

»Aber einen Traktor«, wusste Caroline.

Bei ihrer ersten Tour über das Anwesen hatten sie die Zugmaschine ausführlich bewundert. Der Schlüssel steckte noch. Kiki hatte das Gefährt nicht mehr angerührt, seit Max den Fahrersitz verlassen hatte und nach Berlin geflüchtet war.

Mit Husten, Sprotzen und Knallen sprang der Motor an. Wie ein Ferrari klang er nicht gerade. Schon eher wie ein Seekutter, der den Hafen verlässt, gefolgt von Dutzenden von hungrigen Möwen, die im Kielsog des Schiffes auf Beute hofften. Es dauerte eine Weile, bis sie begriffen, dass das Gekreisch der Vögel von Steiners Kassette kam. Dann brach der Ton ab. Auf dem Band herrschte Stille. Und in die Stille hinein ertönte das Klopfen eines Spechts und jede Menge Gezwitscher, das keine von beiden einordnen konnte.

»Vogelstimmen«, stellte Judith überrascht fest.

»Der macht sich lustig über mich«, behauptete Caroline.

Judith hatte noch andere Vorschläge: »Manchmal hinterlegen Tote Nachrichten auf Bändern. Vielleicht beschäftigt er sich mit okkulten Ideen.«

»Ich höre weder einen Menschen noch einen Toten«, konstatierte Caroline nüchtern. »Ich höre nur Vögel.«

Judith schauerte: »Ich habe es immer gespürt. Den Mann umweht eine düstere Aura.«

Judith hatte den Satz kaum ausgesprochen, da passierte etwas Unerwartetes. Mit einem Schlag flammte im Schuppen das Licht auf.

29

»Cheri, cheri Lady«, brüllten Modern Talking, so laut sie konnten. Eva schreckte panisch aus dem Schlaf. Die Musik aus dem Radio, mit dem Eva gestern Abend überprüfen wollte, ob die Stromversorgung wieder funktionierte, schmerzte in ihren Ohren. »Love is where you find it. Listen to your heart. Cheri, cheri lady, living in devotion, it's always like the first time, let me take a part …«, jaulten die beiden Herren in aufgesetzter Fröhlichkeit.

Der Strom war da. Und der Morgen, von dem Eva geglaubt hatte, er würde nie mehr kommen. Die halbe Nacht hatte sie wach gelegen, ihren pochenden Fuß gespürt und sich Situationen ausgemalt, die mindestens so albern waren wie das Lied, das aus dem Radio schallte. Und kein bisschen jugendfrei. Ihre Gedanken hatten sich verselbstständigt. Das Schlimmste war: Steiner kam in ihrer nächtlichen Vorstellungswelt eine prominente Rolle zu. Die innere Unruhe stand in schrillem Kontrast zu ihrer äußeren Bewegungslosigkeit. Ein verstauchter Knöchel war wahrlich keine Krankheit, die Eva weiterempfehlen konnte. Jedenfalls nicht Menschen, die sich gerade vorgenommen hatten, keinen einzigen Tag mehr auf der Zuschauertribüne des Lebens zu verbringen.

Es war elf Uhr. Eva sandte ein Stoßgebet für Kiki in den

aufklarenden Himmel. Vermutlich war die Freundin längst im Genossenschaftsladen und brütete mit Schwarzer über der Frage, wie man ihr Dach kostensparend reparieren konnte. Warum hatten die Freundinnen sie nicht geweckt? Sie legte nicht den geringsten Wert darauf, sich auszuruhen.

Auf der Sitzfläche des Rollstuhls, der neben ihrem Bett stand, hatte jemand Reiswaffeln, frischen Käse, Joghurt und einen Orangensaft abgestellt. Selbst Oskar, der in der Nacht zuvor noch neben ihrer Schlafstatt gewacht hatte, war es an ihrer Seite zu langweilig geworden. Eva konnte das nachvollziehen. Sie hatte keine Lust auf einen weiteren Tag im Schongang. Sie würde aufstehen und sich nützlich machen. So gut es eben ging.

Vorsichtig setzte sie den Fuß auf den Boden und verzog vor Schmerz das Gesicht. Dann eben der Rollstuhl. Eva kannte das Modell aus dem Krankenhaus. Bei Bedarf konnte man so was unter der Bezeichnung »geriatrisches Standardmodell« bei der Materialwirtschaft im Untergeschoss anfordern. Das Gefährt war gedacht für Patienten, von denen keiner mehr erwartete, dass sie aus eigener Kraft irgendetwas bewegten. Nicht mal sich selbst.

Eva war es nicht gewohnt, auf Hilfe und Rücksicht angewiesen zu sein. Sie würde es schon alleine nach draußen schaffen. Die paar Meter bis zur Tür. Einfach ein bisschen am Rad drehen und schon glitt man elegant in die gewünschte Richtung. Theoretisch jedenfalls. Vorsichtig rollte sie vor und zurück und testete die Bremse. Ein Rad schleifte am Sitz, die Fußstütze hing schief herunter. Bei jeder Bewegung zog der Rollstuhl nach links. Allein die Zimmertür zu erreichen, war eine kräftezehrende Aufgabe, die Tür zu öffnen und sich hindurchzupressen beinahe unmöglich. Kein Wunder, dass die Orthopädie im Krankenhaus regelmäßig Mobilitätstraining für Rollstuhlfahrer anbot. Hüpfend, schiebend, ächzend und mit einer halben Schulterverrenkung erreichte sie nach einer Reihe von Fehlversuchen den Gang.

Sie war heilfroh, dass die Treppe zum alten Schulhof noch nicht fertig war. Von barrierefrei konnte trotz Rampe keine Rede sein. Ihre Hilferufe blieben unbeantwortet. Wo waren nur die Freundinnen? Die Türschwelle war zu hoch, das Gefälle zum Vorplatz geradezu angsteinflößend. Beim vierten Anlauf schaffte sie es auf die Rampe. Einen Moment lang hatte sie Angst, der Rollstuhl könnte nach hinten kippen. Und dann ging es auch schon nach unten. Schnell. Viel zu schnell. Und unkontrolliert. Bremsen war nicht möglich. Eva hatte zu viel Angst, dass ihre Finger in die Speichen geraten könnten. Im Kiesbett auf dem Vorplatz kamen die Räder jäh zum Stehen. Der Rollstuhl drohte nach vorne überzukippen, wäre nicht aus dem Nichts eine helfende Hand aufgetaucht. Sie gehörte Steiner.

»Was ist das? Hindernistraining für Anfänger?«, fragte er. »Was für eine verrückte Idee, sich alleine auf den Weg zu machen.«

Vermutlich hatte er recht. Sie war verrückt geworden. Sagte man nicht, dass nach dem Überleben eines Unglücks alle Sinne geschärft waren? Männer gab es genug in Evas Umfeld: Ärzte, Patienten, Freunde, Fridos Kollegen, Herrn Krüger. Nie hatte sie das Bedürfnis verspürt, sich mit einem von ihnen zum Tête-à-Tête zu verabreden. Für Steiner würde sie eine Ausnahme machen. Wenn er sie denn fragen würde.

Doch Steiner fragte nichts: »Ich wollte nur melden, dass mein Strom wieder geht«, meinte er.

»Ich habe es gemerkt«, meinte Eva. »Modern Talking hat es publik gemacht.«

Warum fiel ihr nichts Klügeres ein? Es war vermutlich eine eitle Hoffnung, Eindruck auf einen Mann zu machen, wenn man sich gerade wie hundert fühlte und in einem Rollstuhl saß.

Freundlicherweise verfrachtete Steiner Eva wieder auf die Terrasse, wo Elvis sie mit einem begeisterten Kikeriki begrüßte. Hühnerfernsehen. Schon wieder. Auf dem Tisch lag noch immer der pädagogische Ratgeber.

»Brauchen Sie noch etwas?«, erkundigte sich Steiner.

»Nein«, antwortete Eva. Dabei meinte sie »Ja«. Ein bisschen Gesellschaft. Abwechslung. Neue Impulse. Das Gefühl, nicht alles falsch gemacht zu haben. Stattdessen sagte sie nur: »Ich komme prima allein zurecht.«

»Keinen Blödsinn mehr machen«, ermahnte sie Steiner.

Eva wollte das lieber nicht versprechen. Sie spürte nur zu gut, zu welchem Blödsinn sie fähig wäre. Wenn man sie nur ließe.

30

Endlich, endlich, endlich. Licht, Heizung, Telefon, Internet. Caroline hatte wieder eine Verbindung zur zivilisierten Welt. Sehnsuchtsvoll wartete sie darauf, dass das Telefon genug Batterie hatte, um ihr einen Hilferuf an die Kölner Front zu gestatten. Nervös tigerte sie in der Aula auf und ab. Sie war allein. Estelle wartete in ihrem Zimmer auf den Rückruf von Sabine, Eva las auf der Terrasse, und Kiki war gemeinsam mit Greta zur Minol-Tankstelle aufgebrochen.

»Wenn alles gut geht, brauchen wir uns um das Dach keine Sorgen mehr zu machen«, hatte Kiki zum Abschied gesagt.

Doch Caroline machte sich Sorgen. Sie hatte vorhin mitbekommen, wie Max und Kiki ihre Meinungsverschiedenheiten über Skype austrugen.

»Du machst das schon«, hatte Max lapidar gesagt. Dabei hatte er nicht mal richtig hingehört, als Kiki ihm die Sturmschäden beschrieb. Wie auch? Er musste in einer halben Stunde beim Kunden seine neuesten Entwürfe präsentieren, da konnte er sich wirklich nicht auf die Schule und irgendwelche Dachschäden konzentrieren.

»Ich bin ein Mann, ich kann keine zwei Sachen gleichzeitig machen«, entschuldigte er sich. »Was glaubst du, warum ich so stolz auf dich bin. Du kriegst alles hin.«

Max hatte keine Ahnung, was wirklich auf dem Spiel stand, und Kiki keine Wahl. Bis zum Beweis des Gegenteils würde sie die Hoffnung nicht aufgeben, dass sich alles zum Guten wenden würde. Mit Max. Und mit dem Dach. Wenn sie nur Schwarzer für sich einnehmen könnte. Zur Sicherheit hatte sie Judith als Verstärkung mitgenommen.

Caroline nippte an einer Tasse heißen Tees und starrte auf das Display ihres Telefons. Die ersten Informationen leuchteten auf: acht anonyme Anrufe. Sie brauchte ihre Mailbox nicht abzuhören, um zu wissen, dass ihr unbekannter Verfolger sie auch in den letzten 30 Stunden nicht in Ruhe gelassen hatte.

Im Hintergrund fiel etwas zu Boden. Sie hörte Schritte aus Kikis Büro. Ein Blick nach draußen zeigte, dass Eva ihren Platz nicht verlassen hatte. Wie auch? Bewegte sich jemand im Haus, der hier nicht hingehörte? Auf Zehenspitzen tapste Caroline in Richtung des Durchbruchs, der Aula und Büro voneinander trennte. Schritt für Schritt. Bis sie im Halbdunkel erkennen konnte, was sie längst ahnte. Steiner machte sich an Kikis Schreibtisch zu schaffen. Zügig ging er durch die Papiere, zog eine Schublade auf, als suche er etwas Bestimmtes. Caroline verbarg sich in einer Ecke, um aus sicherem Versteck zu beobachten, was er vorhatte.

»Bemühen Sie sich nicht weiter«, rief Steiner. »Ich habe Sie längst gehört.«

Caroline wäre am liebsten im Boden versunken. Vielleicht war er wirklich Vogelkundler, sein Gehör jedenfalls funktionierte tadellos. Er drehte sich um und wedelte triumphierend mit einer Seenwanderkarte: »Ihre Freundin weiß übrigens, dass ich mir die Karte leihen wollte. Den Anruf können Sie sich schon mal sparen.«

Und dann ging er, ohne sich weiter um Caroline zu kümmern. Sie fand kein Mittel gegen Steiner. Am liebsten hätte sie ihm eine Blumenvase hinterhergeworfen, um ihn aus der Reserve zu locken. Stattdessen griff sie zum Telefon und wählte die private Nummer ihrer Anwaltsgehilfin.

Nora war fest mit ihrem Smartphone verwachsen. Wenn es im Netz etwas über Thomas Steiner herauszufinden gab, sie würde die Informationen aufspüren. Wenn ihr Privatleben ihr Zeit dafür ließ.

»Ich bin heute nicht erreichbar wegen gestern. Probieren Sie es morgen wieder«, lautete ihre launige Ansage auf dem Anrufbeantworter. Caroline ließ sich davon nicht entmutigen. Sie schickte Nora eine E-Mail mit einem Foto, das sie heimlich von Steiner aufgenommen hatte. »Finden Sie etwas über diesen Mann heraus. Vorsicht bei direkten Kontakten. Der Verdächtige ist unberechenbar. Könnte gefährlich sein.« Caroline wusste, dass nur drastische Formulierungen ihre Anwaltsgehilfin dazu bringen konnten, am Sonntag tätig zu werden.

»Macht das Leben eigentlich Spaß, wenn man so misstrauisch ist und überall nur Mord, Totschlag und Verderben sieht?«, fragte Eva, als Caroline sich zu ihr setzte. Anstatt sich zu unterhalten, kontrollierte die nervöse Anwältin alle drei Minuten, ob schon eine Antwort eingegangen war.

»Der Mann ist ständig dort, wo er nicht sein sollte«, verteidigte sich Caroline.

Eva bedachte die Freundin mit einem mitleidigen Lächeln. Ganz offensichtlich hielt sie Carolines Verdacht, bei Steiner könne es sich um ihren mysteriösen Verfolger handeln, für abwegig: »Ich dachte, dir geht es besser, jetzt wo deine Scheidung durch ist und du die neue Wohnung hast.«

Caroline war mitten in den Vorbereitungen zu dem großen Entführungsfall umgezogen. In einen Neubau. Noch mehr als die günstige Lage der Wohnung hatte ihr das Wort »Erstbezug« gefallen. Nach einer gescheiterten Ehe und einer missglückten Affäre mit dem Vater einer Freundin ihrer Tochter klang »Erstbezug« wie ein Versprechen. Sie mochte die geschichtslosen, jungfräulichen Wände in ihrer Wohnung, die noch keinen Missklang und Zank erlebt hatten. Ihr Exmann Philipp kannte noch nicht einmal die neue Adresse. Wozu auch? Caroline war über den Punkt hinaus, irgendjemandem beweisen zu wollen, wie toll sie geschieden waren. Diese Wohnung stand für ihr neues Leben als allein lebender Single. Solange es Dinge gab, die zum ersten Mal passierten, hatte das Leben einen Sinn. Weniger Sinn hatte es, mit Eva zu streiten. Es war Caroline nicht entgangen, dass Eva alles, was Steiner anstellte und sagte, großartig fand.

»Du lässt dich doch nicht von dem einlullen, Eva«, warnte Caroline.

»Nicht jeder Mann, der freundlich zu mir ist, ist automatisch ein Verbrecher«, meinte Eva eingeschnappt.

»Das ist kein Zufall, dass er hier herumschleicht. Ich glaube kein Wort von dem, was er sagt.«

Caroline war kein bisschen besser als Eva. Wenn sie ehrlich war, kreisten ihre Gedanken ununterbrochen um Steiner.

»Er hat eine Abhörgarnitur unter dem Bett«, informierte sie die Freundin.

»Er ist Ornithologe. Er interessiert sich für Vögel«, gab Eva zu bedenken. »Und er hat ein gutes Gehör. Das hat er eben gerade bewiesen.«

Caroline konnte es kaum glauben: »Du bist naiv, Eva.«

»Und du nervst mit deinem Verfolgungswahn.«

Caroline knallte der Freundin ihr Telefon hin: »Vielleicht magst du dir ja die Drohanrufe anhören. Ich habe keine Lust mehr dazu.« Sie stapfte von dannen, drehte wieder um und packte das Telefon. »Du kannst sie dir anhören, sobald Nora sich gemeldet hat.«

Sie ärgerte sich. Hatte Judith am Ende recht mit ihrer Prophezeiung, dass ein Mann die Dienstagsfrauen auseinandertreiben würde?

31

Die Kaffeemaschine gurgelte. Der Geruch gebrannter Kaffeebohnen durchzog die ehemalige Tankstelle. Judith hatte Kiki zu ihrem sonntäglichen Dienst im Genossenschaftsladen begleitet. Wohlig lehnte sie sich zurück: Nach zwei Tagen voller Entbehrungen war Kikis frisch aufgebrühter Cappuccino eine Offenbarung. Der Laden war voll. Während die Menschen in der Kölner Innenstadt nur kurz bei »Coffee to go« eingefallen waren, um nach rascher Koffeinzufuhr hastig weiterzueilen, hatte die Birkower Filiale die gegenteilige Funktion. Es war ein großes Kommen und Bleiben. Hobbyjäger Julius (in Wirklichkeit ein Architekt aus Hamburg) lieferte frisches Rehfleisch ab, seine Frau Gloria den sonntäglichen Käsekuchen aus Ziegenmilch und Geschichten aus der Sturmnacht.

»Wir haben das Haus seit acht Jahren«, berichtete sie, »so eine Nacht habe ich noch nie erlebt.«

»Der Schwarzer hat sofort die Preise erhöht«, wusste eine üppige Rothaarige beizusteuern, die Kiki als ihre Freundin Ingrid vorgestellt hatte. Seit fünfzehn Jahren führte Ingrid eine Töpferwerkstatt im Dorf. Sie war die erste Westlerin gewesen, die damals ein Haus in Birkow gekauft hatte. Mit ihrem orangeroten langen Haar, das sie mit einem bunten Tuch bändigte, und dem tonverschmierten blauen Arbeitsoverall war sie eine auffällige Erscheinung und Kikis Nachhilfelehrerin, wenn es ums Kochen ging.

In der Tankstelle ging es munter durcheinander. Der Sturm hatte die Menschen gesprächig gemacht. Man tauschte aus, was der Regen den alten Häusern, die mit viel Liebe zum Detail renoviert worden waren, angetan hatte. Und der Stromausfall den Menschen.

»Ich dachte, ich werde seekrank«, erzählte Judith, »so sehr schwankten die Bäume vor unserem Haus.«

Der Laden war ein Platz zum Verweilen, Reden und Kennenlernen. Judith wurde in die Runde aufgenommen, als würde sie immer schon dazugehören. Jeder duzte jeden. Nur Greta war unzufrieden. Sie stand vor den Gläsern mit den Süßigkeiten, reckte die verklebten Schokoladenfinger hoch und brüllte herzzerreißend. Kiki nahm ihre Tochter hoch und verfrachtete das protestierende Mädchen in den Buggy. »Sie ist müde«, entschuldigte sie sich. »Ich lauf eine Runde mit ihr, vielleicht schläft sie dann ein.«

Judith nickte: »Ich halte die Stellung.«

»Du bist also die Seherin, von der Kiki erzählt hat?«, sprach Ingrid sie an.

Judith wehrte ab: »Ich habe gerade erst mit dem Kartenlegen angefangen.«

Doch Ingrid war versessen darauf, mit Judith einen Blick in ihre Zukunft zu werfen. »Am meisten interessiert mich, wie es um meine Gesundheit steht«, sagte sie mit tiefer Stimme, die wahrscheinlich mit Ingrids Angewohnheit zusammenhing, sich alle Viertelstunde vor der Tür eine von ihren gelben Gitanes anzustecken. »Wenn du mir ein langes Leben prophezeist, kann ich weiterrauchen, sollte ein kurzes Leben in den Karten stehen, lohnt es sich nicht mehr aufzuhören.«

Judith breitete die Karten auf dem Bistrotisch aus. Im Hintergrund hörte sie die Ladenglocke. In der Tür stand eine hagere Frau mit strengem Kurzhaarschnitt und harten Gesichtszügen.

»Das ist Peggy«, flüsterte Ingrid.

»Die Frau vom Schwarzer?«, raunte Judith zurück.

Ingrid nickte und verzog das Gesicht. Sie sah auf einmal nicht wesentlich fröhlicher aus als Peggy.

Kiki hatte erzählt, dass sich die angestammte Birkower Bevölkerung nur selten in die Tankstelle verirrte. Eine unsichtbare Demarkationslinie trennte die Gemeinde in zwei unversöhnliche Lager: die neuen und die alten Bewohner. Dass es hier inzwischen mehr Zugezogene aus den Großstädten und andere Möchtegernbauern gab, die am Wochenende Landwirt spielten und von Montag bis Freitag ihren Latte macchiato am Prenzlauer Berg schlürften, half dem Prozess des dörflichen Zusammenwachsens nur bedingt. Von einer Dorfgemeinschaft konnte keine Rede sein. Man blieb unter sich. Saßen die Ureinwohner eher im Helsinki Club, der Bar im Bowlingcentrum, trafen die Neu-Birkower in der Minol-Tankstelle zusammen, die sie gemeinsam führten. Kiki hatte mit kaum einem der Alteingesessenen mehr als drei Sätze gesprochen. Den anderen Neueinwohnern ging es ähnlich. Bis heute.

»Ist das ein gutes oder ein schlechtes Zeichen, dass sie hier auftaucht?«, flüsterte Judith.

Ingrid zuckte die Schultern: »Es ist auf jeden Fall eine Premiere. Die war noch nie hier.«

Alle Anwesenden waren in Kikis Kalamitäten eingeweiht. Alle wussten, dass sie auf Schwarzers Goodwill angewiesen war, wollte sie pünktlich in drei Wochen eröffnen. Die Szene glich dem Showdown im Western, wenn die Kontrahenten im Saloon aufeinandertrafen, um sich für das finale Duell zu verabreden.

»Kein Wunder, dass ihr Mann vor ihr kuscht«, raunte Ingrid.

Peggys entschlossene Miene ließ nichts Gutes erwarten. Sie wollte zweifelsohne zu Kiki.

Judith ging offen und freundlich auf Peggy zu: »Frau Eggers muss jeden Moment zurück sein«, begrüßte sie die Frau. »Darf ich Ihnen etwas zu trinken anbieten?«

Peggys Augen glitten kritisch über das Warenangebot. Neugierig nahm sie eine Flasche Wein in die Hand. »Ökologischer Weißburgunder, 19,88 Euro«, las sie von einem Preisschild ab. »Und dann ist der sauer wie Essig.«

»Sie können gerne ein Glas probieren«, bot Hobbyjäger Julius an. »Ein Freund von mir baut den an.«

»Ich fahre immer zu Sky«, wehrte Peggy ab. »Dort haben sie diesen lieblichen griechischen. Viel billiger.«

Judith konnte sich nur allzu gut vorstellen, wie Peggy abends vor dem Fernseher ihren süßen Wermutstropfen trank. Sie bezahlte diese Vorliebe am nächsten Morgen offenbar mit chronisch schlechter Laune.

Peggy hatte keine Lust zu warten: »Wir lassen uns das Geschäft nicht kaputt machen, das können Sie Ihrer Freundin ausrichten«, sagte sie. »Alle sind weggegangen. Aber wir sind hiergeblieben. Wir haben uns was aufgebaut. Und wir haben nichts zu verschenken.«

Judith ergriff Kikis Partei: »Es gibt eine Stiftung, meine Freundin ist gerade dabei …«

Weiter kam sie nicht. Denn hier hatte nur eine das Sagen.

»Ist ja gut, dass die Wirtschaft angekurbelt wird«, unterbrach Peggy sofort. »Aber warum ausgerechnet von den Leuten, die kein Geld haben? Alles auf Pump.«

Judith verstand, was Peggy umtrieb: Jede unbezahlte Rechnung wertete sie als Anschlag auf den Sinn ihres Lebens. Peggy kannte keine Gnade. Wieso auch? War das Schicksal etwa gnädig mit ihr?

»Das wird sich klären«, versprach Judith. »Meine Freundin Estelle kümmert sich gerade um die Freigabe der Gelder für die Sandkrugschule.«

»Sie brauchen gar nicht so hochnäsig zu tun«, fuhr Peggy sie an. »Ich habe auch Abitur. Ich kann rechnen. Und für das ›Fräulein Kiki‹ zu arbeiten, hat sich noch nie gerechnet.«

Ingrid schob die Wahrsagekarten zusammen und legte sie Judith auf die Theke.

»Meine Zukunft kann warten«, sagte sie und verdrückte sich diskret. So lustig war es denn auch nicht, dabei zu sein, wenn Peggy ihr Gift versprühte. Die anderen Gäste folgten ihrem Beispiel.

Peggy starrte die Karten an, als habe sie soeben eine kosmische Eingebung bekommen.

»Sie haben Erfahrung mit den Karten?«, fragte Judith. Vielleicht konnte man besser mit ihr alleine sprechen.

»Mein Exfreund hat mich mal zu einer Wahrsagerin mitgeschleppt …«, brachte Peggy zögernd hervor.

Sie löste ihren Blick von den Karten und verkündete das Urteil: »Richten Sie Ihrer Freundin aus, dass wir nächste Woche ein Inkassobüro einschalten.«

Judith reagierte nicht auf das Verdikt. Sie hatte das Gefühl, etwas gefunden zu haben, womit sie Peggy knacken könnte: »Und hat die Vorhersage damals gestimmt?«, erkundigte sie sich.

»Weiß nicht. Ich habe mich an keine der Empfehlungen gehalten«, brummte Peggy. »Wer glaubt schon an so was.«

Judith ahnte, was passiert war. Peggy führte nicht das

Leben, das sie ihrer Meinung nach verdiente. Vermutlich fragte sie sich, ob ihr tief empfundenes Unglück etwas damit zu tun haben könnte, dass sie die guten Ratschläge von einst ausgeschlagen hatte.

»Wollen Sie es noch einmal ausprobieren?«, fragte Judith.

Peggy zweifelte: »Verstehen Sie etwas davon?«

Judith nickte. »Meine Trefferquote ist nicht schlecht.«

Peggy zweifelte einen Moment.

»Nur bis Kiki da ist, und vollkommen gratis«, bot Judith an.

»Dann machen Sie mal«, brachte Peggy hervor. Hinsetzen wollte sie sich nicht. Gucken schon.

Judith zitterte ein bisschen. Das war ihre Chance, ihrer Freundin Kiki zu einem geflickten Dach zu verhelfen. Wenn sie nur das Zauberwort traf.

32

Sie war zu spät. Als Kiki nach ihrer Runde mit Greta und dem Buggy Richtung Minol-Tankstelle zurückkehrte, verließ Peggy gerade den Genossenschaftsladen. Mit roten Wangen, feuchten Augen und ungebeugter Haltung.

»Wir können Ihnen nicht helfen. Und wir werden Ihnen nicht helfen«, rief sie Kiki entgegen. »Lassen Sie den Bruno in Ruhe.«

Kiki war gerade einmal zwanzig Minuten weg gewesen, und alles schien entgleist zu sein.

»Was hast du bloß mit ihr angestellt?«, fragte sie Judith, als sie nach drinnen kam.

Judith packte schuldbewusst die Karten zusammen: »Ich nicht. Die Karten.«

Kiki war aufgebracht: »Und was sagen die?«

Judith deutete auf das Blatt: »Bei ihrem Blatt dreht sich alles um die Liebe. Sie bekommt die Chance, eine Fehlentscheidung zu korrigieren …«

Kiki stöhnte tief auf: »Kein Wunder, dass sie gereizt reagiert.«

»Was ist daran so schlimm?«, fragte Judith nach.

»Alles«, empörte sich Kiki. »Jeder im Dorf kennt die Geschichte. Peggy war früher mit einem anderen zusammen: Rico. Der hat seinem jungen Kompagnon Bruno alles beigebracht. Zum Dank hat er ihm Peggy ausgespannt. Und den Laden übernommen. Feindliche Übernahme nennt man das.«

»Ich glaube, sie hat Rico nie vergessen können«, vermutete Judith. Aus ihrer Stimme klang Stolz, richtiggelegen zu haben.

Kiki konnte nur noch den Kopf schütteln: »Ich brauche einen Dachdecker, keinen Wahrsager, der nebenbei Paartherapie anbietet.«

»Sie hat das Gespräch von selber in die Richtung gedrängt«, verteidigte sich Judith. »Sie hat von der alten Liebe angefangen.«

Kiki hatte genug von Judiths freundlicher Unterstützung: »Hättest du ihr nicht erzählen können, dass ihr Mann vollkommen uneigennützig einem in Not geratenen Mitmenschen hilft?«

»Vielleicht überlegt sie es sich noch«, meinte Judith kleinlaut.

Das war's dann wohl. Kiki sagte nichts mehr. Sie packte die Sachen zusammen und löschte das Licht. »Lass uns nach Hause gehen.«

Judith hatte ein schlechtes Gewissen: »Lebt dieser Rico noch im Dorf?«

Kiki nickte: »Der hält sich mit einem Fahrradverleih und Reparaturarbeiten über Wasser. Dabei war er besser als der Bruno. Sagt man.«

Judiths Miene erhellte sich: »Warum fragen wir den nicht? Der weiß sicher noch, wie man ein Dach repariert.«

»Der redet mit keinem mehr«, wandte Kiki ein. »Nicht mit den Neueinsteigern. Nicht mit den Alteingesessenen. Sein Vater war Kubaner. Ein Werftarbeiter auf Hilfseinsatz im sozialistischen Bruderstaat: Seine Mutter hat ihn alleine großgezogen. Der gehörte nirgendwo richtig hin.«

»Wir fragen ihn«, schlug Judith vor. Sie hatte deutlich das Bedürfnis gutzumachen, dass sie Peggy verärgert und verjagt hatte. »Wir gewinnen ihn für unser Projekt«, ereiferte sie sich. »Es ist einen Versuch wert.«

Gemeinsam liefen sie von der Minol-Tankstelle zu Ricos Fahrradverleih. Der Halbkubaner hatte sich auf ein ehemaliges Lagergrundstück am Dorfrand zurückgezogen, das von einem Urwald an Pflanzen umgeben war. Wie eine grüne Mauer schotteten mannshohe Büsche Rico vor neugierigen Blicken ab. Schwarzers ehemaliger Kompagnon wollte offensichtlich nichts mit Menschen zu tun haben. Nicht einmal mit seinen Kunden. »Fahrräder zu vermieten« stand auf einem handgemalten Schild und darunter »Selbstbedienung«. Die glänzenden Drahtesel standen frei zugänglich im Eingangsbereich. Als Fahrradständer dienten zwei Holzpaletten, die im 90-Grad-Winkel aufeinandergeschraubt waren. Daneben ein handgeschriebener Zettel mit den Preisen und eine Schatulle, in die man die Leihgebühr einwerfen sollte. »Kein Wechselgeld«, warnte er schriftlich.

»Ich habe nicht den Eindruck, dass der scharf darauf ist, Besuch zu empfangen«, vermutete Kiki.

Judith öffnete vorsichtig das Tor zum asphaltierten Hof. Zu ihrer Rechten lag das Lager. Jede Menge Blech: halbe Fahrräder, Kugellager, Ketten, herrenlose Schutzbleche, unbereifte Felgen. Die Einzelteile wurden offenbar von Rico in liebevoller Kleinstarbeit zu neuen Fahrrädern zusammengesetzt. Ein halb offener Schuppen, der aus lauter alten Türen zusammengezimmert war, diente als Arbeitsplatz. Über der

Werkbank schaukelte ein altes Skateboard. Die Rollen waren durch helle Arbeitsleuchten ersetzt worden.

»Der macht aus Alt Neu«, sagte Judith. »Genau so jemanden brauchst du.«

»Hallo, ist hier jemand?«, rief Kiki ratlos über den Hof. In der Luft hingen merkwürdig flirrende Töne. Eine Musik aus sphärischen Klängen, wie vom Wind erzeugt. Sonst blieb es still.

Vorsichtig traten sie durch eine zweite Pforte, die den Arbeitsbereich von Wohnhaus und Garten trennte. Unvermutet betraten sie ein grünes Paradies. Kiki, die genau wusste, wie ein verwilderter Garten aussah, erkannte sofort, dass hier jemand viel Zeit und Liebe investierte, um seinen Garten so aussehen zu lassen, als wäre das Ensemble zufällig von der Natur dort hingesetzt. Der Wind streifte durch verschiedenartige Gräser. Ein vielstimmiges Wispern, Sausen und Rascheln hing in der Luft, begleitet von seltsam gläsernen Tönen. Am blühenden Apfelbaum pendelten bunte Scherben an Schnüren und fingen Licht und Wind. Die Frühlingsbrise schlingerte die Glasteile sanft gegeneinander und brachte den Garten zum Klingen. Die Töne vereinigten sich zu einer Symphonie, die von der Magie der Natur erzählte. Selbst Greta konnte sich dem leisen Wunder nicht entziehen. »Oh, oh, oh«, krähte Greta laut, so wie sie es am Morgen bei Schwarzer gehört hatte. Sofort erschien ein grauer Schopf über der Hecke des Nachbargrundstücks.

»Der Rico ist zum Bowlingcenter rüber«, rief die Nachbarin über den Zaun. »Da hat es einen Kurzschluss gegeben.«

Hinter dem hochtrabenden Begriff *Bowlingcenter* verbarg sich ein schmuckloser Massivbau, der an die ehemalige Konsumgaststätte angegliedert war. Genauso wie an der Sandkrugschule kämpften sie hier mit den Folgen des Sturms.

»Wir sind geschlossen. Bis auf Weiteres«, erklärte der bullige Mann hinter dem Tresen und verwehrte ihnen den Zugang. So breitbeinig standen sonst nur John Wayne, Fußballtrainer oder Rausschmeißer auf der Reeperbahn. Sein Blick sagte alles. Mit dem war nicht zu spaßen. Der ging durch die Welt wie ein geladener Colt: »Der Blitz hat eingeschlagen«, beschwerte er sich in einem Tonfall, als ob Judith und Kiki höchstpersönlich die Schuld daran trugen: »Und kein Handwerker zu bekommen. Ich kann von Glück sagen, dass ich Rico überreden konnte, mir zu helfen.«

Doch die Freundinnen waren nicht zum Bowlen gekommen. »Genau den wollten wir sprechen«, sagte Judith und sah interessiert zu dem Mann, der in einem ölverschmierten roten Overall am Ende der Bowlingbahn lag und versuchte, das automatische Aufhängesystem der Kegel, die beim Bowling Pins hießen, wieder in Gang zu bekommen. Die beiden Frauen, die ihn fragend ansprachen, interessierten ihn genauso wenig wie John Waynes ungeduldiges Drängen. In aller Seelenruhe trottete er zum Ballrücklauf, nahm einen Bowling-Ball auf und zielte. Die Kugel nahm eine imposante Kurve, bevor sie mitten in die Pins traf. Sie blieben liegen. Die automatische Aufstellvorrichtung hakte immer noch.

John Wayne lief knallrot an. »Drei Stunden ist er schon beschäftigt«, klagte der Möchtegerncowboy. Die Angst, das traditionelle und lukrative Bowlingturnier absagen zu müssen, stand ihm ins Gesicht geschrieben.

Doch so schnell gab Rico nicht auf. Der Halbkubaner hatte die Statur eines Marathonläufers: durchtrainiert, sehnig, stark. Die dunkle Hautfarbe und die schwarzen Augen waren offensichtliches Erbteil seines Vaters. Genauso wie die tänzerische Eleganz, mit der er sich bewegte. Rico schlüpfte wieder unter die Aufhängevorrichtung. Beim sechsten Versuch kam endlich der Erfolg. John Wayne schlug dem Retter des Pfingstturniers krachend auf die Schulter. Rico winkte ab. Nun auf einmal zeigte er Interesse an den beiden Frauen: »Sie wollten zu mir?«

Kiki wandte sich an ihn: »Kiki Eggers. Wir haben die alte Schule gekauft.«

»Ich weiß«, meinte Rico nüchtern.

Selbst die schlechtinformiertesten Bewohner des Dorfes wussten offenbar alles.

»Wir haben Probleme mit dem Dach«, erklärte Kiki.

»Es regnet rein. Aber nur bei Nordwind und Sturm«, ergänzte Rico ungefragt und lieferte die Erklärung für sein Wissen gleich mit. »Ich kannte den Vorbesitzer. Bevor er verzweifelt aufgab.«

Kiki gab zu, dass auch sie mit ihrem Latein am Ende war: »Wir suchen jemanden, der uns hilft …«

»Und Bruno will Ihnen Ihr letztes Geld aus der Tasche ziehen«, unterbrach Rico.

»Das hat er schon«, offenbarte Kiki.

»Ich habe keinen Bedarf an zusätzlicher Arbeit«, lehnte Rico ab. Er nahm einen tiefen Schluck von dem Bier, das John Wayne ihm hingestellt hatte. Offenbar hatte er seine Bedürfnisse so weit heruntergeschraubt, dass er mit den Einnahmen vom Fahrradverleih und ein paar Freibier über die Runden kam.

»Sie können sich den Schaden doch einmal anschauen.«

Rico wischte sich den Bierschaum vom Mund, nahm einen Bowling-Ball auf und wog ihn in seinen Händen. »Und warum sollte ich das tun?«, fragte er beiläufig.

»Weil Peggy Sie empfohlen hat«, sagte Judith, die bislang geschwiegen hatte.

Rico hielt schlagartig in seiner Bewegung inne. Seine dunklen Augen flatterten unruhig.

»Sie hat mir von Ihnen erzählt«, setzte Judith nach.

Kiki fragte sich, zu welchen Verwicklungen Judiths neue Gabe noch führen würde. Sie war sich nicht sicher, ob es die allerbeste Taktik war, Rico auf die Niederlage seines Lebens anzusprechen.

»Ich weiß, dass Sie der Richtige für die Schule sind«, sagte Judith. »Ich kann manchmal vorhersehen, was passiert.«

Rico musterte Judith aufmerksam: »Können Sie bowlen?«, fragte er sie.

Judith schüttelte den Kopf.

Rico drückte ihr einen Bowling-Ball in die Hand: »Wie viele treffen Sie?«

Er wollte sie auf die Probe stellen. Es ging ums Ganze.

»Alle«, sagte Judith.

Rico lachte sie aus. »Ich glaube nicht mehr an Wahrsagerei«, meinte er. »Das ist alles Blödsinn.«

Judith pokerte, und sie pokerte hoch: »Ich treffe. Und Sie übernehmen die Arbeiten am Dach.«

Rico reagierte mit einem breiten Grinsen. »Alle Pins?«

»Alle!«, versprach Judith.

Rico nahm die Herausforderung an: »Treffen Sie sechs. Das ist schwer genug.«

Doch Judith ging aufs Ganze. »Ich niete sie alle um«, beharrte sie. »Das weiß ich. Genauso wie ich weiß, dass Sie für uns arbeiten werden.«

Kiki stöhnte. Judith hatte ihres Wissens noch nie Bowling gespielt. Nicht seit die Dienstagsfrauen einander kannten.

Judith nahm das viel zu schwere Sportgerät auf. Holte Anlauf. Und hielt inne.

»Woher weiß ich, dass Sie Wort halten?«

Rico streckte seine ölverschmierte Hand aus. »Wenn Sie treffen, bin ich morgen früh um neun bei Ihnen.«

Judith wies auf Kiki. »Die ist zuständig.«

Kiki und Rico schüttelten einander die Hände.

Judith nahm Anlauf. Die Kugel knallte auf die Holzbahn. Es sah aus, als ginge sie in vollem Tempo ins Aus. Bis sie auf einmal eine sanfte Kurve machte und traf. In die Vollen.

33

Estelle staunte nur noch über Judiths neue Fähigkeiten.

»Alle Pins gefallen. Purer Zufall, ich schwöre es«, jubelte Judith.

Kiki und Judith waren zurück in der Sandkrugschule und berichteten den Freundinnen in allen Einzelheiten, was passiert war.

»Jemand, der in seinem Garten die Klänge des Universums einfängt, der glaubt an Übersinnliches«, meinte Judith. »So was spürt man. Der war der Exfreund, der Peggy zur Wahrsagerin geschleppt hat.«

»Er gilt als chronisch unzuverlässig«, gab Kiki zu bedenken.

»Der kommt«, kicherte Judith. »Der glaubt doch jetzt, ich kann die Zukunft vorhersagen.«

»Du wirst mir unheimlich«, sagte Caroline.

»Mach dir nichts draus«, winkte Eva ab. »Ihr ist neuerdings alles unheimlich.«

Estelle wunderte sich über den gereizten Tonfall zwischen den Freundinnen. Bevor sie nachfragen konnte, wurde sie abgelenkt. Ihr Telefon. Ein Blick aufs Display genügte: Es war der Anruf, auf den sie so lange gewartet hatte.

»Gisela Pelzner. Jetzt wird sich alles aufklären«, sagte

Estelle. »Und dann ist auch das Geld da, Handwerker zu bezahlen.«

Dachte sie. Noch. Ein paar Momente später begriff sie, dass sie sich getäuscht hatte. In beinahe allem.

»Die junge Frau Heinemann bedankt sich sehr für Ihren Hinweis auf den bevorstehenden Eröffnungstermin«, säuselte Gisela Pelzner. »Sie wird gleich nach Pfingsten nach Birkow reisen, um sich persönlich über den Fortgang des Projektes zu informieren.«

Estelle war fassungslos: »Ich bin bereits vor Ort.«

Oskar beobachtete sein Frauchen mitleidig. Hektische rote Flecken breiteten sich über Estelles Hals und Gesicht aus. Er knurrte solidarisch.

»Die Stiftung arbeitet jetzt mit einer hauptamtlichen Geschäftsführerin«, sagte ihre langjährige Büroleiterin.

Mit hauptamtlich meinte sie Estelles Schwiegertochter Sabine. Anders als Estelle hatte sie darauf gedrungen, dass ihre Tätigkeit für die Firma ihres Schwiegervaters auf eine sichere rechtliche Basis gestellt wurde. Estelle erinnerte sich, wie sie selbst als junge Frau an der Seite von Arthur Heinemann zum ersten Mal in der Firma aufgetaucht war. Als Anhängsel vom Chef. Noch dazu als zweite Frau. Sabine hatte von Anfang an einen Vertrag und ein Gehalt für sich gefordert und bekommen. Sie machte alles richtig. Leider auf Estelles Kosten.

»Seit über zwanzig Jahren kümmere ich mich um die Stiftung«, wetterte Estelle. »Unentgeltlich. Und jetzt kommt diese dumme Tussi und glaubt, sie müsse mich aushebeln.«

»So dürfen Sie das nicht sehen. Die junge Frau Heinemann will Sie nur entlasten. Sie haben schon viel zu viel unentgeltlich getan. Sagt sie.«

Sabine lobte sie ins Abseits. Im Apothekenimperium schien Sippenhaftung zu gelten. Bloß weil Arthur schlappmachte, wurde sie mit ausgemustert. Estelle hatte die Rechnung ohne ihren Intimfeind gemacht: den Zahn der Zeit. Sie hatte nie wirklich darüber nachgedacht, dass der Tag kommen könnte, an dem ihr Apothekenkönig abdanken und eine neue Königin das Zepter in der Firma übernehmen würde. Die Rolle der Queen Stepmum musste für das Unternehmen Heinemann wohl noch erfunden werden. Sie hatte das Rampenlicht, das die Charity-Arbeit ihr garantierte, immer geschätzt. Jetzt kurbelte Sabine den Vorhang runter. Estelle hatte ihre eigene Methode, dem Alter zu trotzen. Sie verschwieg es. Auf Dauer half das nur bedingt.

»Sehe ich aus, als wollte ich in Rente gehen?«, schimpfte Estelle.

»Die junge Frau Heinemann dachte, Sie freuen sich, wenn Sie in Zukunft mehr Zeit für sich haben. Sie fand, dass Sie in der letzten Zeit angegriffen ausgesehen haben.«

In Estelles Kreisen gab es drei Lebensalter: Jung, mittel und »du siehst mal wieder fabelhaft aus, meine Liebe«. Angegriffen auszusehen kam einem gesellschaftlichen Todesurteil gleich. Von Sabine direkt hörte sie kein böses Wort. Es waren alles nur gut gemeinte Hilfestellungen. Wenn sie sich nicht wehrte, würde Sabine sie schon mal präventiv für die Hüftgelenksoperation und die Anpassung der dritten Zähne anmelden. Um ihr was abzunehmen. Mit 55 plus gehörte man noch lange nicht zum alten Eisen. Bis zu Sabine hatte sich das wohl noch nicht rumgesprochen.

»Ich erwarte, dass Sabine sich persönlich bei mir meldet«, bellte Estelle ins Telefon. »Ich gebe ihr eine Stunde.«

Ihr Mann Arthur würde sich aus dem Konflikt raushalten. Das wusste sie. »Ihr einigt euch schon«, sagte er gerne.

»Die jungen Leute sind nach Tirol gefahren«, erklärte die Büroleiterin. »Ihnen war nicht wohl bei dem Gedanken, dass Ihr Mann ganz alleine in der Jagdhütte ist.«

Die einfache Holzhütte in den Bergen, die so abgeschieden lag, dass noch nicht mal Handys Empfang hatten, war Arthurs ultimativer Rückzugsort. Estelle fragte sich, ob ihr Mann unerwarteten Familienbesuch schätzen würde.

»Sabine meint es wirklich gut«, betonte Frau Peters. »Sie macht sich große Sorgen um Sie beide.«

Estelle auch. Sie machte sich vor allem Sorgen darüber, was sie Sabine antun würde, wenn sie wieder in Köln war.

»Ist alles in Ordnung mit dir?«, fragte Caroline, nachdem Estelle aufgelegt hatte.

Zehn Minuten nach dem Gespräch überlegte Estelle immer noch, wie sie die Palastrevolution stoppen könnte.

»Was ist denn jetzt schon wieder?«, fragte Kiki aus dem Hintergrund. In der Hand hielt sie ihr Telefon. »Sabine Heinemann hat sich für nächste Woche angekündigt.«

»Das ist eine Kampfansage«, meinte Estelle lapidar. »Man bekriegt sich nicht auf eigenem Terrain, sondern weicht auf ein fremdes Schlachtfeld aus, um dort die Messer zu wetzen.«

Estelle konnte sich lebhaft vorstellen, wie die Kommentare von Sabine ausfallen würden. Mit dem Improvisationstalent und unbegründeten Optimismus, den Kiki und Max an den Tag legten, konnte man die überkorrekte Schwiegertochter sicher nicht beeindrucken. Aber so einfach würde Estelle die Schlacht um Birkow nicht verloren geben.

»Ich habe meine Arbeit für den Stiftungsrat immer freiwillig gemacht«, sagte Estelle. »Das heißt noch lange nicht, dass ich mich freiwillig zurückziehe.«

»Und was sagt dein Mann dazu?«, fragte Caroline.

»Der will sich zur Ruhe setzen. Und ich soll ihm dabei Gesellschaft leisten.«

Estelle wandte sich an Kiki: »Gut, dass du dir einen jüngeren Mann ausgesucht hast. Bei gleicher Lebenserwartung macht ihr ungefähr zum gleichen Zeitpunkt schlapp.«

»Was willst du tun?«, fragte Caroline.

»Wir werden genau das tun, wofür wir hergekommen sind. Wir werden dafür sorgen, dass Kiki pünktlich eröffnen kann.« Diesmal war Estelle entschlossen, selbst Hand anzulegen: »Ich werde höchstpersönlich dafür sorgen, dass die junge Frau Heinemann hier blühende Landschaften vorfindet.«

»Wie willst du das so schnell hinbekommen?«, erkundigte sich Kiki. »Meine Anzucht ist heute Nacht untergegangen.«

»Ich habe Kreditkarten und die persönliche Verantwortung für dieses Desaster«, erklärte Estelle ihren Lösungsansatz. »Heute graben, morgen OBI.«

»Macht euch die Erde untertan«, stand in ihr entschlossenes Gesicht gemeißelt. Und wenn sie nebenbei auch noch Sabine unterbuttern könnte, umso besser.

34

Düstere Wolken hingen über Mecklenburg-Vorpommern. Ideales Wetter, um den verwilderten Garten der Sandkrugschule urbar zu machen. Caroline war zufrieden, eine handfeste Aufgabe zu haben, die sie von ihren Problemen ablenkte. Von ihrem Smartphone, auf dem immer noch keine Nachricht ihrer Gehilfin Nora eingegangen war, von ihrem schwelenden Streit mit Eva, von der Frage, was Thomas Steiner eigentlich in Birkow trieb. Hatte Caroline sich die vorhergehenden Tage gewundert, dass er ständig irgendwo rumschlich, beschäftigte sie heute genauso manisch, warum er unsichtbar blieb. War er wirklich auf der Jagd nach Vogelstimmen? Vielleicht sollte sie sich ihm anschließen, um zu überprüfen, ob er wirklich eine Ahnung von Ornithologie hatte. Eigentlich wollte sie die freie Zeit mit den Freundinnen genießen. Stattdessen kreisten ihre Gedanken unaufhörlich um die Fischerhütte. Wieso brachte der Mann sie andauernd aus dem Konzept?

»Du wirst sehen, wie gut es einem geht, wenn man etwas mit den eigenen Händen schafft«, versprach Kiki, die Carolines düstere Stimmung spürte. »Die Geschichte der Menschheit beginnt mit einem Garten«, verkündete Kiki fröhlich. »Das ist die ursprüngliche Art zu leben: dreißig Meter von der Ernte bis zum Teller.«

Doch bevor irgendeine Bohne, Karotte, Tomate, ein Kürbis oder Salatkopf den Weg in die Küche finden konnte, musste man ein Beet haben, in dem sie wachsen und gedeihen konnten. Kiki hatte bereits einen Teil der Wiese zwischen Haus und See für die Verwirklichung ihres Traums von Selbstversorgung auserkoren.

Das Problem war nur, dass sich Kikis praktische botanische Kenntnisse auf die Aufzucht eines Kaktus beschränkten, von dem sie nicht einmal mehr wusste, wie er in ihren Besitz gekommen war, geschweige denn, wie er überlebt hatte. Sie hatte zwanzig Bücher über die Anlage eines Nutzgartens angeschafft, war aber bislang noch nicht dazu gekommen, sie zu lesen. Kiki wäre nicht Kiki, wenn sie sich von mangelndem Wissen und fehlenden finanziellen Ressourcen beeindrucken ließe. Im Gegenteil: Sie verkündete, dass diese Herangehensweise geradezu ideal war: »›Learning by doing‹ ist ohnehin am effektivsten«, meinte sie. Am besten lernte man in der Praxis, wie gepflanzt, geschnitten, gemulcht und gedüngt wurde oder welche Pflanze für welchen Platz geeignet war. Kiki hatte keine Ahnung. Sie hatte eine Vision.

Beherzt drückte Kiki Caroline Arbeitshandschuhe, Schaufel und einen Pflanzplan in die Hand, den sie sich vor ein paar Wochen vom Betreiber der Burg Achenkirch besorgt hatte. Kiki, die damals das Heilfasten als Erste der Freundinnen abgebrochen hatte, war nun ausgerechnet diejenige, die am meisten von ihrer Fastenwoche profitierte. Sie eiferte mit einem ehrgeizigen Fünfjahresplan dem Achenkirchner Gemüsegarten nach, der sie damals so beeindruckt hatte.

Die Wiese hinter dem Haus war weit, groß und von Moos und Unkraut überwuchert. Man brauchte schon viel

Fantasie, um sich hier einen üppigen Selbstversorgergarten vorzustellen. Kiki sah bereits das Paradies vor sich. Sie träumte von der Unabhängigkeit: »Wer eigene Karotten zieht«, erklärte sie voller Überzeugung, »dem kann die Bankenkrise genauso egal sein wie Konjunktureinbrüche und Euroschwäche.«

Es ging um nichts Geringeres als darum, ein Leben zu führen, das für Greta und zukünftige Generationen gut war. Ein Leben, das der Globalisierung trotzte, in dem mit den vorhandenen Rohstoffen vorsichtig umgegangen wurde und Tomaten noch wie Tomaten schmeckten.

Caroline beneidete Kiki um den Ernst, mit dem sie um eine bessere Lebensweise rang. Ehrlicherweise gehörte sie eher zu der »Man-müsste-mal-Fraktion«, die viel über Nachhaltigkeit, mehr Bio und Ökostrom redete und schon scheiterte, wenn es galt, an einem Regentag das Fahrrad zu nehmen.

»Wer hätte gedacht, dass die kleine Greta die Königin der Kölner Nächte in eine Landpflanze verwandelt«, meinte Estelle.

Zu ihrem knallroten dekolletierten Kleid trug Kiki geblümte Gummistiefel und gekonnt verwuschelte Haare. Mit der Schaufel in der Hand sah sie so stylish aus, als entspränge sie geradewegs einer Modestrecke zum Thema Landlust. Sie war begeistert von der Aussicht, einen anderen Ernährungsstil auszuprobieren. Und wirkte dabei so unverkrampft, dass ihre Begeisterung selbst für Estelle, die jeder Bauernhofromantik abhold war, etwas Ansteckendes hatte. Auch Greta griff zu ihrer kleinen grünen Plastikschaufel und sammelte mit wichtiger Miene Erde in ihrem rosa Hello-Kitty-Eimer.

Caroline und Kiki schafften das Baumaterial zur Seite,

das noch überall herumlag, Judith und Estelle begannen schon mal mit dem Entfernen der Grassoden.

Energisch trieb Kiki den Spaten in den Grund. Weit kam sie nicht. Die Erde unter der Grasfläche entpuppte sich als steinhart. Caroline fragte sich, welche Pflanze es schaffen sollte, durch diese Erdschicht bis zur Oberfläche zu gelangen.

»Am Abend weiß man dann, was man geschafft hat. Das ist ein tolles Gefühl«, verkündete Judith und kratzte ein bisschen an der Oberfläche herum.

»Du musst unter dem Rasen hindurchstechen und das Gras samt Wurzel entfernen«, erklärte Kiki.

Das war die Theorie. Und der Anfang allen Elends. Theoretisch musste danach alles, was noch stand, mit den Wurzeln herausgerissen werden. Estelle konnte ihren Sabine-Ärger an vielen kleinen Bäumen und hartnäckigem Unkraut auslassen, dessen Wurzelwerk sich im Boden festgekrallt hatte.

Eva, frustriert darüber, dass sie keinen Beitrag leisten konnte, bekam eine Kamera in die Hand gedrückt, um die Fortschritte für Max zu dokumentieren. Und für Kikis Blog. Sie hielt für die Ewigkeit fest, wie die Gesichter ihrer Freundinnen in Rekordzeit die Farbe sommerreifer Tomaten annahmen, noch bevor auch nur ein Quadratmeter geschafft war.

»Jetzt haben wir schon einen Traktor und können ihn nicht einsetzen«, klagte Kiki, denn unter dem Gras lauerten immer wieder Überraschungen. Überwachsene Stämme, alte Beeteinfassungen, liegen gelassenes Werkzeug, Baumaterial aus früheren Zeiten. Selbst ein massiver Siegelring kam zum Vorschein. »Gott mit uns«, prangte in Frakturschrift in der Rundung, obenauf die Jahreszahl: 1914 bis 1918.

»Zwei Spatenstiche tief«, lautete die Ansage von Kiki. Das bedeutete, 45 Zentimeter in den verkrusteten Boden zu stechen, der schon lange nicht mehr bearbeitet worden war. Greta war die Erste, die aufgab. Nach einer halben Stunde fiel das kleine Mädchen vor Müdigkeit um. Den Rest des Nachmittags verbrachte sie schlafend im Buggy, bewacht von ihrem persönlichen Schlafschaf Oskar.

Die anderen gruben tapfer weiter.

»Noch ein bisschen tiefer, und das Beet ist als Grab geeignet«, witzelte Estelle.

»Hat Caroline dich mit ihren Mordfantasien angesteckt?«, fragte Eva. »Hör nicht zu, wenn sie wieder mit ihren Verschwörungstheorien anfängt.«

Steiner war Estelle egal. Sie war mit Sabine beschäftigt. »Wenn die mir das alles ins Gesicht gesagt hätte, ich wäre ausgerastet«, sagte sie und rammte den Spaten unter die Grasnarbe. »Wie viel steht auf Mord im Affekt?«, erkundigte sie sich bei Caroline. »Mit dir als Verteidigerin?«

»Sprich mit ihr. Frag sie. Vielleicht ist alles nur ein Missverständnis«, riet Caroline und begriff, dass sie genau diesen Leitsatz selbst nicht beherzigte. Zweimal hatte Steiner sie so überrascht, dass ihre ganze Taktik versagte. Zweimal hatte sie sich von ihm den Wind aus den Segeln nehmen lassen. Das nächste Mal, das nahm sie sich fest vor, würde sie sich nicht mehr von ihm überrumpeln lassen.

Die Knochen knackten, der Schweiß floss in Strömen, die Muskeln ermüdeten zunehmend. An Carolines Händen wuchsen trotz der dicken Handschuhe Blasen. Zu allem Überfluss beschloss die Sonne, ihnen Gesellschaft zu leisten. Wo war der kühlende Ostseewind, wenn man ihn brauchte? Erst verstummten die Unterhaltungen, dann stoppten selbst Stöhnen und Ächzen.

Am fanatischsten wühlte Estelle in der Erde. Hatte sie beim Umzug wie Dekoration herumgestanden, grub sie heute auch dann noch weiter, als sie längst nicht mehr konnte. Kein Mückenschwarm, kein Regenwurm, keine Schnecke, kein Käfer, kein Krabbeltier der Welt konnte sie davon abhalten, ihre Arbeit zu tun. Sie hatte etwas zu beweisen. Vor allem sich selbst. An der Energie, mit der sie die Erde bearbeitete, konnte man ablesen, wie tief sie Sabines Putsch getroffen hatte.

Caroline ermattete zunehmend. Die schwere Arbeit machte jeden sinnigen und unsinnigen Gedanken unmöglich. Sie grub und hackte schweigend und schwitzend. Caroline war ins Hier und Jetzt versunken. Sie bemerkte nicht einmal, dass Steiner von seinem Ausflug zurückgekommen war. Feixend stand er neben dem Komposthaufen, der durch die Grasstücke zu einem imposanten Berg angewachsen war. Wieder war sie unvorbereitet.

»Sie machen ein Gesicht, als wollten Sie mir am liebsten Ihre Schaufel über die Rübe ziehen«, sagte er freundlich.

Caroline holte tief Luft. Es war an der Zeit, der Gefahr ins Auge zu sehen. Sie würde ihn auf die Probe stellen: »Ich habe es mir überlegt«, sagte sie, »ich nehme an Ihrem Grundkurs Ornithologie teil.«

Steiner grinste breit: »Morgen früh um fünf. Ich freue mich.«

35

Halb fünf aufstehen? Und das im Urlaub? Was für ein Wahnsinn, dachte Caroline. Steiner hatte ihr gestern glaubhaft versichert, dass die Morgenstunde, wenn die Sonne langsam über den Horizont stieg und der Nebel sich hob, der beste Moment war, um Vögel bei Futtersuche und Paarungsritualen zu beobachten. Überhaupt sei jetzt der ideale Zeitpunkt, denn in der Braut- und Brutzeit würden die Reviere heftig verteidigt. Trotz des frühen Termins war Caroline schon vor dem ersten Klingelton wach. Ein schneller Check ihrer E-Mails ergab, dass Nora noch immer im Wochenendmodus chillte. Es gab keine neuen Anhaltspunkte zu Steiners Identität und darauf, was sie bei einem so intimen Treffen möglicherweise erwartete.

Caroline schälte sich mühsam aus dem Bett. Sosehr sie gewillt war, sich der Konfrontation mit Steiner zu stellen, ihr Körper streikte. Bis zum Einbruch der Dunkelheit hatten sie gebuddelt, gegraben und geflucht.

»Auf dem Papier sah das alles viel übersichtlicher aus«, hatte Kiki geklagt, als sie am Abend nicht einmal die Hälfte des Solls geschafft hatten. Nach einer spontanen Telefonkonferenz mit Max, der mit allem einverstanden war, solange er nicht in seiner Arbeit gestört wurde, hatte sie kurzerhand entschieden, dass man fürs Erste auch ohne

Kartoffelacker und eigenes Getreide nachhaltig wirtschaften könne. Das halbierte schlagartig die Anbaufläche und machte die Restarbeiten überschaubar. Um halb zehn war das Licht in der Sandkrugschule ausgegangen. Nur Eva hatte noch ewig auf der Terrasse gesessen. Caroline fragte sich, ob sie insgeheim darauf gehofft hatte, dass Steiner noch einmal vorbeikäme.

Total erschöpft war Caroline gestern ins Bett gesackt. Selbst am nächsten Morgen gelang es ihr nur mit Mühe, sich aus den Federn zu erheben. Der Muskelkater zog sich vom Oberschenkel über Rücken und Oberarme bis hin in die Schulterpartie. Besser, man schöbe sie in Evas Rollstuhl zum Einsatzort. Kurzfristig erwog sie, auf den frühmorgendlichen Ausflug zu verzichten. Doch wenn sie eine Antwort auf ihre Fragen haben wollte, musste sie mit Steiner sprechen. Wenn nötig auch über Vögel.

Bibbernd trat sie in den dunklen Morgen. Die Tür fiel hinter ihr ins Schloss. Vielleicht hätte sie den Freundinnen besser eine kleine Notiz hinterlassen. Bevor Caroline dem Gedanken nachhängen konnte, hatte Steiner sie entdeckt. Er entsprach in nichts dem Klischeebild des kauzigen Rentners mit wetterfestem Parka und Schiebermütze, das ihr Gehirn unter dem Begriff »Vogelkundler« abgespeichert hatte. Er trug Jeans, teure Turnschuhe, eine dicke blaue Jacke, die bei Polarexpeditionen sicher gute Dienste leistete, und einen großen Rucksack. Was um alles in der Welt musste man dabeihaben, um ein paar Vögel zu beobachten? Ihre Zweifel standen ihr wohl ins Gesicht geschrieben.

»Haben Sie keine Bedenken, sich meiner Führung anzuvertrauen?«, fragte Steiner mit ironischem Unterton.

Hatte sie. Aber das musste er ja nicht wissen.

»Lassen Sie uns losgehen. Sonst verpassen wir den besten Moment«, sagte Caroline und stapfte Richtung Wald. Dorthin, wo sie Vögel vermutete. Ihre Instinkte trogen. Jedenfalls, wenn es um vogelkundliche Belange ging. Und in so manch anderer Hinsicht.

»Keine Ahnung, aber eine feste Meinung«, feixte Steiner. »Wenn Sie etwas sehen wollen, sollten wir offenes Gelände suchen.«

Als Erstes mussten sie das Dorf hinter sich lassen. Das matte Licht der Laternen schaffte es kaum, die Birkower Hauptstraße auszuleuchten. Für wen auch? Kein Dorfbewohner, der um diese Zeit hinter dem Gartenzaun hervorspähte, kein Autofahrer, der sie vom Mittelstreifen verjagte, kein Zeuge, der später würde aussagen können, wohin sie gegangen waren. Selbst Elvis, der es sich sonst nicht nehmen ließ, mit ordentlichem Krakeelen die Ankunft eines neuen Tages zu vermelden, hatte noch nichts von sich hören lassen. Birkow schlief. Bis auf zwei einsame Wanderer auf der Suche nach dem frühen Vogel. Die Spannung, was auf sie zukam, ließ das stechende Gefühl in Carolines lädierten Muskeln verschwinden. Mit jedem Schritt lief sie ein Stück leichter.

»Zu Hause bin ich nie so früh auf den Beinen«, gab sie zu.

»Sollten Sie aber«, antwortete Steiner. »Der Kölner Norden ist perfekt für Vogelkundler. 100 verschiedene Vogelarten, 74 verschiedene Zikaden. Gerade in der Stadt kann man viel erleben.«

Caroline wusste nicht einmal, dass es mehr als eine Zikadenart gab.

»Die meisten Leute erkennen Handygeräusche auf hundert Meter Entfernung, haben aber keine Ahnung, was um sie herum vorgeht«, ereiferte sich Steiner. »Schauen Sie die Jogger in den Parks an. Die tragen alle Ohrstöpsel und haben längst verlernt, auf ihre Umgebung zu achten.«

Caroline sagte lieber nichts, war sie doch selber nach der Sturmnacht um den Birkower See gelaufen, im Ohr belanglose Staumeldungen und die Märchenstunde für alle Sternzeichen. Einen Vogel hatte sie nicht gehört, sich nicht einmal darum bemüht. Allerdings waren ihre Erfahrungen mit den gefiederten Gesellen bisher eher traumatisch. Als die Kinder klein waren, hatten sie von einer wohlmeinenden Tante zu Weihnachten einen quietschgelben Kanarienvogel geschenkt bekommen. Drei Tage später entwickelte er erste Löcher im Gefieder, um dann für weitere drei Tage schwer atmend auf dem Boden des Käfigs zu liegen. Sie konnte sich an die Panik in den Augen der Kinder erinnern und an die verzweifelten Versuche, dem sterbenden Tier Nahrung und Wasser zuzuführen. An Silvester bereiteten sie ihm mit einem Silvesterkracher und einem Blockflötensolo von Josephine einen würdigen Vogelabschied. Ihr Exmann Philipp fand das pathetisch. »Es muss einem klar sein«, dozierte er immer, »dass jedes Tier, das du ins Haus holst, hier sterben wird.« Seit dem Frühableben des Kanarienvogels hatte Caroline sich erfolgreich gegen den Einzug weiterer Haustiere gewehrt. Dabei wollte Vincent im Teenageralter dringend eine Ratte. Unwillkürlich fiel ihr die tote Ratte im Briefkasten ein. Und ihr Verfolger.

»Hören Sie mir überhaupt zu?«, fragte Steiner in ihre Überlegungen hinein.

»Ich bin gedanklich in Köln hängen geblieben«, gab Caroline unumwunden zu.

»Die erste Lektion für einen Vogelkundler ist zugleich die wichtigste: zuhören. Und dann die Stimmen richtig interpretieren. Wenn man das lernt, ist man fürs Leben gewappnet.«

Sie hatten längst die Straße verlassen und marschierten auf einem Feldweg. Schweigend näherten sie sich dem Ziel ihrer kleinen Wanderung: einem Hochsitz. Steiner ließ ihr den Vortritt. Vorsichtig kletterte Caroline die aus Holzresten zusammengezimmerte Leiter hoch bis in die Kanzel. Der Aussichtsturm bot einen perfekten Blick über feuchte Wiesen, frisch bestellte Äcker, leuchtende Rapsfelder und das schlafende Dorf bis hin zum Birkowsee, der durch einen kleinen Zulauf mit dem größeren See dahinter verbunden war. Als Steiner die Leiter betrat, schwankte die Konstruktion bedenklich. Caroline hatte gehofft, ihrem Verfolger bei diesem morgendlichen Ausflug nahezukommen. Aber so nahe? In luftiger Höhe teilten sie sich einen winzigen Sitz. Seit der kurzen Affäre mit dem Vater einer Freundin von Josephine hatte sie keinen Mann mehr so nahe an sich herangelassen.

Umständlich holte Steiner Ferngläser, eine Wolldecke und heißen, stark gesüßten Pfefferminztee hervor. Caroline entspannte sich zunehmend. Man gewöhnte sich selbst daran, dass bei jeder noch so leisen Bewegung der Hochsitz in Schwingung geriet. Sie hätte nie gedacht, dass sie diesem Ausflug etwas abgewinnen könnte. Und dem Zusammensein mit Steiner. Was war er? Ein Meistermanipulator? Harmlos? Caroline sah nichts durch ihr Fernglas und hörte noch viel weniger. Zu sehr war sie damit beschäftigt, ihre Theorien über Steiner zu überprüfen. Die Idee, dass jemand erst Pfefferminztee ausschenkte, bevor er ihr etwas antat, erschien ihr abwegig. Normalerweise verrieten Lügner sich selbst. Steiner machte keine Fehler. Und doch war sie sich sicher, dass ihr Gefühl sie nicht trog. Die Art und

Weise, wie er jeder persönlichen Frage mit Gegenfragen auswich, hatte Methode. Er war aus einem speziellen Grund nach Mecklenburg-Vorpommern gekommen. Sie musste nur geschickter fragen, ihn in eine verbale Falle locken.

»Wohnen Sie im Kölner Norden, oder wie kommen Sie dazu, gerade dort Vögel zu beobachten?«, hörte sie sich sagen. Indirekte Fragen und Finten legen waren ihre Sache nicht.

Wie nicht anders zu erwarten, ging Steiner nicht darauf ein. Stattdessen ermahnte er sie: »Wenn Sie etwas hören wollen, müssen Sie vor allem den Mund halten.«

Caroline wurde klar, dass sie einem Missverständnis aufgesessen war. Sie war mitgegangen, weil sie mit ihm sprechen wollte. Wer Vögel beobachten will, unterhält sich nicht. Der schweigt. Sie verstand auf einmal, warum Steiner dieses Hobby hatte. Es passte zu ihm.

36

Tock, tock, tock. Eva fuhr panisch auf. Wo war sie? Welchen Wochentag hatten sie? Was lag an? Sie brauchte einen Moment, bis sie sich orientiert hatte und begriff, dass sie nicht zu Hause war, sondern in Birkow. Nur die Geräusche waren real. Eva war irritiert. Keine der Freundinnen klopfte so schüchtern an die Tür. Die stürmten herein, mit Frühstück, Geschichten und Plänen. Die Gruselfilme, die sie die halbe Nacht angesehen hatte, entzündeten ihre Fantasie. Dabei hatte sie sich nur von dem unangenehmen Telefonat mit Frido ablenken wollen. Merkwürdig distanziert und unterkühlt war er gewesen, sein Bericht von der Front zu Hause knapp und unwirsch.

Eva hatte ebenso schnippisch reagiert: »Falls es dich interessiert, wie es meinem Fuß geht: schlecht. Nett, dass du fragst.«

Später hatte sie sich geärgert. Über ihren Mann, über Frido jrs. Schnapsideen, an denen sich ihr Konflikt entzündete, am meisten jedoch über sich selbst. Dass sie zur Untätigkeit verurteilt war, raubte ihr den letzten Nerv. Um die innere Unruhe zu bekämpfen, hatte sie die halbe Nacht am Computer verbracht und sich in die blutige Welt japanischer Horrorschocker vertieft. Gegen Morgen war sie endlich eingeschlafen. Das Ende des Films hatte sie nicht mehr erlebt. Sie vermutete, dass es der Hauptfigur ähnlich ergangen war.

Das Klopfen an der Tür weckte unangenehme Erinnerungen. Das Bild der Deckenplatte, die beinahe auf sie niederstürzte, tauchte wieder auf. Sie konnte nicht einmal weglaufen. Seit dem Tag im Direktorat hielt sie sich nur ungern in Innenräumen auf. Vorsichtig setzte Eva ihren Fuß auf den Boden. Der Schmerz hatte deutlich nachgelassen. Wenn sie die Zähne zusammenbiss, könnte sie es nach draußen schaffen. Ängstlich beobachtete sie, wie sich die Klinke vorsichtig senkte und ein unbekanntes Männergesicht in der Tür auftauchte.

»Rico«, stellte der Mann sich vor. »Ich kümmere mich um das Dach.«

Die Geschichte musste wahr sein, denn sein Händedruck war so fest, dass er ihr fast die Knochen brach. Der Mann war körperliche Arbeit gewöhnt, das spürte man sofort.

»Ach, hier sind Sie«, rief Kiki. Sie hatte Rico auf dem gemeinsamen Rundgang durch das Haus aus den Augen verloren.

»Ich war neugierig«, entschuldigte sich Rico. »Das war mal mein Klassenzimmer, in der Abschlussklasse.« Gerührt sah er sich um: »Der Ofen stand damals schon da. An der Stelle, wo der Wasserfall hängt, prangten früher Honecker und Karl Marx und zwischen ihnen ein Spruchband: ›Sozialistisch arbeiten, lernen und leben.‹«

Eva und Kiki hörten zu, wie Rico längst vergangenen Zeiten nachhing.

»Peggy saß ganz hinten und ich hier vorne.« Zielstrebig ging er auf die Fensterbank zu und fuhr mit seinen Fingern über die Unterkante. Ein Lächeln flog über sein Gesicht. »Fühlen Sie mal.«

Eva humpelte zur Fensterbank und strich mit den Fingerkuppen über das Holz, bis sie deutlich Einkerbungen spürte. Striche und zwei eckige Buchstaben. Ein P und ein R.

»Wir versuchen, dem Gebäude seine Geschichte zu lassen«, sagte Kiki. »Wir haben uns immer gefragt, was die Zeichen bedeuten.«

»Ich habe jedes Mal mit meinem Messer einen Strich reingeritzt, wenn wir uns geküsst haben«, sagte Rico. »Das war das schönste Jahr meines Lebens.«

Er war offensichtlich gerührt über die Wiederbegegnung mit der Vergangenheit und seiner ersten großen Liebe, die offenbar seine einzige geblieben war. Eine Liebe, die hoffnungsfroh mit heimlichen Schnitzereien begonnen und mit Bruno Schwarzer geendet hatte.

»Hat die Peggy wirklich über mich geredet?«, wollte Rico wissen.

Kiki nickte: »Ich glaube, sie würde gerne mal wieder mit Ihnen sprechen.«

Ricos Gesicht glühte vor Stolz und Rührung. Die gute Nachricht ließ seine neuen Auftraggeber sofort sympathischer erscheinen: »Ich dachte, Sie wären wie die anderen Westler, die hierherkommen und sich in den maroden Charme verlieben. Dann sanieren sie alles kaputt und landen nach einem halben Jahr in der Selbsthilfegruppe für Schlossbesitzer.«

»Vielleicht waren wir zu vorsichtig«, gab Kiki zu bedenken. »Wir hätten es machen müssen wie alle anderen: Radikalumbau. Alles raus. Alles neu. Ich fürchte, ich bin bald reif für die Runde der Verzweifelten.«

»Das mit dem Dach ist nicht so dramatisch«, tröstete Rico. »Ein paar Tage Flickarbeit, dann schaffen Sie es trocken über die nächsten Stürme. Und wenn ein bisschen Umsatz da ist, kann man das Dach von Grund auf anpacken.«

»Der Preis …?«, fragte Kiki ängstlich.

»Da werden wir uns einig. Ich nehme den Schaden auf. Und dann sehen wir weiter.«

Er drehte sich um und ging an die Arbeit. Sofort. Es war ein Wunder.

Kiki strahlte Eva an. »Und wir fahren ins Gartencenter«, konstatierte sie überglücklich. »Ich habe schon bei OBI angerufen. Dort ist alles rollstuhltauglich.«

»Nur über meine Leiche«, winkte Eva ab.

Für kein Geld der Welt würde sie sich mit dem geriatrischen Standardmodell in die Öffentlichkeit wagen und sich wie eine invalide Oma durch Primeln und Ranunkeln schieben lassen. Ein weiterer Tag auf der Terrasse erschien ihr genauso reizlos. Es sei denn, schoss ihr durch den Kopf, sie hätte ein wenig Gesellschaft. Männliche Gesellschaft.

»Ich bleibe hier«, sagte sie. Sie wusste, dass es ein Fehler war.

37

»Zweimal kleines Frühstück«, verkündete Ingrid.

Statt Blaumann trug die wuselige Töpferin heute Jeans, einen bunt gestreiften Pullover und dramatisches Make-up. Die roten Haare fielen ihr locker auf die Schultern. Es machte ihr offensichtlich Spaß, ihren angestammten Arbeitsplatz zwischen Drehscheibe, Brennofen und halb fertigen Tonwaren zu verlassen und Gastgeberin zu spielen. Sie war so beschäftigt mit der komplizierten Bedienung der Kaffeemaschine, dass sie sogar das Rauchen vergaß. Dabei hatten am frühen Montagmorgen nur zwei Besucher den Weg in die Minol-Tankstelle gefunden.

Durchgefroren, müde und ein bisschen klamm hockten Caroline und Steiner in der Nähe der Heizung. Caroline ging es so gut wie schon lange nicht mehr. Ihre Verschwörungstheorien waren kurz vergessen.

»Ich finde es toll, wie Sie alle Ihre Freundin unterstützen«, sagte Steiner.

Caroline biss herzhaft in das Brötchen, das Ingrid mit Butter und Sanddornmarmelade bestrichen hatte. »Ist doch selbstverständlich«, grummelte sie.

Steiner war da anderer Meinung. »Bei dem Arbeitspensum, das Sie haben? Kein bisschen.«

Eben noch hatten sie einträchtig nebeneinander auf dem

Hochsitz gesessen, hatten dem schrillen Rufen der Kiebitze, dem Trommeln des Spechts und dem Gesang von Wasserrallen gelauscht. Caroline hatte die ewige Jagd der Schwalben nach fliegenden Insekten belächelt, den Rüttelflug eines Turmfalken beobachtet und das lautlose Schweben eines Seeadlers bewundert.

Steiner hatte es tatsächlich geschafft, ihr einen Einblick in eine unbekannte Welt zu eröffnen. Und jetzt sprach er über ihr Arbeitspensum? Sie fühlte sich wie in einem Computerspiel, wenn der Held abstürzte und die Verlierermelodie erklang. Der Zauber des Morgens war mit einem Schlag dahin.

»Ich habe Sie gegoogelt«, gab Steiner zu. Einfach so. Ohne Umschweife. »Wenn ich so einen Fall hätte, wäre ich auch überarbeitet.«

Er lächelte sie an, als wolle er mit ihr flirten. Carolines Alarmglocken schrillten lauter als je zuvor.

»Von welchem Fall sprechen Sie?«, stellte sie ihn zur Rede. Sie hatte das Gefühl, endlich dem wahren Steiner zu begegnen. Der Schwall von Beschimpfungen und Drohungen hatte mit dem Entführungsfall begonnen.

»Die Lenny Fischer-Geschichte«, antworte Steiner dann auch.

Ihr Instinkt hatte nicht getrogen. Caroline hatte von Steiner eine wichtige Lektion gelernt: Wer viel fragt, muss wenig preisgeben.

»Was wissen Sie darüber?«, fragte sie provokativ.

»Nur das, was in den Zeitungen stand«, gab Steiner zu. »Ein kleines Mädchen verschwindet aus einem Schwimmbad. Zwei Tage später wird sie mehr tot als lebendig in einem Straßengraben gefunden. Es gibt nur einen Verdächtigen: einen Mitarbeiter der Schwimmbad-Kantine, ein verurteilter Pädophiler noch dazu. Dank Ihrer astreinen Verteidigung wird er freigesprochen.«

Caroline nickte. Juristisch war an dem Urteil nichts zu deuteln. Der Volksseele war das egal gewesen. Sie wollte die Strafverteidigerin hängen sehen. Und Lenny Fischer sowieso.

Steiner sah das ähnlich: »Wie können Sie so jemanden verteidigen?«, fragte er.

Steiner gehörte anscheinend zu den Leuten, die glaubten, Verteidiger zu sein, bedeutete, dass man die Taten seiner Mandanten verteidigte. Caroline hätte ihm erklären können, dass sie in dem Fall als Pflichtverteidigerin bestellt war und die Arbeit so gut machte, wie sie gemacht werden musste. Trotz des massiven Drucks von Presse und Öffentlichkeit, die jeden ihrer Schritte mit Argusaugen verfolgten. Privat konnte sie Lenny Fischer nicht ausstehen. Dennoch kämpfte sie gegen die allgemeine Vorverurteilung ihres Klienten. Fischer war der geborene Schuldige. Die Narben in seinem Gesicht zeugten von einer handfesten und bewegten Vergangenheit, seine Reden von ungebrochenem Kampfgeist. Er sah sich vor allem als Opfer. Schuld waren immer nur die anderen. An allem. Niemals könnte er einem Kind etwas antun. Nicht einmal aus Versehen. Echt nicht. Die Polizei hatte ihn reingelegt, diese Arschlöcher. Sein ganzes Leben waren sie hinter ihm her. Kein Wunder, dass er ab und an zuschlug. Sie provozierten ihn so lange, bis er nicht mehr anders konnte.

»So jemanden kann man doch nicht frei rumlaufen lassen«, ereiferte sich Steiner.

»Das fand die Polizei offenbar auch«, erzählte Caroline. »Deswegen haben sie ein paar Beweise gefälscht, um sicherzugehen, dass es in der Schwimmbadsache für eine Verurteilung reicht.«

»Das heißt nicht, dass er nicht doch der Täter war«, hielt Steiner dagegen.

Lenny hatte von Anfang an seine Unschuld beteuert. Aber was hieß das schon? Achtzig Prozent ihrer Mandanten behaupteten, unschuldig zu sein, achtzig Prozent wurden auch verurteilt. Was ging Steiner der Fall überhaupt an?

»Lenny Fischer scheint Sie ja mächtig zu beschäftigen«, wunderte sie sich.

»Ganz Köln hat sich für den Fall interessiert«, wich er aus. »Haben Sie das Fernsehinterview gesehen, das er nach seiner Freilassung gegeben hat? Diese selbstgefällige Arroganz …«

Caroline hatte Fischer dringend davon abgeraten, sich vor der Revisionsverhandlung zu äußern. Er hatte sich nicht daran gehalten. »Ich lasse mir von niemandem den Mund verbieten«, hatte er gewettert. »Nicht mal von Ihnen.«

»Ich kommentiere meine Fälle nicht«, schloss Caroline die Diskussion.

Steiner ahnte wohl, dass das Gespräch zu nichts führen würde. Er stand auf, um an der Theke Kaffeenachschub zu holen. Ausgerechnet in dem Moment ging eine SMS auf seinem iPhone ein. Vorsichtig drehte Caroline das Telefon so, dass sie den Text lesen konnte. *Situation eskaliert. Erwarte dringend Ihre Einschätzung aus B.*, stand da.

Keine Unterschrift. Da hatte es jemand offenbar sehr eilig. B., da hatte Caroline keine Zweifel, stand für Birkow.

»Hat Sie jemand geschickt, um mit mir über diesen Fall zu reden?«, fragte Caroline mutig, als Steiner mit neuem Kaffee an den Tisch trat.

Steiner schien ehrlich überrascht: »Mord und Totschlag ist Ihr Metier. Nicht meins«, sagte er.

»Was ist es dann?«, setzte Caroline nach. »Sollen Sie meine Strategie für die Revision rausbekommen?«

Steiner lachte laut auf: »Die Welt dreht sich nicht nur um Sie, Frau Seitz.«

Caroline redete sich zunehmend in Rage: »Für wen arbeiten Sie? Für die Staatsanwaltschaft? Für die Eltern des Mädchens?«, fragte sie scharf. Sie war nicht mehr zu stoppen. Endlich wähnte sie sich auf der richtigen Spur: »Was ist das Ziel? Mich einzuschüchtern? Die Verteidigung platzen zu lassen? Soll ich den Fall niederlegen?«

Steiner zeigte zum ersten Mal Nerven und reagierte gereizt: »Gegen Paranoia gibt es Pillen. Bei egozentrischer Weltsicht wird es schwieriger.« Er stand auf. »Sie überschätzen sich, Caroline«, sagte er. »Vielleicht bin ich gar nicht hinter Ihnen her. Vielleicht interessiere ich mich ja für eine Ihrer Freundinnen.«

Und dann ging er einfach. Sein Kaffee blieb unangetastet zurück. Sie hatte einen empfindlichen Nerv getroffen. Da war sie sich sicher. Caroline nahm ihr eigenes Telefon. Fast hätte sie sich von ein bisschen Vogelgezwitscher und heißem Pfefferminztee ablenken lassen. Sie schickte eine SMS an Nora. *Konzentrieren Sie sich auf die möglichen Querverbindungen zwischen Steiner und Lenny Fischer.*

Draußen hupte ein Auto. Penetrant und laut. Caroline schaute durchs Fenster. Simon aus dem Nachbardorf hatte ihren Wagen in Rekordzeit repariert.

»Falls du geglaubt hast, du könntest dich hier verstecken, hast du dich getäuscht«, rief Kiki aus dem Wageninneren. »OBI wartet.«

Estelle und Judith winkten ihr fröhlich zu.

Das dörfliche Nachrichtensystem funktionierte tadellos. In Birkow ging niemand verloren. Caroline stöhnte aus tiefstem Herzen auf. Ein Besuch im Gartencenter stand auf ihrer Hitliste von Lieblingsbeschäftigungen ganz unten. Sie beneidete die kleine Greta, die bei Ingrid zurückbleiben durfte.

»Ich habe keine Ahnung von Pflanzen«, wehrte sie sich.

Kikis Gegenargument war schlagend: »Du musst nicht mit aussuchen. Bloß mitschleppen«, gestand sie ehrlicherweise.

Ermattet ließ Caroline sich auf die Rückbank fallen. Sie hatte nur noch eins zu erledigen: Sie musste Eva warnen.

38

Estelle glühte vor Entschlossenheit. Sie wusste, was auf sie zukam. Der Weg zur Natur führte über das Industriegebiet von Neustrelitz. Vor den Genuss von selbst gezogenem Gemüse, perfektem Rasen und farbenfrohen Blumenbeeten hatten die Götter den Besuch in OBIs Gartenparadies gesetzt.

Auf der Fahrt hatte Caroline den Freundinnen ausführlich von Steiner berichtet. Nur Judith konnte den ewigen Mahnrufen etwas abgewinnen. Estelle und Kiki hatten allmählich genug von Carolines Verschwörungstheorien.

»Vielleicht solltest du den Beruf wechseln«, schlug Judith vor.

»Oder den Mandanten«, ergänzte Kiki.

»Oh Gott«, schrie Estelle.

Ihre schlimmsten Ahnungen wurden bestätigt. Die Dienstagsfrauen waren nicht die Einzigen, die der Meinung waren, dass der rechte Moment gekommen war, die Gartensaison zu eröffnen. Der Parkplatz war übervoll. Nachdem die stürmischen Eisheiligen über das Land gefegt waren, markierten die ersten Sonnenstrahlen des Jahres den Auftakt zum kollektiven Pflanzrausch. Kurz vor den Feiertagen wurde zum Sturm auf das Gartencenter geblasen.

»Hier geht's zu wie in der Apotheke«, meinte Estelle. Auch dort hatte sich der Hang zum grünen Glück breitflächig durchgesetzt. Die Frage »Haben Sie was Pflanzliches?«, gehörte zum Standard sämtlicher Verkaufsgespräche. Alles, was den Stempel Grün hatte, verbuchte steigende Absatzzahlen. Ihre Kunden liebten das Gefühl, sich selbst etwas Gutes zu tun, indem sie rein pflanzliche Mittel zu sich nahmen. Der Apotheker war nur noch dazu da, um vom Verzehr von Maiglöckchen, Hahnenfuß, unreifen Auberginen und Fliegenpilzen abzuraten. Es sei denn, man litt unter akuter Selbstmordneigung.

Halb Mecklenburg-Vorpommern hatte sich bei OBI versammelt. Millionen von Stiefmütterchen, Primeln, Vergissmeinnicht, Ranunkeln, Nelken und Rosen wollten gepflanzt werden, Bäume mit dem richtigen Werkzeug beschnitten, Teiche angelegt und Vorgärten mit Blumenrabatten verschönert werden. Für den Plattenbaubewohner gab es schmucke Küchengärten in auf alt getrimmten Töpfen. Das Ziehen von Schnittlauch, Basilikum und Rosmarin auf der Fensterbank war eine beliebte grüne Anfangsaktivität.

»Wie hoch ist das Budget?«, fragte Kiki Estelle.

Estelle zuckte mit den Schultern: »Was muss, das muss.«

Ihr war jedes finanzielle Mittel recht, Sabine zu beweisen, dass die Stiftung ein Traumobjekt angemietet hatte. Sie war wild entschlossen, die verbleibenden Tage zu nutzen, um Kikis Bauruine in ein Landschloss zu verzaubern, das dem romantischen *Landlust*-Leser Tränen in die Augen trieb. Die Schlacht von Birkow wurde im Gartencenter entschieden.

Mit einem Blick, mit dem man sonst nur durch Museen wandelte, liefen die Dienstagsfrauen an den riesigen

Tischen vorbei. Es gab zu viel von allem und von allem zu viel. Mit jedem Meter wuchs die Habsucht. Kiki hielt sich krampfhaft an ihrem Einkaufszettel fest. Im Gartencenter Maß halten zu wollen, war in etwa so, wie eine Sitzung der Anonymen Alkoholiker in einer Spirituosenhandlung abzuhalten. Schon an der ersten Abzweigung ging es schief. »Dieses Rot passt perfekt zum Haus«, rief Kiki und rannte auf eine Batterie Mohnblumen zu. Sie hatte dieses manische Glimmen in den Augen, das man sonst nur entwickelte, wenn man die Selbstbedienungshalle von Ikea betrat und durch hundert kleine Mitbringsel vom rechten Weg gelockt wurde.

»Und die Margeriten«, rief Kiki ihren Freundinnen zu, »die könnten wir vorne in die Beete pflanzen.«

Von der anderen Seite brüllte Judith: »Hier ist was für die Zimmer.« Das Kaufvirus hatte sie hinterrücks angefallen. Enthusiastisch wies sie auf zauberhafte Kissen, auf unglaublich günstige Blumenvasen, romantische Kerzen – und das Geschirr erst. Das war im Angebot.

»Lasst uns erst einmal kaufen, was auf der Liste steht«, mahnte Caroline und stapfte entschieden in Richtung Freifläche, wo Abertausende Gemüsepflanzen auf eifrige Hobbygärtner warteten.

Estelle bemühte sich redlich hinterherzukommen. Die Anschaffung von Grünzeug schien ein demokratischer Vorgang zu sein. Großfamilien mit Kind, Kegel und Hund schoben sich durchs Pflanzenparadies. Estelle floh in den Gang mit heruntergesetzten Muttertagsgestecken und einer Sonderpartie Gartenfackeln und landete in der Abteilung »Fix und Fertig«.

»Lasst uns Pflanzschalen nehmen«, schlug sie vor. Interessiert inspizierte sie die Bastkörbe, in denen sich mehrere

Frühblüher zu einem farbenfrohen Ensemble zusammengefunden hatten.

»Die sind perfekt«, rief sie. Vielleicht ließe sich die Begrünung der Sandkrugschule ohne weiteren Muskelkater und dunkle Ränder unter den Fingernägeln bewerkstelligen.

Eine Antwort bekam sie nicht. Kiki war verschwunden. Genauso wie Caroline und Judith. Magisch angezogen von dem ein oder anderen Grünzeug waren die Dienstagsfrauen fünf Minuten nach Ankunft in alle vier Himmelsrichtungen versprengt.

Estelle gab ihr Bestes, die Freundinnen in den riesigen Hallen wiederzufinden. In der Abteilung Gartenmöbel war sie am Ende ihrer Kräfte. Ermattet ließ sie sich auf der Sonnenliege »Acapulco« aus tropischem Hartholz (349,60 Euro) nieder. Nur mal Probe liegen, eben die von den gestrigen Grabungen müden Beine ausstrecken, eine Sekunde die Augen schließen. Nur eine winzige Sekunde. Von ferne drangen aufgeregte Stimmen an ihr Ohr.

»Du findest nichts gut, was ich will«, keifte eine Frauenstimme. »Wieso muss immer alles so gehen, wie du willst?«

»Weil du keinen Handgriff im Garten tust«, empörte sich die männliche Begleitung.

Die Stimme kam ihr vage bekannt vor. Noch bevor sie sie identifizieren konnte, war sie weggedämmert. Sie träumte von einem jungen Gärtner, der ihr jeden botanischen Wunsch von den Augen ablas.

39

»Uns gehört nur die Stunde«, las Eva. »Und eine Stunde, wenn sie glücklich ist, ist viel.«

Lustlos blätterte Eva in dem Buch *Fontane für Gestresste*, das sich in den Bücherschrank der Aula verirrt hatte. Besonders entspannend war die Lektüre nicht. Ihre Stunden krochen im Schneckentempo dahin. Vielleicht war es die Stille, die sie fertigmachte. In ihrer medizinischen Fachzeitschrift hatte sie gelesen, dass absolute Stille keine Erholung, sondern Folter war. In einem Raum, der 99,9 Prozent aller Geräusche wegfilterte, hatte es noch niemand freiwillig länger als eine Dreiviertelstunde ausgehalten.

»Dein Körper hat dir eine Pause verordnet«, hatte Judith ihr klargemacht. »Den Knöchel hast du dir nur verstaucht, weil du viel zu schnell unterwegs bist.«

Eva bedauerte, nicht mehr für Kiki tun zu können. Auf der Tafel stand das Pensum der nächsten Tage: Gemüsebeet mit neuer Erde versetzen, Setzlinge pflanzen, an der Vorderfront Blumenrabatten anlegen. Zudem musste der Weg zur Fischerhütte, der von Brombeeren, Sträuchern und Unkraut überwuchert war, neu angelegt werden. So viel zu tun. Wenn sie nur einsatzbereit wäre.

Es gab Leute, denen taten Pausen gut. Eva war lieber beschäftigt, sonst kam sie ins Grübeln. Wie sollte das mit ihr und Frido weitergehen? Was blieb von ihrer Ehe, wenn ihr Alltag nicht mehr von den Kindern dominiert war? Der Zeitpunkt, an dem die Kinder aus dem Haus gingen, rückte in greifbare Nähe. David wollte nach dem Abitur ein Jahr ins Ausland. So er es denn bestand. Danach würde es im Jahresabstand Schlag auf Schlag gehen. Hatten sie sich noch etwas zu sagen? Sie musste ein grundsätzliches Gespräch mit Frido führen. Wo standen sie? Was kam noch? Als sie zum Telefon griff, vergaß sie ihren Plan sofort. Sie hatte eine SMS von Caroline erhalten: *Pass auf mit Steiner,* schrieb sie. *Ich weiß nicht, was er vorhat, aber er spielt ein doppeltes Spiel.* Eva lachte auf. Caroline klang, als spiele sie in einem James-Bond-Film mit.

Ihr Blick fiel auf die Aufgabenliste auf der Tafel. Sie könnte doch schon mal mit den Brombeeren beginnen. Im Sitzen. Und wenn sie dabei zufällig Steiner begegnete, könnte sie ihn ein bisschen ausfragen. Sie war sich sicher, dass sie mehr herausfinden könnte als Caroline. Ihre Freundin war so undiplomatisch. Da kam immer die Strafverteidigerin durch. Mit ein bisschen Charme müsste Steiner doch zu knacken sein.

Bewaffnet mit Klappstuhl, Arbeitshandschuhen und Gartenschere betrat sie das auserkorene Aktionsfeld. Beim ersten Schritt in den Garten durchzuckte sie ein stechender Schmerz. Eva biss die Zähne zusammen. Die Ärztin in ihr empfahl weitere Ruhe, der unruhige Geist erklärte, dass sie lange genug gesessen hatte und in sich gegangen war. Sie war fürs Nichtstun nicht geschaffen. Schon eher für ein klitzekleines Abenteuer. Vorsichtig, Schritt für Schritt humpelte sie in Richtung Fischerhütte. Die Freundinnen hatten ganze Arbeit geleistet. Die Baureste, die gestern noch überall auf dem Grundstück herumgeflogen waren, lagen nun in einem geordneten Stapel an der Wand des Schuppens, ein frisch gepflügtes Beet wartete auf Düngung und Bepflanzung. In der Entfernung sah sie Steiner, der das Boot startklar machte. Er winkte und lief auf sie zu. Einen Moment glaubte Eva, dass er näher kommen und sie begrüßen würde. Auf halbem Weg bückte er sich, hob die Ruder, die im Gras lagen, und drehte wieder ab. Ihr fehlte der Mut, zu ihm zu gehen und ihn anzusprechen. Eva war enttäuscht. So hatte sie sich das nicht vorgestellt.

Frustriert schlüpfte sie in die Arbeitshandschuhe, griff beherzt in die Brombeeren und zerrte an dem stacheligen Gestrüpp, als sie einen empörten Kampfschrei hörte. Elvis stürzte sich mit wütendem Geschrei und Geflatter auf sie. Der spitze Schnabel bohrte sich durch ihre Jeans. Die Brombeeren gehörten zu dem Terrain, in dem die Hühner sich tagsüber frei bewegen durften. Das Gekreisch hallte bis zum See. Elvis zeterte und hackte und machte seiner Rolle als gefiederter Platzhirsch alle Ehre. Leider hatte er die Rechnung ohne Steiner gemacht. Mit Riesenschritten kam er angerannt und holte mit einer einzigen blitzschnellen Handbewegung den aufmüpfigen Hahn von seinen Füßen. Kopfüber hängend, Auge in Auge mit Steiner, gab Elvis sich bedeutend kleinlauter.

Aus dem Brombeergebüsch klang verhaltenes Gepiepe. Eva schob die Äste beiseite. Kein Wunder, dass der Hahn sich echauffierte: Im Gestrüpp verbarg sich eine von Elvis' Lebensgefährtinnen und brütete den gemeinsamen Nachwuchs aus.

»Ich würde mit dem Beschneiden der Hecken warten«, empfahl Steiner. »Die Hühner sind nicht die Einzigen, die gerade nisten.«

Eva war so erschrocken, dass ihr ein paar Tränen aus den

Augen kullerten. Sie ließ sich auf ihren Klappstuhl fallen. »Ich wollte mich so gern nützlich machen.«

»Ach was«, meinte Steiner. »nützlich sein wird überschätzt. Legen Sie die Beine hoch und ruhen Sie sich aus.«

»Bloß nicht. Nicht schon wieder«, platzte Eva heraus.

Steiner überlegte einen Moment. »Schaffen Sie es bis zum See?«

Eva schaute auf das schwankende Boot und nickte. Sie nahm sich vor, Elvis heute Abend eine Leckerei zuzustecken.

40

»Du siehst klasse aus«, kicherte Kiki. Sie stand mit Estelle an der Kasse im Gartencenter. Das Muster des Liegestuhls hatte sich tief in deren Wange eingegraben. Doch das war ihr geringstes Problem.

»Die geht nicht«, verkündete die Kassiererin und überreichte Estelle ihre Kreditkarte. Das Namensschild *Lydia* wogte aufgeregt auf ihrem Busen.

»Probieren Sie es noch einmal«, sagte Estelle leichthin.

Lydia arbeitete sich an der Karte ab. Ohne gewünschtes Ergebnis.

»Vor zwei Tagen an der Tankstelle habe ich noch damit bezahlt«, beschwerte sich Estelle.

»Die geht trotzdem nicht«, sagte das Mädchen. Die Wartenden in der Schlange, ermattet vom kollektiven Kaufrausch, erwachten. Estelle grinste verlegen in die Runde.

»Können Sie bar bezahlen?«, fragte die Kassenfachkraft Lydia laut.

Konnte sie natürlich nicht. Estelle bezahlte immer mit Plastik.

Ihre Barschaft belief sich auf geschätzte 22,36 Euro. Doch auch mit der zweiten Karte erging es ihr nicht viel besser.

»Die ist ungültig«, lautete das vernichtende Urteil von Lydia. Sie drehte den Kassenschirm herum, sodass Estelle und alle anderen mitlesen konnten.

»Zahlung abgelehnt«, posaunte Lydia lauthals heraus, damit auch der Letzte in der Schlange informiert wurde, dass Estelle nicht in der Lage war, die Rechnung zu begleichen. Estelle spürte, wie ihr der Schweiß ausbrach.

»Schreiben Sie es an«, witzelte Estelle. Ihr Versuch, das Gesicht zu wahren, erwies sich als vergebliche Mühe.

»557,60«, wiederholte Lydia mitleidlos. Das Kassenmädchen enthüllte seine ganze Humorlosigkeit. Sie litt unter einer akuten Tunnelvision: 557,60 war alles, was sie denken und sagen konnte.

Moneta, die griechische Göttin des Geldes, war Estelle nicht gewogen. Lydia ebenso wenig: »Wahrscheinlich reicht die Deckung nicht.«

Estelle schnappte nach Luft: »Sehe ich so aus, als könnte ich nicht bezahlen?«

»Ja«, sagte die prosaische Lydia.

»Ich habe noch nie ein Limit gehabt. Seit 20 Jahren habe ich kein Limit mehr«, schimpfte Estelle.

Die Leute in der Kassenschlange reagierten allmählich gereizt. Da sie das entspannende Grün erst noch käuflich erwerben mussten, prasselten die ersten Kommentare auf Estelle nieder.

»Lassen Sie die Ware liegen«, herrschte die Kassiererin Kiki an, die hinten am Laufband die gescannten Waren einpackte. »Oder können Sie etwa bezahlen?«

Kiki hielt hilflos in der Bewegung inne.

Estelle sah sich suchend um. Judith und Caroline waren nirgendwo zu sehen. Fraglich war, ob eine von beiden den Betrag so einfach vorschießen konnte. Judith verdiente im

Le Jardin gerade mal das Nötigste und Caroline: Hatte die überhaupt ihre Handtasche dabei?

Estelle fühlte sich unangenehm in die Zeit zurückversetzt, als sie noch ein kleines Mädchen war. Ihr Vater, der mit seinem Schrotthandel viel Geld verdiente und mit falschen Freunden ebenso viel verlor, kannte gute und kannte schlechte Zeiten. In den guten warf ihre Mutter das Geld höchstpersönlich zum Fenster raus, in schlechten lag sie im Bett und Estelle musste mit der Barschaft aus ihrem Sparschwein dafür sorgen, dass abends etwas auf dem Tisch stand. Die Einkäufe dauerten in diesen Perioden ewig, weil die kleine Estelle in ein anderes Viertel ausweichen musste. Keine Mitschülerin sollte sie mit Nudeln, Tomatenmark und einer Packung Grieß erwischen. Manchmal fehlten an der Kasse Pfennigbeträge, und Estelle wechselte erneut Viertel und Laden.

»Die Frau kann nicht bezahlen. Was soll ich machen?«, erkundigte sich Lydia lautstark bei der Kollegin an der nächsten Kasse. Estelle kämpfte gegen die Erinnerungen, die Scham und aufsteigende Mordgelüste.

»Mach einen Storno«, empfahl die Kollegin.

Lydia griff zum Mikrofon. Mitleidlos verkündete sie über den Lautsprecher, der im ganzen Laden zu hören war: »Storno an Kasse vier. Bitte Storno an Kasse vier.«

Estelle hatte geglaubt, dass eine unglückliche Kindheit einen für alle Situationen des Lebens wappnete. Jetzt fühlte sie sich, als wäre sie wieder acht Jahre alt und genauso beschämt wie früher. Inzwischen wollte niemand mehr die Schlange verlassen. Die Kunden warteten wie Schaulustige bei einem Unfall auf blutige Details.

»Ich regle das mit dem Chef«, meinte Estelle lässig zu Kiki. »Wir kaufen auf Rechnung.«

Kiki reagierte nicht. Ihr Blick war starr auf die Tür zum Kassenbüro gerichtet. Von dort nahte Unheil. Estelle drehte sich um und fühlte, dass diese Schlacht verloren war. Deutlich war das Namensschild der Oberaufsicht zu lesen: Peggy. Vermutlich war sie auf Krawall gebürstet und erpicht darauf, den Städterinnen zu zeigen, wer hier das Sagen hatte.

»Kann das noch dazu?«, rief eine Stimme aus dem Hintergrund. Judith und Caroline drückten sich an der Schlange vorbei Richtung Kasse. »Wir haben noch ein paar Kleinigkeiten gefunden.«

Judith verstummte. Hier wurde nicht kassiert, hier wurde die zweite Runde in der Auseinandersetzung zwischen Kiki und Peggy eingeläutet.

»Gibt es ein Problem?«, erkundigte sich Caroline.

»Estelles Karten. Alle gesperrt«, murmelte Kiki.

Keine der Frauen hatte Hoffnung, dass sie heute auch nur das kleinste bisschen Grün mit nach Hause nehmen konnten.

Über Peggys Gesicht huschte ein verhaltenes Lächeln, als sie Judith sah.

»Das ist die Frau, von der ich dir erzählt habe«, flüsterte sie ihrer Angestellten zu.

Lydia, die wirkte, als wäre sie in ein Teilzeitkoma gefallen, erwachte zu überraschendem Leben: »Die Frau, die dir die Karten gelegt hat?«

Peggy ging auf Estelle zu. »Am besten, wir klären das im Büro.«

Und dann raunte sie Judith heimlich zu: »Ich habe da noch ein paar Fragen.«

41

Einmal den Amazonas runterfahren hatte Eva auf ihrer universellen Zu-tun-bevor-alles-vorbei-ist-Liste notiert. Die Schwanenhavel mit ihrem kurvenreichen Lauf durch Wald, Wiesen und Weiden konnte in ihrer Exotik durchaus mithalten. Eben noch hatte sie sich unglücklich und überflüssig gefühlt, jetzt paddelte Eva in einem komfortablen Kanu durch die spektakuläre Landschaft. Die Bäume, die rechts und links die Ufer säumten, bildeten ein natürliches Dach. Über dem Wasser berührten sich ihre Kronen, als wollten sie zusammenbringen, was das Gewässer trennte. Vielleicht wollten sie aber auch nur zuschauen, wie die beiden Paddelnovizen sich schlugen. Eva paddelte links, Steiner rechts. Es war eine hohe Kunst, die Kräfte gleichmäßig auf die Paddel zu verteilen und das Gewicht im Boot so zu verlagern, dass das Kanu nicht in dauernder Schieflage dahinschlingerte. Im munteren Zickzackkurs trieb das Boot unter dem natürlichen grünen Dach dahin. Zum Glück waren sie allein unterwegs. Es war schwierig, das Gefährt unfallfrei durch die schmale Fahrrinne zu manövrieren, die kaum mehr als drei Meter maß.

Ein flügellahmer Schwan versuchte, dem wild gewordenen Kanu auf Kollisionskurs zu entkommen. Die Ente, die ihn eskortierte, ließ wütend die Flügel auf die Wasseroberfläche klatschen und bedankte sich mit einer nassen Dusche für die Ruhestörung.

»Entweder bin ich als Urwaldbewohner ungeeignet, oder wir sind das schlechteste Team der Welt«, argwöhnte Eva.

Steiner konnte nur zustimmen: »Ich tippe auf eine Kombination von beidem.«

»Zum Glück haben wir keine Passagiere an Bord«, meinte Eva. »Sonst hätten wir bald eine Meuterei.«

Mit Müh und Not konnten sie verhindern zu kentern. Die Schwimmwesten leisteten vorzügliche Dienste als Bootsfender, wenn das Kanu mal wieder frontal mit einem der Bäume zusammenzustoßen drohte, die Sturmtief Lukas in den Wasserlauf getunkt hatte. Nach einer Viertelstunde hatten sie den Bogen raus. Der Kiel des Bootes glitt sanft dahin und durchschnitt die bizarren Astkreationen, die sich auf der dunklen Oberfläche des Wassers spiegelten. Die Sonne hatte sich hervorgewagt und ließ die Farben hell erstrahlen.

Zum ersten Mal hatte Eva das Gefühl, angekommen zu sein. In Mecklenburg. Bei sich. »Unfassbar, wie viele Variationen einer einzigen Farbe es geben kann«, staunte sie.

Moose, Farne und Entengrütze, Wasserpflanzen, Wiese und Wald leuchteten in frühlingshafter Frische. *Pass auf mit Steiner*, hatte Caroline geschrieben. Aber hier gab es nichts, worauf man hätte aufpassen können. Eva hatte selbst Muße, darüber nachzudenken, wie sie ihren Freundinnen die überreiche Palette von Grüntönen beschreiben sollte: olivgrün, froschgrün, weinflaschengrün, paprika- und gurkengrün, ampelmännchengrün, heuschreckengrün. Grün wie Fridos Trainingsanzug, grün … wie Neid. War es das, was Caroline antrieb? War sie eifersüchtig, weil Eva sich allzu gut mit Steiner verstand? Vielleicht konnte sie der Freundin beweisen, dass er längst nicht so mysteriös war, wie sie immer behauptete. Man musste nur die richtigen Fragen stellen. Wie üblich war Steiner schneller.

»Wie lange kennen Sie sich eigentlich schon?«, erkundigte er sich in ihr Schweigen hinein.

»Ewig«, antwortete Eva. »So lange, dass man sich alles Mögliche an den Kopf werfen und das Unmögliche verzeihen kann.«

Der Spruch war von Estelle, aber das brauchte er ja nicht zu wissen. Und ob es wirklich noch stimmte, wusste Eva auch nicht. Seit Tagen war das Klima zwischen Eva und Caroline gereizt.

»Kommt mir schwierig vor«, wandte Steiner ein. »Befreundet sein. Und dann noch Geschäfte miteinander zu machen.«

»Estelle hat kein Problem damit«, erklärte Eva. »Sie ist groß darin, das Geld, das ihr Mann verdient, umzuverteilen.«

»Und das nimmt der hin? Einfach so?«, erkundigte sich Steiner.

Eva antwortete nicht. Sie hatte etwas gesehen, das ihr weit mehr Sorgen bereitete als die Ehe von Estelle.

»Oh mein Gott«, flüsterte sie. »Wie soll das gehen?«

Ihre Augen waren starr auf das Hindernis vor ihnen gerichtet. Ein Baum hatte sich über die ganze Flussbreite gelegt. Wie Tentakel hingen die toten Äste der Birke auf dem Wasser.

»Wir müssen das Kanu um das Hindernis herumtragen«, meinte Steiner und sah besorgt auf Evas Fuß, der noch nicht einmal in einen Schuh gepasst hatte. »Rein theoretisch jedenfalls«, fügte er hinzu.

Sie wussten beide, dass das keine Option war. Dunkle Regenwolken zogen auf und machten deutlich, dass sie sich besser beeilten. Hatte es sich das Schicksal zur Aufgabe gemacht, ihr jede Freude zu vermiesen? Sie hingen im Wald fest, der hier so dicht war, dass Hilfstruppen sie kaum erreichen könnten. Langsam manövrierten sie das Kanu an das Hindernis heran. Der Baum war knorrig, ohne Saft, ohne Blätter.

»Das ist kein Opfer von Sturmtief Lukas«, sagte Steiner nachdenklich. »Der liegt schon länger hier.«

»Dann muss man auch durchkommen«, meinte Eva und dankte ihren Schutzgeistern, dass sie sich nicht im Amazonasgebiet befand, wo man sich mit der Machete einen Weg frei schlagen musste.

»Flach machen«, schlug Steiner vor. »Wie eine Flunder.«

»Nicht wirklich behindertengerecht«, stöhnte Eva.

Beim Einholen der Paddel schwappte ein zweiter Schwung eiskalten Wassers ins Boot. Wie zwei nasse Sardinen in der Büchse quetschten sie sich nebeneinander auf den Boden des Kanus. Der Ausdruck »einen Mann flachlegen« gelangte hier zu neuer Bedeutung.

»Das ist wie Limbo tanzen«, kicherte Eva. »Nur mit Boot.«

Steiner hangelte sich an den Ästen entlang, um dem Kanu Schwung zu verleihen. Eva war es egal, wie lange sie so würden ausharren müssen. Vielleicht ging es dem Schicksal gar nicht darum, sie ins Jenseits zu befördern. Vielleicht wollte es sie mit sanfter Gewalt darauf aufmerksam machen, dass sie noch lange nicht alles erfahren hatte, was in der Wundertüte Leben steckte.

»Ist schon merkwürdig«, sagte sie. »Wir liegen hier nebeneinander, und ich weiß gar nichts über Sie.«

»Fragen Sie«, antwortete Steiner locker.

»Machen Sie immer allein Urlaub? Ist Ihnen das nicht langweilig?«, platzte Eva heraus.

»Sie wollen wissen, ob ich verheiratet bin?«, fragte Steiner zurück. Leider war er viel zu direkt. Wenigstens konnte Eva sich vormachen, dass ihre Neugier alleine in dem Wunsch begründet lag, Caroline behilflich zu sein.

»Also? Sind Sie?«, insistierte Eva und ärgerte sich sofort. Wieso gab sie sich so viel Blöße? Warum war sie nicht beim Smalltalk geblieben: »Hätten Sie gedacht, dass Mecklenburg so grün ist?«, »Glauben Sie, es wird regnen?«, »Waren Sie früher schon mal in Ostdeutschland?«

Steiner reagierte mit einer Gegenfrage: »Würde das Ihr Urteil über mich beeinträchtigen?«

Steiner bugsierte sie in eine moralische Sackgasse. Blöde Frage. Natürlich beeinflusste sein Familienstand ihr Urteil. Vielleicht wäre es sogar angenehm, wenn er verheiratet wäre. Dann wäre immerhin Gleichstand. Schließlich musste es einen Grund geben, warum er sie zu diesem Ausflug eingeladen hatte.

»Natürlich nicht«, log Eva.

Die Sonne verkroch sich endgültig hinter einer dicken schwarzen Regenwolke, als könne sie das Elend nicht mehr mit ansehen.

»Wir sollten besser lospaddeln, bevor wir klatschnass werden«, mahnte Steiner und erhob sich aus der gemütlichen Position am Boden des Kanus. Tatsächlich zog der Himmel sich in beängstigender Geschwindigkeit zu. Als sie von der Schwanenhavel in den Plättlinsee einbogen, jagte ihnen ein eisiger Gegenwind erste Regentropfen ins Gesicht. Nach ein paar Schlägen gaben sie auf. Steiner zerrte aus dem Rucksack einen Regenschirm hervor. Paddeln konnten sie so nicht mehr. Nur sich dicht unterm Schirm aneinanderschmiegen und darauf hoffen, dass das Stück blauer Himmel am Horizont rasch näher kam.

»Ich war verheiratet«, nahm Steiner die Unterhaltung wieder auf. »Sogar zweimal. Ich war nicht besonders gut darin. Mein Job hat alles verschluckt«, gab er zu. »Seitdem lebe ich aus dem Koffer.«

»Und beruflich?«

»Ich arbeite sozusagen auf Montage. Ein paar Monate hier, ein paar Monate da. Nichts Festes.«

Eva stellte keine weiteren Fragen. Alltag hatte sie genug. Mit Frido. Vielleicht war es das Beste, alles in der Schwebe zu lassen. Steiner umwehte dieser herbe Hauch von Cowboy und Abenteuer. Wollte sie wirklich wissen, wie er lebte? Wollte sie wissen, mit welchen fragwürdigen Jobs er sich über Wasser hielt, wo er seine Wäsche wusch und ob er jeden Samstag seine Mutter anrief? Was kümmerte sie Carolines Kreuzzug gegen ihn? Für sie war es egal, woher Steiner kam und wohin er ging. Es genügte ihr vollkommen, mit ihm gemeinsam unter einem Regenschirm zu sitzen, auf dem Plättlinsee zu schaukeln und zu beobachten, wie die Regentropfen auf die Wasseroberfläche einschlugen und Millionen kleiner Krater bildeten. Sie hoffte, die Zeit würde anhalten. Wenigstens eine Stunde lang.

42

Gummistiefelwetter. Mal wieder. Es goss in Strömen. Auf dem Parkplatz von OBI bildeten sich in Rekordgeschwindigkeit Pfützen enormen Ausmaßes. Hektisch suchte Estelle mit Caroline und Kiki Zuflucht unter den Sonnenschirmen von *Edos Fischkiste*. Judith sprach noch mit Peggy. Unter vier Augen.

Der Imbiss lag strategisch günstig an der Warenausgabe von OBIs Gartenparadies. Hier konnten die Dienstagsfrauen sich bei Fischbrötchen, geräucherter Makrele, gebratener Ostseeflunder und Scholle mit Kartoffelsalat die Wartezeit bis zur Warenausgabe vertreiben und die Niederlage verdauen. Die Demütigung an der Kasse saß tief bei Estelle.

»Ich war arm, und ich war reich. Reich gefällt mir besser«, gab sie unumwunden zu.

Kiki, Expertin für finanzielle Engpässe, versuchte zu trösten. »Ach, was ist schon …«, hob sie an.

Estelle unterbrach sie sofort: »Geld macht nicht glücklich, bla bla bla. Aber Glück ist nicht alles, und gesund bin ich auch schon.«

Estelle machte sich keine Illusionen, dass das Nichtfunktionieren ihrer Karten Zufall war. Es sei denn, der Zufall führte neuerdings den Namen Sabine. Und das war nur die positivste aller möglichen Varianten. Hatte Estelle sich nicht immer gewundert, dass die Finanzkrise so spurlos an ihrem Apothekenkönig vorübergegangen war? Sie wünschte sich, sie könnte ihn in Tirol erreichen. Aber hoch in den Bergen gab es keinen Empfang. So viel stand fest.

»Im Dorf nebenan gibt es eine Filiale unserer Bank. Die stehen nicht unter der Fuchtel von Sabine wie die Kölner und geben mir sicher Auskunft«, überlegte sie laut.

Estelle wollte sicher sein, den Verursacher des Problems zu kennen, bevor sie reagierte. Das dumme Gefühl in ihrem Magen, dass das Leben, das sie bislang kannte, zu Ende ging, schob sie beiseite. Das musste Hunger sein, sagte sie sich und bestellte am Fischstand Scholle.

»Wer weiß, vielleicht hat Arthur eine Neue. Eine noch jüngere Frau Heinemann«, flüsterte Caroline und erntete dafür einen bösen Blick von Kiki.

»Nicht Arthur. Niemals«, hielt Kiki dagegen. Dabei hatte das Leben längst bewiesen, dass Ehebruch in den besten Familien vorkam. Selbst in denen der Dienstagsfrauen.

Estelle hörte weg. Jahrzehnte hatte sie sich eingebildet, dass sie ihr Leben besser im Griff hatte als ihre Freundinnen. Anders als diese war sie in den letzten Jahren von Schicksalsschlägen weitgehend verschont geblieben. Estelle war dem Irrtum erlegen, dass dies ihr persönliches Verdienst sei. Gedankenverloren starrte sie auf die Scholle auf ihrem Teller und erinnerte sich an einen der Naturfilme, die Arthur so gerne sah: Schollen waren gekonnte Überwachungskünstler. Sie konnten ihre Augen unabhängig voneinander bewegen und suchten unentwegt ihre Umgebung nach verdächtigen Bewegungen ab. Das eine Auge blickte nach vorne, das andere inspizierte die Situation im Rücken. Bei Gefahr konnten die Fische sich flach machen oder in den Sand einbuddeln. Schollen waren paranoide Kontrollfreaks. Trotzdem badete diese Scholle statt in der Ostsee in Remoulade. Estelle konnte sich mit dem armen Tier identifizieren: Irgendwo hatten sie beide etwas übersehen.

Das große Rolltor, rückwärtiger Eingang zum Gartencenter, bewegte sich. Judith hatte sich Peggy angeschlossen, die sich höchstpersönlich davon überzeugen wollte, dass die erworbenen Waren ordnungsgemäß ausgeliefert wurden.

Nachdem Caroline sich bereit erklärt hatte, den geschuldeten Betrag auszulegen, hatte Peggy sich ausgesprochen kooperativ gezeigt und einen Angestellten angewiesen, ihre Einkäufe in einen Anhänger zu laden. Normalerweise eine kostenpflichtige Dienstleistung, aber für die Dienstagsfrauen machte sie heute eine Ausnahme.

»Was hast du mit ihr angestellt?«, raunte Kiki ihrer Freundin Judith zu, die sich für zwanzig Minuten mit Peggy Schwarzer zurückgezogen hatte, während die Freundinnen schon mal bei der *Fischkiste* ihre Bestellungen aufgaben. »Peggy war noch nie freundlich. Zu niemandem.«

»Ich erzähle ihr genau das, was sie hören will«, verriet Judith ihren Trick.

Kiki verstand es immer noch nicht: »Und woher weißt du, was sie hören will? Du kennst sie nicht mal.«

Judith kämpfte sichtbar mit sich: »Die hat jedes Mal so ein abstruses Blatt. Ich verstehe kein Wort davon, was die Kombinationen bedeuten. Jedenfalls nicht ohne meine Ratgeber.«

»Und dann?«, fragte Caroline nach.

»Habe ich meine Interpretation so allgemein gehalten, dass für jeden Geschmack was dabei war. Peggy hat selber angefangen, von Rico zu sprechen. Ich habe nur wiederholt, was sie vorgegeben hat. Seitdem hält sie mich für das größte Orakel seit Kassandra, Nostradamus und der Wahrsagerin von Astro-TV.«

Estelle war begeistert: »Ich will das auch«, meinte sie. »So eine maßgeschneiderte Zukunft.« Sie bemerkte Carolines Blick: »Erzähl mir nichts vom Schmied und dem Glück. Das interessiert mich nicht die Bohne. Ich bin reif für ein kleines Wunder.«

Vielleicht war ihr Schwächeanfall wirklich nur Hunger gewesen. Estelles Kampfgeist meldete sich zurück. Wenn der Vergleich mit dem Fisch stimmte: Sie war vielleicht trocken gelegt. Aber noch zappelte sie heftig. Sie würde keine leichte Beute sein. Für wen auch immer. Energisch half sie, den Anhänger am Auto festzumachen.

Caroline blieb zurück. Sie hatte eine Mail bekommen. Von Nora.

43

Das durfte nicht wahr sein. Caroline zweifelte, ob ihre Angestellte Nora den Kern des Anwaltsberufs begriffen hatte. Um in dieser Branche zu bestehen, musste man vor allem Kommunikationstalent und Teamgeist mitbringen. Nora verstand eher etwas von Suspense: gekonnt das Gegenüber im Ungewissen lassen, dann die Spannung langsam steigern, indem man gezielt die Neugier anstachelte, ohne wirklich etwas preiszugeben. *Thomas Steiner*, hatte Nora ihre E-Mail betitelt. Versehen mit vier Ausrufezeichen. Der Text selbst war so gestaltet, als wolle sie ihr geschätztes Publikum für einen neuen Thriller interessieren: *Ich habe superinteressante Dinge herausgefunden*, schrieb Nora. *Rufen Sie mich an.* Als ob das so einfach wäre. Während Kiki den Anhänger mit Tempo 60 Richtung Birkow manövrierte, probierte Caroline es immer wieder: Erst war Nora in der Mittagspause, dann irgendwo im Haus unterwegs, später war ständig besetzt. Pünktlich zu Dienstschluss, 17.30 Uhr, erreichte Caroline nur noch den Anrufbeantworter. Da war Nora konsequent.

Als die Dienstagsfrauen auf den Vorhof der Schule einbogen, gab Caroline die Hoffnung auf, heute noch etwas von Nora zu erfahren. Suchend sah sie sich um. Wo war Eva nur?

»Die wird mit Steiner unterwegs sein«, meinte Kiki lapidar.

Caroline fragte sich, ob das eine gute oder eine schlechte Nachricht war. Noch schlimmer war die Aussicht auf das Arbeitsprogramm der nächsten Tage. Die To-do-Liste in der Aula nahm beängstigende Ausmaße an. Noch so viel zu tun. Noch so viele Fragen. Caroline konnte nicht anders: Anstatt den Freundinnen beim Ausladen des Anhängers zu helfen, trieb sie die Neugier in Richtung Fischerhütte.

Sie kam zum rechten Zeitpunkt: Steiner und Eva kehrten gerade von ihrem gemeinsamen Ausflug zurück. Mühsam schälte sich Eva aus dem Boot, was nur gelang, indem sie sich ausgiebig auf Steiner stützte. Sie lachte viel und ließ ihre Hand beim Sprechen auf seinem Arm ruhen. Beim Abschied umarmten sie sich. Viel zu lange für Carolines Geschmack. Und dann küsste Steiner Eva auf die Wange.

»Eifersüchtig?«, fragte Kiki keck.

Caroline fuhr ertappt um. Sie hatte Kiki nicht kommen hören.

»Mein Interesse ist rein beruflich«, behauptete Caroline. »Das ist etwas ganz anderes.«

Kiki konnte ein kleiner Flirt nicht erschrecken: »Ich habe nie verstanden, dass Eva sich 20 Jahre lang nach keinem anderen Mann umgeschaut hat.«

»Sie hat Frido«, gab Caroline zu bedenken.

»Ja, eben«, antwortete Kiki.

»Und was war auf der Pilgerreise?«, mischte sich Estelle ein. »Als Eva sich von dem flotten Jacques hat abschleppen lassen.«

»Die beiden haben zusammen gekocht«, kicherte Kiki. »Mir wäre da schon was anderes eingefallen.«

Kiki verschwand nach drinnen, um ihren täglichen Anruf bei Max zu tätigen, bevor Greta von Ingrid zurückgebracht wurde. Für Caroline war das Thema nicht so schnell erledigt.

»Ich dachte, du kannst nicht laufen«, stichelte sie, als sich Eva wenig später zu ihnen gesellte.

»Aber ich kann mich kutschieren lassen«, sagte Eva fröhlich. »Ich übe mich gerade als Bienenkönigin. Überall summt und brummt es, und ich amüsiere mich, bis meine Arbeitstiere wieder in den Bau zurückkehren.«

Sie hatte gute Laune. Zu gute Laune. Caroline kannte dieses Glimmen in Evas Augen, Eva den bösen Blick von Caroline.

»Du mit deinen Verbrecherfantasien«, meinte Eva. »Ich finde ihn nett.«

»Nett hat seine Nachteile«, warnte Estelle aus dem Hintergrund. »Vor allem am nächsten Tag, wenn sich das Denksystem wieder einschaltet.«

Eva schüttelte den Kopf: »Wer weiß, ob ich morgen überhaupt noch da bin, um etwas zu bereuen.«

»Meine Anwaltsgehilfin hat etwas über ihn rausgefunden«, versuchte es Caroline noch einmal.

»Und wenn schon«, meinte Eva und humpelte an ihnen vorbei nach drinnen. Caroline sah ihr besorgt hinterher. Wo sollte das bloß enden?

44

Immer diese Schwarzseherei! Eva wollte sich den schönen Tag durch nichts und niemanden verderben lassen. Sie wollte sich nicht rechtfertigen. Wofür auch? Sie fand es spannend, mit Steiner zusammen zu sein. Na und? Wenn sie schon nicht in der Sandkrugschule helfen konnte, dann wollte sie wenigstens die Zeit genießen. In der Aula schenkte sie sich ein Glas Rotwein ein.

Aus dem Büro hörte sie Kiki, die vor dem Computer saß und über Skype mit Max sprach. Frido und Eva hatten in ihrer Ehe eine Überdosis täglichen Einerleis abbekommen, Max und Kiki eindeutig zu wenig. Wie lange hatte diese Liebe auf Entfernung eine Chance? Ab und zu mal ein Wochenende miteinander zu verbringen, war auf Dauer nicht genug. Max' Junggesellenleben in Berlin hatte mit dem Landleben von Kiki und Greta wenig zu tun. Sie brauchten jeden Tag eine Stunde, um sich gegenseitig über Skype auf dem Laufenden zu halten. Nur hatten sie diese Stunde nie.

»Ich habe das jetzt so gemacht, wie ich das für richtig halte«, hörte Eva Kiki gereizt sagen. »Ich kann nicht ewig darauf warten, dass du mal Zeit hast.«

Eva zog sich zurück. Sie hatte keine Lust, Zeuge dieser Auseinandersetzung zu werden. Gegen Max war Frido ein

Muster an Verlässlichkeit und Berechenbarkeit. Vielleicht fand sie Steiner deswegen so reizvoll? Frido hatte einen genauen Fünfjahresplan, bei Steiner wusste man nie, was als Nächstes passierte. Oder war es nur der Reiz des Unbekannten?

Draußen schleppten die Freundinnen Pflanzen und Erde zu den vorgesehenen Plätzen. Nur um dort festzustellen, dass Kiki ihre Pläne über den Haufen geworfen hatte und alles neu verteilt werden müsste. Zum ersten Mal war Eva froh, sich nicht beteiligen zu können. Statt im Garten zu wühlen, stellte sie sich unter die warme Dusche, cremte sich ausgiebig ein und lackierte ihre Fußnägel. Warum gelang es ihr zu Hause nie, Zeit für sich freizuschaufeln? Seit Jahren versuchte Eva sich der Vereinnahmung durch ihre Familie zu entziehen. Alle Ausbruchsversuche waren auf halber Strecke gescheitert. Nicht einmal auf der Pilgerreise, als sie den Hotelier Jacques kennengelernt hatte, hatte sie gewagt auszuprobieren, wie ein anderes Leben schmeckte. Warum traute sie sich nie? War das ihr Grundfehler?

Eva beschloss, diesen Abend zu einem Ereignis zu machen, an das sie sich erinnern konnte. Und dazu gehörte die passende Garderobe.

Der chaotisch gepackte Koffer erinnerte sie unangenehm an ihre Auseinandersetzung mit Frido. Obenauf lag das geblümte Sommerkleid, das sie für das Betriebsjubiläum von Fridos Arbeitgeber angeschafft und dann nicht getragen hatte. Ein unentschlossenes »Ist das nicht zu auffällig?« von Frido hatte ausgereicht, sie so zu verunsichern, dass sie auf das dezente blaue Kostüm ausgewichen war. Judith hatte recht. Alles, was passierte, hatte einen Sinn. Es musste einen Grund geben, warum sie beim Streit mit Frido ausgerechnet zu dem ungetragenen Stück gegriffen hatte. Eva schlüpfte in das Kleid.

»Das machst du doch nur wegen Steiner«, trötete eine Stimme in ihrem Inneren.

»Na und«, keifte eine andere.

»Du bist unverantwortlich«, meldete sich die erste Stimme wieder zu Wort.

»Hoffentlich«, rief die andere dazwischen. »Dann passiert wenigstens mal etwas Überraschendes.«

Eva ertränkte beide Stimmen in einem weiteren Schluck Rotwein, der ihr sofort zu Kopf stieg. Sie war keinen Alkohol gewöhnt. Und das sonderbare Kribbeln im Bauch, das sie schon den ganzen Tag spürte, auch nicht. Bloß weil sie verheiratet war, hieß das ja nicht, dass man blind und taub sein musste. Oder sich nicht amüsieren durfte. Auf in den Abend.

45

»Ich bin tot. Schon wieder. Das gilt nicht«, beschwerte sich Eva. Vergnügtes Lachen erklang von der Terrasse. Caroline erhob sich schlaftrunken. Sie musste wohl eingenickt sein. Dabei hatte sie sich nur einen Moment ausruhen wollen. Aus ihrem Fenster konnte sie sehen, dass die Freundinnen sich rund um das abendliche Feuer versammelt hatten. Ingrid war zu Besuch gekommen. Und Steiner. Er war der einzige Grund, dass sie sich noch einmal aufraffte.

Nach dem anstrengenden Tag hatten die Dienstagsfrauen den schlecht sortierten Weinkeller von Kiki geplündert und wärmten sich nun an den heimelig knisternden Flammen. Die Wangen der Freundinnen waren von Wind und Wetter gerötet, ihre Augen glänzten durch den beißenden Rauch des Feuers. Körperliche Arbeit waren sie alle nicht gewöhnt. Ebenso wenig die Mengen Rotwein, die geflossen waren, seit Caroline sich hingelegt hatte.

»Wir spielen Werwolf«, informierte Judith sie mit vielsagendem Unterton. »Ich war natürlich als Erste tot«, ergänzte Eva aufgekratzt. »Und er ist schuld.« Sie wies auf Steiner.

»Ich schleiche mich nachts aus dem Hinterhalt heran und reiße meine Opfer«, erklärte er trocken.

In Carolines jungen Jahren wurden am Lagerfeuer Gruselgeschichten erzählt und Apfelkorn getrunken. Jetzt waren also die Werwölfe dran. Caroline dachte an Judiths merkwürdigen Traum, in dem sie Steiner als Werwolf gesehen hatte. Vielleicht war an Judiths Befähigung zum Medium doch was dran? Oder war das alles Zufall?

Estelle klopfte neben sich auf den Baumstamm, um Caroline zur Teilnahme zu ermuntern: »Man bekommt bei diesem Spiel jede Menge Anregungen, wie man unliebsame Zeitgenossen erledigt«, versprach sie.

Caroline war noch nie jemand gewesen, der sich begeistert in eine Partie *Mensch ärgere dich nicht* oder *Monopoly* warf oder gar mimische Verrenkungen bei *Scharade* genoss. Sie war nicht besonders gut darin, sich für jemand anderen auszugeben. Ihre Freundinnen hatten da weniger Mühe. Eva gab heute den Teenie, der um jeden Preis auffallen wollte. Sie lachte zu laut, gestikulierte zu heftig und kringelte ihre Haare um den Zeigefinger. Caroline kannte Eva seit vielen Jahren. Besonders eitel war sie nie gewesen. Heute Abend hatte sie Lippenstift aufgelegt und viel Zeit für die Frisur aufgewandt. Trotz der kühlen Temperaturen hatte sie fürs Lagerfeuer ein dekolletiertes Sommerkleid gewählt.

»Ich habe vollkommen falsch eingepackt«, entschuldigte sich Eva auf Carolines kritischen Blick hin. »Ich war nicht bei Sinnen.«

Caroline fragte sich, ob sie das jetzt wohl war.

»Wir spielen noch eine Runde mit Caroline«, bestimmte Kiki und nahm ihr damit die Entscheidung ab.

Caroline erinnerte sich an die Fußballcamps ihres Sohns Vincent, wo die mitgereisten Eltern sich an ähnlichen Lagerfeuern dazu hinreißen ließen, bei Dosenbier und Grillwürstchen fröhlich Lieder von Wolfgang Petry und Andrea Berg in den Nachthimmel zu schmettern. Unwillkürlich fiel ihr der kleine Fußballer wieder ein, der ihr den Ball an den Kopf geschossen hatte. Er gehörte demselben Verein an. Abschalten von zu Hause blieb für Caroline eine Herausforderung. Vor allem mit Steiner am Lagerfeuer.

»Caroline kennt sich mit Kapitalverbrechen aus. Die überführt jeden Übeltäter«, versprach Judith mit festem Blick Richtung Steiner. Sie zog die Freundin auf den Platz neben sich.

Die Spielregeln waren einfach: Jeder Teilnehmer bekam eine Spielkarte, die er so versteckt wie möglich zur Kenntnis nehmen musste. Es gab harmlose Bürgerkarten und eine, die den mordenden Werwolf darstellte. Ziel des Spiels war herauszufinden, wer die Rolle des Bösen innehatte. Je schneller, desto besser, denn in jeder Spielrunde bekam der Werwolf Gelegenheit, heimlich einen unliebsamen Spieler als nächstes Opfer anzuzeigen. Caroline begriff, dass es schon bei der Kartenverteilung wichtig war, den potenziellen Gegner im Auge zu haben. Jede Regung, jedes Blinzeln, jede spontane Bemerkung konnte ein Hinweis darauf sein, wem die Rolle des mordenden Ungeheuers zugeteilt worden war. Die Karten wurden ausgeteilt.

»Weiß jeder, was er in dieser Runde ist?«, fragte Ingrid. Die exzentrische Künstlerin war in die Rolle der Spielleiterin geschlüpft. Ihre Aufgabe war, die Runden zu moderieren und die wortlosen Anweisungen des Werwolfs umzusetzen. »Es wird Nacht in Birkow. Schließt die Augen«, forderte sie die Mitspieler auf.

Ingrid kostete ihre Rolle als Erzählerin aus. Ihr Ton wurde dramatisch: »Die Einwohner von Birkow ruhen ahnungslos in ihren Betten. Und wie jede Nacht macht ein Werwolf die Runde, um seine tödliche Mission zu vollenden.«

Während die harmlosen Bürger die Augen mit den Händen bedeckten, zeigte der designierte Werwolf der Spielleiterin mit verstohlenen Gesten, wer als Nächstes ausscheiden sollte.

Ingrid ließ sich Zeit. Es war nichts zu hören, außer dem knackenden Geräusch aus Kikis Babyfon. Greta schlief ruhig und ahnte nichts von den Gestalten, die im Garten ihr Unwesen trieben.

Caroline hörte die Schritte von Ingrid in ihrem Rücken und ihren schweren Raucheratem. Sie legte ihre eisigen Hände auf Carolines Schulter. Sobald man sich auch nur einen Meter vom Feuer entfernte, kroch die abendliche Kälte in alle Glieder.

»Wieder ist es dem Werwolf gelungen, einen Unschuldigen in den Tod zu reißen. Ihr dürft die Augen aufmachen«, verkündete Ingrid. »Und trauern. Denn unsere Freundin Estelle ist heute Nacht einem grausamen Attentat zum Opfer gefallen.«

Estelle war verblüfft: »Ich bin draußen? Schon wieder?«, empörte sie sich.

Ingrid war gnadenlos: »Estelle ist tot. Mausetot. Doch wer ist für die Bluttat verantwortlich?«

Estellte stöhnte auf. Sie war ausgeschieden und für den Rest der Spielrunde dazu verurteilt, tatenlos zuzusehen, was die verbliebenen Mitspieler taten. Sie durfte nicht einmal mehr einen Verdacht äußern, wer sie auf dem Gewissen hatte. Jeder von ihnen konnte der Meuchelmörder sein. Als Werwolf ging es in dem Spiel vor allem darum, besonders glaubhaft zu lügen, andere zu beeinflussen und den Verdacht auf Unschuldige zu lenken. Caroline ließ Steiner nicht aus den Augen. Das Spiel bot ihr eine willkommene Entschuldigung, ihn unverhohlen zu mustern. An seinem

Pokerface war nichts abzulesen. Scheinbar unbefangen grinste er sie an. Im Spiel war es wie im Leben. Sie wusste einfach nicht, was sie von Steiner halten sollte. Plötzlich bemerkte sie, dass Eva sie belauerte.

»Was schaust du mich so komisch an?«, fragte Caroline. Sie konnte nicht umhin, sich ertappt zu fühlen.

»Du siehst aus wie ein Werwolf, der so tut, als wäre er kein Werwolf«, stellte Eva fest.

»Unsinn«, setzte Caroline sich zur Wehr. »Ich bin ein Bürger. Ihr müsst euch mal Herrn Steiner anschauen, wie verdächtig der sich verhält.« Sie versuchte, Judith für ihre Theorie zu begeistern. »Ich habe genau gesehen, wie er sich freute, als er seine Karte bekam.«

»Caroline lenkt nur davon ab, dass sie selbst die Täterin ist«, behauptete Eva weiter.

»Steiner tut die ganze Zeit so harmlos nett. Aber in Wirklichkeit will er uns allen an den Kragen«, ereiferte sich Caroline. »Erst war Eva dran und dann Estelle. Wer weiß, wer die Nächste ist.«

»Wenn ich der Werwolf wäre, ich hätte Caroline als Erste ermordet«, gab Steiner unumwunden zu. »Jemanden, der so eloquent ist, will man nicht als Gegner haben.«

Estelle rollte mit den Augen: »Ich könnte euch unter der Hand ein paar Insiderinformationen zukommen lassen. In meiner momentanen finanziellen Situation bin ich korrupt und bestechlich.«

Eva blieb dabei, Caroline zu beschuldigen: »Du bist der Werwolf, Caroline. Ich seh dir das doch an«, sagte sie.

Judith pflichtete Caroline bei: »Ich finde auch, Herr Steiner verhält sich verdächtig.«

»Er will einen Keil zwischen uns treiben«, betonte Caroline noch einmal.

Die Grenze zwischen Spiel und Ernst verschwamm. Caroline und Eva verdächtigten sich gegenseitig, falsche Einschätzungen vorzunehmen.

»Sie ist klug«, kommentierte Steiner und deutete auf Caroline. »Sie sieht die richtigen Dinge und zieht permanent die falschen Schlüsse.«

»Ich glaube auch, er war's«, meinte Judith. »Keine von uns würde Estelle ermorden. Die hat's ohnehin schon so schwer.«

Estelle nickte dankbar. Steiner amüsierte sich sichtlich. Er versuchte, ein Bündnis zu schmieden, und rutschte näher an Eva heran.

»Wenn wir beide zusammen auf Caroline tippen«, säuselte er, »dann können wir sie eliminieren.«

»Tu's nicht, Eva«, warnte Caroline. »Lass dich nicht einwickeln. Er benutzt dich nur, um mich zu Fall zu bringen.«

»Du versuchst nur davon abzulenken, dass du selber Dreck am Stecken hast«, bemerkte Eva und schenkte sich schon wieder Wein nach.

Kiki wandte sich direkt an Steiner: »Wen halten Sie für den Täter?«

»Ja, was denken Sie eigentlich?«, echote Caroline.

»Ich beobachte erst einmal, bevor ich rede«, meinte Steiner. »Beim Zuhören erfährt man mehr als beim Reden.«

So leicht kam er Caroline nicht davon: »Und was haben Sie beobachtet?«

Bevor er antworten konnte, läutete Ingrid die nächste Phase des Spiels ein: »Es ist Zeit für die erste Verhandlung. Möchte jemand eine Anklage formulieren?«

Caroline meldete sich als Erste: »Ich will einen Prozess führen gegen Thomas Steiner.«

Er lachte nur. »Sie haben den Falschen. Sie fallen auf eine Intrige rein.«

Die Situation erinnerte Caroline an den Gerichtssaal. Es war ihre Chance, Steiner aus der Reserve zu locken und zu einer Reaktion zu zwingen. Das Spiel bot ihr die perfekte Entschuldigung, einige ihrer Gedanken laut auszusprechen.

»Der Werwolf sieht mich offenbar als Bedrohung«, erklärte Caroline. »Aber ich bin unschuldig.«

Steiner sah ihr direkt in die Augen: »Unsere Anklägerin Caroline macht ihren Job sehr gut. Aber bevor man nicht alle Fakten beisammenhat, kann und darf man nicht über Menschen urteilen.«

»Er versucht mich anzuklagen, um davon abzulenken, was er selbst auf dem Kerbholz hat«, antwortete Caroline. »Lasst euch nicht von ihm täuschen.«

Steiner wich keinen Zentimeter zurück. »Sie ist geschickt. Viel reden kann ein Mittel sein, viel zu verschweigen.«

Ingrid war der Meinung, dass genug diskutiert worden war: »Zeit, um abzustimmen. Alle die rechte Hand nach oben. Ich zähle bis drei. Bei drei müsst ihr auf denjenigen zeigen, von dem ihr glaubt, dass er der Werwolf ist. Eins … zwei … drei.«

Die Finger waren wie eine Waffe gerichtet auf den vermeintlich Schuldigen.

Steiner, Eva und Kiki wiesen auf Caroline, Caroline auf Steiner und Judith auf Kiki.

»Caroline ist tot«, erklärte Ingrid.

Caroline war draußen. Sie zeigte ihre Karte. Steiner hatte recht gehabt: Sie war der Werwolf gewesen. Sie war enttarnt, bevor sie allen Bürgern den Garaus hatte machen können. Steiner hatte die Partie gewonnen.

Er lehnte sich zufrieden zurück: »Gar nicht so einfach, Täter und Opfer auseinanderzuhalten«, sagte er spöttisch zu Caroline.

»Noch eine Runde?«, fragte Eva, die sich wünschte, der Abend möge nie enden.

»Nicht für mich, ich bin tot. Todmüde«, sagte Estelle und verschwand im Haus.

Kiki schloss sich ihr an. Auch Ingrid verabschiedete sich. Caroline zweifelte noch. In diesem Moment kam der Anruf, auf den sie so lange gewartet hatte. Nora. Es war kurz vor Mitternacht. Geisterstunde.

46

Caroline hatte sich in die ruhige Aula zurückgezogen. Mit Nora zu telefonieren verlangte ihre volle Konzentration. Bei ihrer Angestellten wummerte im Hintergrund laute Musik, die so klang wie das, was ihr Sohn Vincent bei seinen Partys auflegte. Trotz Nachhilfestunden vermochte Caroline bis heute kaum zu erkennen, was der Unterschied zwischen House, Drum 'n' Bass und Electro war. Bei Nora wurde das alles gespielt. Und zwar gleichzeitig.

»Es war eine schwierige Aufgabe«, gab Nora unumwunden zu. »Steiner ist ein digitaler No-Name: keine Website, kein Facebook, kein Twitter, kein Ehrenamt, keine Nennung auf einer Firmenwebsite, keine Unterschrift gegen eine neue Autobahn, die Flughafenerweiterung oder Sendemasten, keine Leserbriefe, kein gar nichts …«

»Bis dahin war ich auch schon gekommen«, unterbrach Caroline. Sie wartete ungeduldig darauf, die angekündigten Neuigkeiten zu hören.

»Was haben Sie gesagt?«, brüllte Nora.

Ihre Stimme verlor sich in der Kakophonie aus Gekicher, Gesprächen und Gejohle. Caroline hegte schon länger den Verdacht, dass das weiße Gesicht, mit dem Nora jeden Morgen zur Arbeit erschien, nicht nur Schminke, sondern auch Zeichen einer ausgeprägten Neigung zu nächtlichen

Feiern war. Nora schien auf einer Partymeile zu wohnen. Es musste schon etwas Wichtiges sein, das Nora an diesem Abend davon abhielt, sich ins Getümmel zu werfen.

»... aber dann der Volltreffer«, hörte sie Nora sagen. Der Zwischenteil, der in aller Ausführlichkeit die totlaufenden Spuren beschrieb, war in der allgemeinen Geräuschkulisse untergegangen.

»Der Hinweis auf das Schwimmbad, das war der Durchbruch«, sagte sie, wobei der Stolz, mehr herausgefunden zu haben als ihre Chefin, in ihrer Stimme mitschwang.

»Der Fall Lenny Fischer«, sagte Caroline. Hatte sie es nicht immer geahnt? Durchs Fenster sah Caroline Eva und Steiner im vertraulichen Zwiegespräch am Feuer sitzen. Eva redete, gestikulierte und lachte viel. Beim Sprechen berührte sie seinen Arm. Und zwischendurch griff sie immer wieder zum Wein. Wo sollte dieser Abend enden? Es war höchste Zeit, dass sie erfuhren, was Steiner wirklich plante.

»Thomas Steiner war 1973 hessischer Schulmeister im Schwimmen«, trumpfte Nora auf. »Mit fünfzehn.«

»Lenny Fischer ist Jahrgang '78«, stellte Caroline ratlos fest. Wie konnte das eine mit dem anderen zusammenhängen?

Nora redete einfach weiter: »Über die Meisterschaft bin ich bei seiner Schule und dann bei seinen Großeltern gelandet. Sein Großvater, Theodor W. Steiner, war Landpfarrer im Sauerland.«

Nora ersparte ihrer Vorgesetzten kein einziges Detail. Sie legte Wert darauf, dass Caroline ihren verschlungenen Weg durch die Weiten des Netzes nachvollziehen und würdigen konnte. Caroline fragte sich verzweifelt, wie lange es dauern würde, bis Nora auf den Punkt kam. Sie machte wie immer eine Riesenwelle.

»Aber er war nicht nur Pfarrer. Er war auch Vogelkundler. Über Jahre hat er am Möhnesee den kompletten Vogelbestand dokumentiert.«

»Und Lenny Fischer?«, erkundigte Caroline sich ungeduldig. Einem zweiten ornithologischen Vortrag fühlte sie sich nicht gewachsen.

»Fehlanzeige«, gab Nora zu. »Ich habe alle Akten durchforstet. Es gibt in der Schwimmbadsache niemanden mit dem Namen Steiner. Keinen Zeugen, keinen Anwalt, keinen Sachverständigen. Nicht mal der Taxifahrer, der sie morgens ins Gericht gebracht hat, heißt Steiner. Aber Sie müssen sich die Website von Theodor Steiner anschauen. Keine Ahnung, was der genommen hat. Der war besessen von Vögeln.«

Caroline war überzeugt davon, dass Nora die richtige Familie ausfindig gemacht hatte. Ebenso sicher war sie, dass diese Informationen keinerlei Bezug zu den Drohanrufen hatten. »Ist das alles?«, fragte sie entsetzt.

»Das Beste kommt ja noch«, herrschte Nora sie an.

Caroline nahm sich vor, ihre Angestellte nicht mehr zu unterbrechen. Vielleicht beschleunigte das den Vorgang.

»Die Website zu Theodor Steiner wird von der Urenkelin gepflegt. Alissa Steiner. Steiners Tochter. Und die habe ich einfach angerufen.«

»Sie sollten doch diskret vorgehen«, platzte Caroline hervor.

»Bin ich«, entgegnete Nora stolz. »Ich habe behauptet, ich drehe fürs Fernsehen einen Film über den Möhnesee.«

Caroline war baff, wie gut Nora lügen konnte. Sie hatte ihre falsche Identität bis ins kleinste Detail ausgearbeitet. Nora erzählte stolz, dass sie einen Auftraggeber erfunden hatte, einen lästigen Kameramann und eine komplette Vita.

»Ich habe mir sogar ausgedacht, wie schwierig es war, den Film zu finanzieren, bevor ich angerufen habe«, lobte Nora sich selber.

Caroline war beeindruckt. Steiners Tochter hatte bereitwillig Auskunft gegeben und versprochen, Material über Urgroßvater Theodor zu besorgen. Bloß brauche das Zeit. Der gesamte Haushalt ihres Vaters, in dessen Besitz sich das Erbe des Vogelkundlers befand, sei in einem Self-Storage-Lager untergebracht. Steiner hatte offenbar keinen festen Wohnsitz. Er lebte aus dem Koffer und reiste mit einem Mietwagen herum. Das war die Gegenwart, seine Vergangenheit hatte er in einem Lagerraum konserviert.

»Und dann kam es«, ging Nora zum Höhepunkt ihres Berichtes über. »Ich frage sie also, wie und wo ich ihren Vater erreichen kann.« Nora legte wieder eine ihrer berühmten Kunstpausen ein. »Und dann war es aus«, ließ sie die Katze aus dem Sack.

»Was war aus?«, fragte Caroline ratlos.

»Das Gespräch«, erklärte Nora.

»Weil Sie nach einer Kontaktnummer gefragt haben?«, wunderte sich Caroline.

»Als ich direkt nach Thomas Steiner fragte, wusste sie sofort, dass das mit dem Film eine Finte war. Er redet nicht mit der Presse, hat sie gesagt und aufgelegt. Der Herr hat was zu verbergen. Ganz sicher.«

»Was für eine merkwürdige Reaktion«, befand Caroline.

Doch Nora war noch nicht am Ende ihres Berichts. »Morgen bekomme ich Auskunft aus Frankfurt. Da war er zuletzt gemeldet.«

»Gut gemacht«, lobte Caroline. »Rufen Sie mich an, wenn Sie mehr haben.«

Steiners Biografie gewann Konturen. Er hatte Angehörige, eine sportliche und familiäre Vergangenheit. Neugierig tippte sie am Computer den Namen von Steiners Tochter ein: Alissa. Anders als der verschwiegene Vater hatte die junge Frau ihr halbes Leben online gestellt. Bei Facebook konnte man nachlesen, dass sie in Frankfurt geboren war, welche Schulen sie besucht und welche Studien sie abgebrochen hatte und dass sie jetzt Onlinekonzepte für Werbeagenturen entwickelte. Auf dem Profilfoto posierte sie als frischgebackene Braut samt Bräutigam. Ein Link führte weiter zu ihrem YouTube-Kanal. Jeder, der zufällig oder absichtsvoll vorbeisurfte, konnte hier Alissas private Erinnerungen per Video abrufen. *Brauttanz mit Vater* lautete ein Titel. Man sah, wie die junge Frau den sich sträubenden Thomas Steiner zum traditionellen Tanz auf die Tanzfläche zog. Mit gespielter Verzweiflung wandte Steiner sich an die Band: »Ich weiß nicht, was Sie spielen«, rief er den Musikanten zu. »Ich tanze jetzt Tango. Bei Walzer habe ich in der Tanzschule gefehlt.«

Augenscheinlich verstanden Vater und Tochter sich bestens. Caroline amüsierte sich über Steiners fröhliche Ausgelassenheit, seinen tänzerischen Übermut und seine unorthodoxe Weise, sich zu bewegen. Tango war das nicht. Eher Freestyle. Thomas Steiner beherrschte die gesamte Tanzfläche. Die übrigen Hochzeitsgäste bildeten einen Kreis um das tanzende Paar und klatschten. Steiner genoss das Zusammenspiel mit der Tochter, die großen Gesten und die Aufmerksamkeit der umstehenden Damen. Er war der Mittelpunkt der Veranstaltung, der Hahn im Korb, auf den sich alle Augen richteten. Das kannte sie schon. Von den Dienstagsfrauen. Caroline musste unwillkürlich lachen. Steiner umwehte dieser Hauch von Unnahbarkeit und Geheimnis. Und er war unkonventionell. Vielleicht machte ihn das so anziehend.

Caroline ging wieder zum Fenster. Das Feuer war niedergebrannt. Schemenhaft konnte sie erkennen, wie Eva sich umständlich von ihrem Platz erhob. War es der Fuß, den sie nicht richtig belasten konnte? War es der Rotwein? War es Absicht? Oder eine Mischung aus allem? Eva hatte eindeutig Schlagseite. Steiner blieb nichts anderes übrig, als den Arm um Eva zu legen, um zu verhindern, dass sie umkippte. Eva legte ihren Kopf auf seine Schulter. Und dann tat sie etwas, was Caroline ihr niemals zugetraut hätte. Sie schlang beide Arme um ihn und küsste ihn. Einfach so. Der Anblick traf Caroline wie ein Schlag.

47

Was nun? Auch am nächsten Morgen war der schale Geschmack nicht verschwunden. Bei ihrer morgendlichen Joggingrunde versuchte Caroline das Bild des küssenden Paares abzuschütteln. Vielleicht half die sportliche Betätigung, Platz für klare Gedanken zu schaffen. Im Radio wurden erste Einschätzungen abgegeben, welchen volkswirtschaftlichen Schaden Sturmtief Lukas angerichtet hatte. Versicherungsexperten kamen zu Wort, Vertreter der Rettungskräfte und am Ende Bruno Schwarzer, der als Bewohner der schwer getroffenen Gemeinde Birkow und größter Bauunternehmer in der Gegend seine Erfahrungen teilte: »Die gravierendsten Schäden sind beseitigt«, gab er bekannt, »Das Dorf ist bereit für die siebte Ausgabe des Birkower Bowlingturniers. Alles unter Kontrolle.«

So weit war Caroline noch lange nicht. Wie sollte sie nur mit Eva umgehen? Und damit, dass sie etwas beobachtet hatte, das nicht für ihre Augen bestimmt war. Seit dem Unfall in der Schule stand die vierfache Mutter neben sich. Caroline erkannte die Freundin nicht wieder. Vielleicht hatte eine Beinahe-Todeserfahrung, bei der mit einem Schlag eine Überdosis Adrenalin freigesetzt wurde, eine ähnliche Wirkung wie ein Blitzschlag, der das Gehirn neu sortierte. Musste sich Caroline zur Komplizin machen und

Evas Ausrutscher schweigend übergehen? Musste sie die Freundin zur Rede stellen? Als sie Richtung Fischerhütte einbog, bemerkte sie, dass sie nicht die Einzige war, die so früh am Morgen schon Probleme wälzte. Steiner war bereits auf den Beinen. Sein überlegenes ironisches Lächeln war einer gereizten Miene gewichen. Die Tür seines Wagens stand offen. Steiner lief aufgeregt mit dem Telefon am Ohr auf dem Parkplatz auf und ab.

»Sie hat vorgegeben, einen Dokumentarfilm über den alten Theo zu drehen?«, fragte er. Seine Stimme klang besorgt. Er telefonierte offenbar mit seiner Tochter, die es trotz der frühen Morgenstunde für notwendig erachtete, ihren Vater über Noras Anruf zu informieren.

»Seitz und Partner«, hörte Caroline ihn sagen. »Das war der Name der Kanzlei? Die Partner kenne ich nicht, aber Caroline Seitz.«

Nora hatte offenbar bei ihren Geheimrecherchen übersehen, dass die Nummer des Anwaltsbüros auf dem Display digitaler Telefone erschien und es ein Leichtes war, ihren Anruf zurückzuverfolgen. Caroline freute sich jetzt schon auf den Moment, wo sie sich Steiner gegenüber rechtfertigen musste.

Steiner nickte bedenklich. »Das hat etwas mit meinem aktuellen Auftrag zu tun.«

Caroline traute sich kaum zu atmen. Vielleicht würde sie hier den entscheidenden Hinweis bekommen.

»Caroline Seitz ist Strafverteidigerin«, tröstete Steiner seine Tochter. »Kluge Dame, leider sehr hartnäckig. Wenn ich nicht aufpasse, fliegt alles auf, bevor die Sache abgeschlossen ist.«

Welche Sache? Wovon sprach er? Leider wechselte er das Thema.

»Ich will für ein Stündchen im Naturpark vorbei. Und dann verschwinde ich. Ich habe alles zusammen, was ich brauche.«

Über Eva und den gestrigen Abend verlor er kein Wort. Steiner stieg in sein Auto und fuhr los. Er hatte es eilig.

Caroline zitterten die Knie. Sie mochte den Mann, mit dem sie am frühen Morgen Vögel beobachtet hatte, den Mann, der sie beim Werwolfspiel so intensiv ansehen konnte, dass ihr mehr als warm wurde, sie mochte seine Art zu tanzen. Und gleichzeitig nahm er Eva mit auf Ausflüge, turtelte mit ihr am Feuer und hatte eine geheime Mission.

Sie musste bei ihrer Besichtigung der Fischerhütte etwas übersehen haben, einen wichtigen Hinweis, den entscheidenden Hinweis. Sie hatte sich von Steiner hinters Licht führen lassen. Sie war so beeindruckt von seiner Vorwärtsverteidigung gewesen, dass sie nicht begriffen hatte, wie sehr er ihre improvisierte Durchsuchung in die Bahnen geleitet hatte, die ihm genehm waren. Zeit für einen zweiten Anlauf. Diesmal, da war sie sich sicher, würde sie etwas finden.

48

Gemeinsam mit Kiki machte Caroline sich auf den Weg zur Fischerhütte. Mit dem Zweitschlüssel und Greta. Kiki zog die kleine Tochter an einem Seil auf ihrem Bobby-Car hinter sich her. Im Anhänger transportierte Greta eine Quietscheente. Das kleine Mädchen freute sich, weil es so schnell ging.

Kiki war noch nicht ganz wach: »Und das noch vor dem Frühstück«, klagte sie.

Mittwochs gab es frisches Brot im Genossenschaftsladen. Estelle hatte sich bereit erklärt, auf ihrem morgendlichen Rundgang mit Oskar an der Tankstelle vorbeizugehen.

»Du stehst Schmiere«, wies Caroline die Freundin an. »Wer weiß, wie schnell Steiner zurückkommt.«

Den Fehler vom ersten Mal würde sie auf keinen Fall wiederholen.

»Wenn er kommt, dann pfeifst du einfach.«

Kiki zuckte mit den Achseln: »Pfeifen kann ich nicht. Ich hatte es nie wirklich nötig, jemandem hinterherzupfeifen.«

Greta drückte mit Inbrunst auf die Hupe ihres Bobby-Cars.

»Hupen geht auch«, beschied Caroline.

Kiki war froh. »Endlich einmal Geld richtig angelegt. Die neue Hupe habe ich erst letzte Woche auf einem Flohmarkt gekauft. Für 20 Cent.«

Vorsichtshalber sah Caroline sich noch einmal um, bevor sie zum zweiten Mal die Fischerhütte betrat. Steiner hatte seinen Abmarsch bereits vorbereitet. Seinen Laptop anzuschalten probierte Caroline erst gar nicht. Sie war sich sicher, dass Steiner über ein einbruchsicheres Passwort verfügte. Das wäre eine schöne Aufgabe für Frido jr. gewesen. Steiners Gepäck stand fix und fertig gepackt in einer Ecke. Erstaunlicherweise war der Lederkoffer nicht abgeschlossen. Das alte Bügelschloss schnappte problemlos auf. Steiners Hosen waren entlang der Bügelfalte perfekt symmetrisch zusammengelegt, die Hemden penibel gefaltet mit der Knopfleiste nach unten und fein säuberlich mit Seidenpapier umwickelt, die Hosengürtel sorgsam aufgerollt. Steiner konnte jeder Lebenskrise knitterfrei begegnen. Vorsichtig hob sie die Kleidung aus dem Koffer. Ganz unten fand Caroline eine Mappe. Eilig blätterte sie durch die Papiere. Steiners Weg der letzten Wochen ließ sich mühelos verfolgen: die gefahrenen Kilometer, seine Vorliebe für anonyme Hotels großer Ketten, Barzahlung und Restaurants mit gutbürgerlicher Küche. Dazwischen Eintrittskarten für Museen, Kinotickets, Voucher für Internetzugang und diverse Zeitungsartikel. Der erste beschäftigte sich mit einem Frankfurter Psychiater. Noch bevor sie weiter durch die Zeitungsausschnitte blättern konnte, ertönte Gretas Hupe. Mehrmals hintereinander. Im aufgeregten Stakkato. Caroline schrak zusammen. Die Kleidung. In den Koffer. Zurück. So schnell wie möglich. Sie musste feststellen, dass es eine eitle Hoffnung war, die Sachen jemals so ordentlich wie Steiner zusammenlegen zu können.

Von draußen tönte Kikis fröhliche Stimme: »Das war Probealarm«, rief sie. »Ich wollte sicher sein, dass du die Hupe wirklich hörst.« Kiki war zum Hobbydetektiv nicht geeignet. Genauso wenig wie sie selber.

49

Kiki sah sich hektisch um. Es lag ihr fern, jemandem hinterherzuspionieren. Leben lassen und schweigen, das war ihre Devise. Man musste nicht immer alles wissen. Das Wesentliche, das hatte sie immer festgestellt, passierte doch, und Gras wuchs keineswegs schneller, wenn man daran zog. Caroline erschien vor der Hütte. Offensichtlich hatte sie etwas gefunden.

»Sagen dir die Belege von Steiner was?«, fragte Caroline und drückte Kiki die Mappe in die Hand.

Schon bei der ersten Hotelrechnung stutzte Kiki: »In Hilden sitzt die Stiftung, die sich um die Lamas kümmert«, wusste Kiki. Misstrauisch blätterte sie weiter und begegnete weiteren Bekannten. »Und das Museum? Da waren wir doch letztes Jahr für die Ausstellung, die Estelles Stiftung finanziert hat.«

Die Einzige, die wirklich Auskunft geben konnte, war Estelle. Aber die war noch immer nicht von ihrer Morgenrunde zurück.

Kiki hatte noch etwas gefunden. Hinter dem Zeitungsartikel über den Psychiater hatte sich ein Artikel über Arthur Heinemann versteckt, der zur Finanzkrise interviewt wurde. *Wo ist unser Geld noch sicher?*, war der Artikel überschrieben.

»Kann es sein«, wunderte sich Kiki, »dass Steiner das Apothekenimperium im Visier hat?«

»Vielleicht interessiere ich mich für eine ihrer Freundinnen. Das hat er mal gesagt«, erinnerte sich Caroline.

Sie hielt inne. Knackten da Äste? Kamen Schritte näher?

Zum ersten Mal bereute Kiki, dass sie nicht auf Max gehört hatte, der ihr empfohlen hatte, sich für die vielen einsamen Nächte, die sie ohne ihn verbringen musste, einen Wachhund anzuschaffen. Kikis Antwort war immer dieselbe gewesen: »Ich will keinen Hund. Ich will dich.«

Jetzt bedauerte sie, keinen treuen Gefährten an ihrer Seite zu haben: Ein guter Wachhund war fähig, Freund und Feind zu unterscheiden, er war charakterfest, loyal, hatte Nerven wie Drahtseile und war bereit, sein Frauchen in jeder Lebenslage zu verteidigen. Kiki hatte keinen Hund. Sie hatte Elvis. Ihr egozentrischer Hahn verfügte über keine einzige dieser Eigenschaften. Und war dennoch der perfekte Wachhund. Mit heiserem Krakeelen verkündete er, dass Kiki sich nicht geirrt hatte. Da bewegte sich jemand auf die Fischerhütte zu. Kiki ging vorsichtshalber mit Greta in Deckung, Caroline hielt den Atem an. Hinter den Büschen erschien ein unerwarteter Besucher. Es war Eva. Aus ihrem erschrockenen Gesicht konnte man unschwer ablesen, wie unangenehm es ihr war, von ihren Freundinnen an der Fischerhütte ertappt zu werden.

»Deinem Fuß geht es besser?«, erkundigte sich Caroline in ironischem Tonfall.

»Verglichen mit meinem Kopf geht's dem großartig«, witzelte Eva.

»So richtig Kopfschmerzen inklusive Filmriss?«, erkundigte sich Kiki mitleidend. Niemandem war entgangen, dass Eva am Vorabend gehörig über die Stränge geschlagen hatte.

»Ich weiß, da war ein Feuer. Ich weiß, da war ein Werwolf. Und Rotwein …«, rekapitulierte Eva.

»Falls du eine Gedächtnisstütze brauchst: Ich habe dich gestern Abend mit Steiner gesehen«, unterbrach Caroline.

Evas Miene verdüsterte sich: »Spionierst du jetzt auch mir hinterher?«, fragte sie.

Caroline ging sie hart an: »Es geht mir nicht um Moral. Es geht mich nichts an, was du machst, aber der Mann spielt uns alle gegeneinander aus.«

Eva verdrehte die Augen: »Ich habe keine Angst vor ihm«, entgegnete sie. »Nicht genug jedenfalls.«

Der Ton zwischen den Freundinnen war rau. Kiki verstand nicht, worüber die beiden redeten. Seit sie Greta hatte, ging Kiki wesentlich zeitiger ins Bett als früher. Offensichtlich hatte sie die wichtigsten Ereignisse der Nacht verpasst.

»Worüber habt ihr gestern gesprochen? Hat er dich ausgefragt?«, erkundigte sich Caroline in einem Tonfall, der sonst ihren Auftritten im Gericht vorbehalten war.

»Wir haben den ganzen Abend nur über dich gesprochen«, ätzte Eva zurück. »Und jetzt bin ich gekommen, um ihm noch etwas über deine Exmänner zu erzählen. Wir können uns nichts Besseres vorstellen, als den ganzen Tag von dir zu schwärmen.«

»Vielleicht geht es gar nicht um mich. Vielleicht geht es um Estelle«, unterbrach Caroline.

Eva war überfordert. Mit allem, mit jedem, vor allem aber mit der Schärfe, mit der Caroline sie anging: »Wir haben uns unterhalten«, wehrte sie sich. »Einfach so.«

»Er fragt und du antwortest«, tippte Caroline.

Eva sagte lieber nichts mehr. Es half wenig.

Caroline hakte nach: »Was hast du ihm bloß alles erzählt?«, fuhr sie Eva an.

»Ich bin dir keine Rechenschaft schuldig«, meinte Eva trotzig.

Kiki hielt sich lieber raus. Sie hatte deutlich das Gefühl, dass ihr die wichtigsten Puzzleteile fehlten, um wirklich zu verstehen, was vor sich ging.

»Hat Steiner Fragen über Estelle gestellt?«, insistierte Caroline.

»Du hast sie ja nicht alle«, meinte Eva.

Ein entsetzliches Jaulen störte die Unterredung. Oskar stürmte durch den Garten, dicht gefolgt von Judith. Seine Leine hing noch um den Hals. Der arme Pudel hatte die Schnauze weit offen, hechelte und zitterte am ganzen Leib. Sein Fell war verdreckt und verschmutzt, voller Kletten und kleiner Äste, die Pfoten wund vom schnellen Laufen. Irgendetwas hatte ihn zu Tode erschreckt.

»Oskar ist alleine zurückgekommen«, informierte Judith die Freundinnen. Sie konnte ihre Sorge nicht verhehlen: »Habt ihr Estelle gesehen? Sie müsste längst von der Tankstelle zurück sein.«

Entsetztes Schweigen breitete sich aus. Und in die Stille plötzlich das Geständnis von Eva: »Herr Steiner hat sich immer wieder nach Estelle erkundigt«, gab sie kleinlaut zu. »Und nach den Geschäften, die sie macht.«

Caroline war wütend: »Wenn ihr was passiert ist, bist du schuld«, warf sie Eva an den Kopf.

50

Estelle war den Tränen nahe. Der Tag hatte so gut begonnen. Sie war von Sonnenstrahlen geweckt worden, hatte eine warme Dusche genommen und war in ihr bodenlanges Sommerkleid geschlüpft. Nach dem ganzen Wühlen und Graben in der Erde brauchte sie diesen Hauch von Luxus. Auch wenn sie nur zur Minol-Tankstelle wollte, um dort Brot zu holen. Auf hohen Schuhen stolzierte sie mit Oskar an ihrer Seite durchs Dorf, als wäre die Hauptstraße ein Pariser Laufsteg. Mit Estelle zog ein Hauch von Glamour in Birkow ein. 150 Meter vor der Minol-Tankstelle passierte es. Vorne nahm ihr ein Lieferwagen kurzfristig die Sicht. Hinten versperrte ein Wagen den Fluchtweg. Sie hatte das Unheil nicht kommen sehen. Und dann war es zu spät. Der Königspudel heulte herzzerreißend auf. Auge in Auge mit dem Feind verstand Estelle Oskars Panik: Bräsig, groß und dampfend versperrte ihnen ein Stier den Weg. Dahinter stapfte Nachbar Möller.

»Das ist der Luis, der tut nichts«, verkündete der knorrige Bauer voller Überzeugung.

Luis sah nicht so aus, als wäre er über seine Harmlosigkeit informiert. Estelle zog Oskar näher an sich heran und versuchte, ihn an dem Ungetüm vorbeizuzerren. Oskar bellte und wütete. Luis scharrte mit dem Vorderfuß, als wolle er jeden Moment ausholen. Der Stier war ein paar Wochen auf einer Weide am anderen Ende des Dorfes isoliert gehalten worden, um ihn so zu decktechnischen Höchstleistungen zu animieren. Der überkandidelte Großstadtpudel weckte das Schlechteste in dem testosterongesteuerten Tier. Geladen senkte Luis Kopf und Hörner und brüllte aus der Tiefe seines Rachens. Mit einem mächtigen Satz riss Oskar sich los und jagte in nackter Todesangst davon. Das war vor einer halben Stunde gewesen.

Seitdem irrte Estelle barfuß und kopflos auf der Suche nach ihrem Pudel durch das Dorf. Ihre Schuhe schlenkerten in ihrer Hand. Die Louboutins waren für ihre verzweifelte Suchaktion denkbar ungeeignet. Von allen Seiten bekam Estelle Tipps von freundlichen Dorfbewohnern, die Oskar mal hier, mal dort, mal gar nicht gesehen haben wollten. Eine Gruppe von Bowlingbrüdern aus Schwerin, die ersten Teilnehmer des Birkow-Cups, wollten beobachtet haben, dass Oskar auf dem Feld Rehe jagte. Estelle bezweifelte das. Oskar war ein echter Stadthund. Normalerweise war er lieber auf Asphalt als auf unbefestigten Wegen unterwegs und ließ sich von anderen Tieren jagen. Sie befürchtete eher, Oskar könnte sich über die Autobahn auf den Weg Richtung Köln gemacht haben. Rico, auf dem Weg zur Sandkrugschule, drückte Estelle sein Fahrrad in die Hand. Nicht einmal Leihgebühr wollte er dafür: »Geht aufs Haus«, versprach er großzügig.

Estelle knotete den Saum ihres langen Kleides hoch und schwang sich auf den Drahtesel. So gut das mit einem Kleid, das eher für gesellschaftliche Ereignisse im festlichen Rahmen geschaffen war, eben möglich war.

Energisch trat sie in die Pedale. Es ging ihr nicht schnell genug. Estelle fühlte sich wie aus der Zeit gefallen. Sie war der langsamste Verkehrsteilnehmer und der erfolgloseste noch dazu. Sie hatte kein Auge für die sanft gewellten Weiden, die schönen Alleen und die blühenden Rapsfelder rund um Birkow. Wenn sie nur Oskar fand. Ein paar Kilometer außerhalb des Dorfs klingelte ihr Telefon. Estelle wollte alles, und zwar gleichzeitig. Oskar suchen, das Telefon aus ihrer Tasche ziehen, telefonieren, lenken, treten. Multitasking mit Handicap. Das Fahrrad schlingerte, als Estelle das Telefon endlich ans Ohr bekam.

»Oskar ist vollkommen aufgelöst bei uns angekommen«, hörte sie eine besorgte Stimme. Es war Caroline. »Ist alles in Ordnung bei dir?«, fragte sie.

»Gott sei Dank«, stöhnte Estelle erleichtert auf. »Ich dachte schon, ich müsste für den Rest meines Urlaubs mit Oskar Verstecken spielen.«

»Wir waren gerade bei Steiner im Zimmer«, brach es übergangslos aus Caroline hervor. »Lauter Artikel über Arthurs Arbeit. Er scheint sich lebhaft für deine Aktivitäten zu interessieren … der hat dich im Visier.«

Eine plötzliche Vollbremsung setzte der Unterredung ein ebenso abruptes wie schmerzhaftes Ende. Estelle schoss nach vorne und knallte mit dem Bauch auf die Lenkstange. Das Telefon schleuderte aus ihrer Hand und landete mit einem Knall auf dem Asphalt. Sie brauchte einen Moment, bis sie begriff, dass der Knoten im Stoff sich unbemerkt gelöst hatte. Das viel zu lange Kleid hatte sich in der Kette verfangen und ihre Fahrt schlagartig abgebremst. Mit Müh und Not gelang es Estelle, die Balance wiederzuerlangen. Sie konnte gerade noch verhindern, dass sie fiel. Estelle zerrte und zeterte. Ihr Rucken und Reißen machte alles nur noch schlimmer. Der Stoff ihres Kleides saß in der Kette fest. Estelle verstand nichts von Fahrradketten. Sie fluchte.

Dieses dämliche Landleben. In Köln hätte sie tausend Passanten um Hilfe fragen können. Hier war niemand. Estelle legte nicht den geringsten Wert darauf, ihr Kleid auszuziehen und sich in Unterwäsche auf den kilometerweiten Heimweg zu machen. Sie hatte heute Morgen bereits einen brünftigen Stier erschreckt. Das reichte vollkommen für einen Tag.

Sie angelte nach ihrem Telefon, was nicht ohne Verrenkungen abging. Das Fahrrad zerrte sie hinter sich her, als wäre es die Kugel am Bein eines Gefangenen. Mit viel Mühe schaffte sie es, das Handy aufzuheben. Es war tot.

Das Geräusch eines näher kommenden Autos ließ sie neue Hoffnung schöpfen. Endlich. Rettung. Als der Wagen näher kam, war sie sich nicht so sicher, ob sie sich freuen sollte. Neben ihr bremste Steiner.

Neugierig kurbelte er das Fenster herunter und musterte sie kritisch: »Was machen Sie denn für Sachen?«

»Ich trainiere für den Ironman«, überspielte Estelle ihre Verunsicherung, die sie bei Steiners Anblick überfiel. »Wenn ich mit dem Radeln fertig bin, durchschwimme ich die tausend Seen.«

Steiner interessierte sich für ihre Aktivitäten? Wieso? Sie durfte sich nicht anmerken lassen, dass sie Bescheid wusste. Doch da war Steiner schon ausgestiegen und machte sich an Kette und Kleiderstoff zu schaffen. Bis auch er aufgab.

»Ziehen Sie einfach das Kleid aus«, meinte er. »Ich nehme Sie im Wagen mit.«

»Sonst noch was?«, entgegnete Estelle.

Sie wusste nicht, was ihr mehr Magengrimmen verursachte. Der rote Abdruck der Lenkstange auf ihrem Bauch, die Vorstellung, einem fremden Mann ihre unelegante Fett-weg-Unterwäsche zu präsentieren, oder Carolines Anruf. Sie suchte in den Taschen ihres Blazers nach etwas, was sie zur Verteidigung benutzen könnte. Sie fand nur Snacks für Oskar. Hundekekse in Knochenform waren vermutlich wenig geeignet, Steiner im Ernstfall abzulenken.

»Dann gibt es nur noch eine Möglichkeit«, befand Steiner und ließ die Heckklappe aufspringen. Als er sich umdrehte, blitzte in seiner Hand silbern ein Jagdmesser mit imposanter Klinge. Langsam kam er näher.

Estelle wurde es beim Anblick der Schneide ganz anders. Was, wenn Caroline recht hatte und Steiner nicht so harmlos war, wie er immer vorgab? Was, wenn er wirklich eine geheime Agenda hatte? Wenn er etwas Unseliges plante, hatte sie keine Chance. Wer ein Jagdmesser besaß, verfügte vielleicht auch über Klebeband und Fesseln.

»Ich eigne mich nicht als Geisel«, platzte es aus ihr heraus. »So jemanden wie mich wollen Sie nicht entführen. Ich rede ununterbrochen, habe einen miesen Humor und schnarche nachts.«

Steiner lachte auf. »Keine Sorge. Das haben wir gleich.«

Estelle fragte sich, was er damit meinte.

51

Kein Anrufbeantworter, kein Freizeichen, kein Nichts. Estelles Telefon war tot.

»Rico hat ihr ein Fahrrad geliehen, um Oskar zu suchen«, berichtete Kiki. »In der Minol-Tankstelle ist sie nie angekommen.«

Sie hatte halb Birkow durchtelefoniert. Eineinhalb Stunden waren vergangen, und noch immer gab es kein Lebenszeichen von Estelle, dafür jede Menge Anteilnahme. Erst der Sturm, jetzt eine Touristin, die spurlos verschwunden war. So viel Aufregung hatte das Dorf nicht mehr erlebt, seit sich 1846 drei aus ihrer Mitte mit Gewehr, Jagdeifer und Heldenmut aufmachten, in den dichten Wäldern einem marodierenden Wolf den Garaus zu machen. Auch Steiner, der es so eilig gehabt hatte, nach Hause zu fahren, blieb verschwunden.

»Oskar, wo ist Estelle? Komm, such«, probierte Judith den lädierten Pudel zu animieren.

Luxusmodell Oskar, schwer erschöpft von seinem unfreiwilligen Tête-à-Tête mit Stier Luis, hatte nicht das geringste Talent für eine Karriere als Suchhund. Mit eingezogenem Schwanz verkroch er sich in eine Ecke, entschlossen, die feindliche Welt da draußen nie wieder zu betreten.

Eva hoffte noch immer, dass sich alles aufklären würde:

»Ich wette, Estelle kommt jeden Moment reinspaziert und lacht uns aus, weil wir uns so aufgeregt haben.«

»Vielleicht ist sie zur Bank gefahren? Wegen der gesperrten Karten?«, gab Kiki zu bedenken.

»Mit dem Fahrrad? Niemals«, wandte Judith ein. »Die fährt höchstens mit der Limousine vor, um von vorneherein deutlich zu machen, dass die Sperrung der Karten nur ein Irrtum sein kann.«

Und dann passierte genau das, was Judith vorhergesagt hatte. Der Fall Steiner wurde zur Belastungsprobe für die Dienstagsfrauen.

Caroline ging Eva an: »Ich habe dir immer gesagt, dass Steiner nicht koscher ist. Aber du musstest ja unbedingt deine posttraumatische Midlife-Crisis ausleben.«

Eva wollte sich den Angriff nicht gefallen lassen: »Du bist ihm doch auch hinterhergedackelt. Vögel beobachten. Als ob dich so was interessiert.«

Caroline fiel ihr ins Wort: »Bei mir hatte das einen Grund.«

»Eifersucht?«, konterte Eva.

»Wenn Kiki ihre Buchhaltung richtig führen würde, wüssten wir mehr«, mischte Judith sich ein. »Aber sie hat ihn noch nicht mal einen Anmeldezettel ausfüllen lassen.«

»Jetzt bin ich es gewesen«, empörte sich Kiki. »Ich habe am allerwenigsten mit Steiner zu schaffen.«

Es ging jeder gegen jeden und alle durcheinander. Bis Judith dazwischenfunkte: »Vielleicht hat sie keine Lust mehr auf uns, weil hier dauernd Stress ist«, sagte sie in den heftigen Wortwechsel hinein.

Caroline überlegte: Es gab immer wieder Menschen, die einfach verschwinden. Aber Estelle? Niemals.

Kiki war ähnlicher Meinung: »Sie ist ohne Wechselklamotten und Antifaltencreme los. Lange Reisen kann sie nicht geplant haben.«

Judith blieb bei ihrer Einschätzung: »Ist doch wahr: Anstatt zusammenzuhalten, machen wir uns gegenseitig Vorwürfe.«

Das schrille Klingeln von Carolines Telefon ließ die Diskussion verstummen. Leider war es nicht Estelle. Der Anruf kam aus der Kanzlei. Caroline stellte ihr Telefon auf laut, sodass alle mithören konnten, was Nora über Steiner herausgefunden hatte.

»Er war im Finanzamt«, verkündete die Anwaltsgehilfin. »Klassische Karriere: erst Veranlagungsabteilung, dann Betriebsprüfungen, Bußgeldstelle, später die Fahndung. Zuletzt hat er eine Frankfurter Bank auseinandergenommen.«

»Finanzbeamter«, wiederholte Eva. »Das meinte er also mit Zahlenfetischist.«

Sie klang enttäuscht. Steiner war ein Mann der Zahlen, wie Frido. Caroline argwöhnte, dass Eva der Abenteurer ohne festen Wohnsitz besser gefallen hatte. Und doch machte es Sinn. Vielleicht war die Steuerfahndung hinter Arthur Heinemann her? Alle Indizien wiesen in diese Richtung: die Reiseroute von Steiner entlang der Projekte, in die die Stiftung investierte, die internen Probleme im Apothekenimperium, die gesperrten Karten, die Andeutungen über finanzielle Schwierigkeiten. Eins jedoch machte keinen Sinn.

»Steuerfahnder agieren grundsätzlich zu zweit«, gab Caroline zu bedenken. »Die haben immer einen Zeugen dabei.«

»Man hat ihn vor zwei Jahren rausgeschmissen. Fristlos gekündigt«, rief Nora dazwischen.

»Was hat er denn verbrochen?«, hakte Caroline nach. Sie wusste nur zu gut, dass bei Beamten ein Rausschmiss nur über ein Disziplinarverfahren erfolgen konnte.

»Niemand wollte mit der Sprache raus, aber ich habe eine Quelle gefunden«, sagte ihre Angestellte stolz. Sie legte eine ihrer berühmten Pausen ein, die den Freundinnen Raum ließ zu spekulieren, zu raten und mächtig genervt zu sein.

Caroline verlor die Nerven mit ihrer Mitarbeiterin: »Nora, wenn Sie jetzt nicht reden, droht Ihnen dasselbe Schicksal wie Steiner.«

Genüsslich spielte die junge Frau ihren Trumpf aus: »Ich habe das psychiatrische Gutachten, das zu seiner Entlassung geführt hat.«

»So etwas unterliegt der Schweigepflicht«, monierte Eva.

Nora hatte auch darauf eine Antwort parat: »Steiner hat sich bei seinen Recherchen in Frankfurt mächtige Feinde eingehandelt. Jemand hat das Gutachten der Bank zugespielt, die Steiner gerade durchleuchtete. Dort ist es intern zigmal weitergereicht worden. Es gab einfach zu viele, denen Steiner mit seiner akribischen Untersuchung auf die Nerven gegangen ist.«

Caroline zuckte innerlich zusammen. Steiner ein Fall für den Psychiater? Die Einzelheiten, die Nora aus dem Gutachten zitierte, klangen besorgniserregend. Da war von einer paranoiden, querulatorischen Anpassungsstörung die Rede, von krankhaftem Sozialneid, tief wurzelndem Hass auf Besserverdienende und aggressivem Verhalten. Er hatte die Bankkunden selbst dann noch erbittert gejagt, als die Untersuchung offiziell beendet war. Der Gutachter vermutete eine gehörige kriminelle Energie und erpresserische Absichten.

»Man nannte ihn den Kampfhund«, erzählte Nora. »Wenn

er sich in einen Fall verbissen hatte, konnte ihn nichts mehr davon abbringen, seine Opfer zu reißen.«

»Der Werwolf«, flüsterte Judith.

Erpressung? Gewalt? Hass und Neid? Caroline versuchte, die Informationen zu einem stimmigen Gesamtbild zusammenzusetzen, das sich mit den Erfahrungen, die sie alle mit Steiner gemacht hatten, in Einklang bringen ließ. War er hinter Estelle her, um zu überprüfen, wie viel da zu holen war?

Kiki hegte ähnliche Vermutungen: »Vielleicht führt er seinen eigenen, ganz privaten Krieg gegen das Unternehmen Heinemann?«

»Lebenslang dienstunfähig«, wiederholte Caroline den abschließenden Befund des Psychiaters. »Dafür muss man sich ordentlich was zuschulden kommen lassen.«

Eva war ob dieser Eröffnungen am Boden zerstört: »Ich dachte wirklich, er interessiert sich für mich«, gab sie kleinlaut zu.

»Wir müssen was tun«, befand Judith.

Eva griff nach ihrer Jacke. »Ich suche jetzt Estelle. Irgendwo muss sie ja sein.«

Sie war entschlossen, ihren Fehler wiedergutzumachen, als sie plötzlich etwas hörte. Jemand hatte die Haustür geöffnet. Aufgeregt liefen die Freundinnen in den Gang. Dann die Enttäuschung. Das war nicht Estelle. Es war Rico. Der Handwerker hatte eine exzentrische Zeitplanung und kam und ging zu den unmöglichsten Momenten. Estelle hatte er seit der Fahrradübergabe nicht mehr gesehen, dafür wedelte er mit einem Zettel.

»Ich habe hier die Schadensanalyse. Wenn jemand bei OBI vorbeifahren könnte, um ein paar Dinge zu besorgen …«

Weil keiner reagierte, drückte Rico Kiki die Kostenaufstellung einfach in die Hand. »Rufen Sie mich an, sobald Sie das Material haben«, sagte er. »Dann haben Sie in einem Tag ein dichtes Dach.«

Kiki steckte den Zettel achtlos weg. Estelle war verschwunden. Was bedeutete da schon ein leckes Dach?

52

»So funktioniert das nicht! Wenn ihr wie kopflose Hühner in alle Richtungen lauft, finden wir Estelle nie«, rief Caroline ihren Freundinnen hinterher. »Wir brauchen einen Plan.«

Sie hatten einen Plan. Jede einen anderen. Die Mischung aus Ärger, gegenseitigen Vorwürfen und Sorge verhinderte eine koordinierte Aktion. Judith folgte ihrer Intuition, Eva der asphaltierten Straße, Kiki lief in Richtung Minol-Tankstelle, um dort Freiwillige für die Suche zu rekrutieren.

»Eine auffällige Gestalt wie Estelle geht nicht so leicht verschütt«, war der allgemeine Tenor im Laden.

Das halbe Dorf suchte Estelle. Caroline probierte es mit einem anderen Ansatz. Sie suchte Steiner. Wo war er hingefahren? Wo konnten sich Estelles und Steiners Wege gekreuzt haben? Ratlos beugte sie sich über eine Karte des Müritz-Nationalparks. Auf über 300 Quadratkilometern beherbergte der flächenmäßig größte Naturpark Deutschlands 214 verschiedene Vogelarten. Vielleicht hätte sie besser zuhören müssen bei der ornithologischen Führung. Es gab so viele Beobachtungsposten und tausend Möglichkeiten, welchen Weg Steiner genommen haben könnte. Sicher war sie nur in einem: Es musste ein ganz besonderer Vogel sein, der ihn dazu verleitet hatte, seine Abreise aufzuschieben.

Caroline klickte sich durch die merkwürdige Welt der Vogelbeobachter, die ihre Sichtungen tagesaktuell in diversen Foren veröffentlichten. Da tauschten sich Gleichgesinnte über das Gesangsrepertoire von Amseln aus, suchten Reisepartner für ornithologische Wanderungen durch Peru und stritten über die Identifikation verschiedener Vogelarten, die sie auf verschwommenen Fotos festgehalten hatten. In einem Blog, der ausschließlich dem Vogelbestand im Müritz-Nationalpark gewidmet war, wurde sie fündig. »Wo ist die Brutstelle?«, lautete die Überschrift eines Beitrags im Forum. Darunter der Beitrag einer Vogelbegeisterten, die behauptete, einen Sperlingskauz vernommen zu haben. Die kleinste Eulenart, so las Caroline, stand auf der Liste der bedrohten Vögel und lief Gefahr, bald nur noch in Büchern vorhanden zu sein. Eine Sichtung im Nationalpark käme einer kleinen Sensation gleich. Der Sperlingskauz konnte hochfrequente Töne orten und war ein meisterhafter Jäger. Der Zwerg unter den Eulenvögeln war nur so groß wie ein Star, griff jedoch Vögel derselben Größe an. Sein tiefer, monotoner Ruf war über einen Kilometer weit hörbar und von verschiedenen Zeugen wahrgenommen worden. Es war eine Herausforderung der besonderen Art für jeden Ornithologen, die Rufe zu orten und den Nistplatz des seltenen Vogels zu finden.

Caroline beugte sich ein zweites Mal über die Karte, malte einen Kreis von circa einem Kilometer um all die Orte, an denen das Käuzchen wahrgenommen worden war, und schloss daraus, welche Straße Steiner genommen haben könnte. Ihre Kombinationsgabe ließ sie nicht im Stich. Zwanzig Minuten später entdeckte sie gute drei Kilometer hinter dem Ortsausgang Ricos Fahrrad. Im Straßengraben. In der Fahrradkette hing ein Fetzen Stoff von Estelles Kleid, der mit einem scharfen Gegenstand fein säuberlich abgetrennt worden war.

»Das ist kein gutes Zeichen«, sagte eine Stimme in ihrem Rücken. »Wer hat denn eine Schere in der Wildnis?«

Caroline fuhr herum. Die Stimme gehörte Judith, die kurz nach ihr am Fundort eingetroffen war. Im Wettlauf zwischen Intuition und Logik stand es eins zu eins. Judith war offensichtlich erleichtert, sich nicht alleine der unheimlichen Situation stellen zu müssen. Die Angst ließ sie den morgendlichen Streit vergessen.

»Vielleicht habe ich mich geirrt, und die Szene an der Wolfswiese war nur ein matter Vorbote von dem, was noch auf uns zukommt«, überlegte sie.

Judith hatte in einer Parkbucht ein Stück weiter das Auto von Steiner entdeckt. Ratlos sahen die Freundinnen sich um. Links führte ein Weg in den Wald, zu ihrer Rechten lag eine sumpfige Wiese, dahinter ein Schilfgürtel, der auf einen weiteren See schließen ließ. Am vermeintlichen Seerand lugte ein hölzerner Beobachtungsstand über dem dicken Schilf hervor. Waren Steiner und Estelle dorthin gegangen? Was erwartete sie, wenn sie dem Trampelpfad folgten? Judith traute sich nicht weiter. »Ich bin keine Heldin. Ich bin nicht so dumm wie diese Schnepfen aus den Horrorfilmen, die sich freiwillig mit Psychopathen anlegen.«

Sie ließ Caroline den Vortritt und folgte im sicheren Abstand von ein paar Metern. Im Wirrwarr der Schilfstängel suchten die beiden Frauen einen sicheren Pfad auf dem feuchten Untergrund. Bei jedem Schritt schmatzte der Boden genüsslich, als wolle er sie verschlingen. Caroline ruinierte gerade das zweite Paar Schuhe, Judith war schlauer gewesen und trug ihre Gummistiefel. Vorsichtig bogen sie mit den Händen das mannshohe Schilf auseinander. Eine

Ente, die im Gestrüpp nistete, flog panisch auf. Das arme Federvieh war genauso erschrocken wie die beiden Frauen. Der Weg war beschwerlich. Das Schilf schnitt den Freundinnen in die Hände, Mücken stachen in alle unbedeckten Körperteile, ihre Füße sackten bis an die Knöchel in den kühlen Morast. Caroline konnte nur hoffen, dass sie nicht auf dem besten Weg waren, im Moor zu versinken. Je weiter sie sich von der Straße entfernten, desto deutlicher schälte sich aus dem Geräusch des Windes, der mit dem Schilf spielte, der Klang zweier Stimmen heraus.

»Das sind sie, oder?«, fragte Judith panisch.

»Estelle«, rief Caroline, »bist du hier?«

Vorsichtig traten sie näher. Besonders bedrohlich wirkte die Situation nicht. Eher idyllisch. Steiner und Estelle saßen in trauter Zweisamkeit am Ufer und starrten gedankenverloren auf den See. Nur ein paar Meter weiter wäre ein Holzsteg gewesen, der Caroline und Judith trockenen Fußes Richtung Ufer geleitet hätte.

Estelle drehte sich um. »Manchmal ist es gut zu verschwinden«, sagte sie, als sie die Freundinnen entdeckte. »Man stellt fest, wer einem hinterherläuft.« Kein Lächeln kam über ihre Lippen. Die Situation war offenbar ernst.

Caroline blickte besorgt zwischen Steiner und Estelle hin und her. »Wir dachten, dir wäre etwas zugestoßen«, sagte sie.

»Ist mir auch«, nickte Estelle und beantwortete all ihre Fragen, noch bevor Caroline sie gestellt hatte: »Darf ich vorstellen. Thomas Steiner, freier Finanzfahnder.«

»Ich hatte keine Lust mehr, für einen mordenden Werwolf gehalten zu werden«, ergänzte Steiner freundlich.

»Sabine hat ihn engagiert«, erklärte Estelle. »Er soll meine finanziellen Aktivitäten untersuchen.«

Als ehemaliger Steuerfahnder, so hörten sie von Estelle, war Steiner Experte darin, Gelder aufzuspüren, die Menschen vor der Steuer, vor Angehörigen, Kompagnons, Gläubigern, Expartnern und Erben verstecken wollten. Erben wie Alexander Heinemann und seine Frau Sabine.

»Sie haben den Verdacht, dass ich über die Stiftungen systematisch das Vermögen aus der Firma ziehe.«

»Und? Tust du das?«, fragte Caroline sachlich.

»Natürlich tue ich das«, gab Estelle unumwunden zu. »Seit Jahrzehnten. Die Stiftung dient keinem anderen Zweck. Das ist der Sinn von Wohltätigkeit. Man teilt.«

Steiner erklärte: »Sabine und Alexander Heinemann haben den Eindruck, Estelle bereichert sich. Auf ihre Kosten.«

»Mit den eigenen Kindern klarzukommen, ist schon nicht einfach. Aber setze dich mal mit Stiefkindern auseinander, die glauben, du bringst ihr Erbe durch.« Estelle klang müde.

Caroline begriff, was das für Estelle bedeutete. Es ging nicht alleine um Kikis Projekt. Es ging ums große Ganze. Es würde schwer werden, jemanden wie Sabine den Sinn jeder Stiftungstätigkeit klarzumachen. Und sie verstand noch mehr. Steiner hatte soeben sein Schweigen gebrochen.

»Es ist sympathisch, was Sie hier tun«, gab er zu. »So ein Projekt verdient eine faire Chance.«

Kopfschüttelnd stand Estelle auf.

»Wo willst du hin?«, fragte Judith.

»Ich gehe beim Möller vorbei«, verkündete Estelle. »Wenn man sich in eine Herde wiederkäuender Kühe setzt, ist das wie Hypnose. Ich muss mich dringend beruhigen. Sonst erlebe ich den Tag nicht mehr, an dem Sabine hier aufschlägt.«

53

In der Sandkrugschule ging es drunter und drüber. Die blutdrucksenkende Wirkung von Kühen war wohl eher theoretischer Natur. Estelle haderte mit ihrer übereifrigen Schwiegertochter. Und mit Arthur.

Sie hatte alle Hebel in Bewegung gesetzt und ein halbes Tiroler Dorf rebellisch gemacht, bis sie ihren Mann endlich ans Telefon bekam. Der war durch die Bergluft und die Entfernung vom Büro tiefenentspannt.

»Überzeug du Sabine«, hatte er Estelle am Telefon mitgegeben. »Mir ist es nicht gelungen.«

Er vertrat die Meinung, dass man, wenn man abtrat, dies auch konsequent tun müsse. Und dann hatte er ausführlich über künftige Generationen doziert und den Raum, den man ihnen geben müsse, eigene Entscheidungen zu fällen.

»Vielleicht unterschätzen wir die Aufgaben, die auf die Kinder zukommen«, meinte Arthur. »Wer weiß, wie viel es kostet, das Imperium konkurrenzfähig zu halten.«

Estelle konnte es nicht fassen. In den Augen ihres Mannes waren sie Dinosaurier mit einer Anpassungsstörung, nicht mehr auf der Höhe der Zeit und in Bezug auf die Risiken der Zukunft genauso ahnungslos wie die prähistorischen Riesen.

»Sieh es als Chance«, hatte Arthur sie ermuntert. »Je

weniger Arbeit wir haben, umso mehr können wir unseren zweiten Frühling genießen.«

Estelle war noch immer aufgebracht. »Von wegen Frühling«, wetterte sie. »Arthur will den Herbst des Lebens einläuten.«

So weit war sie noch lange nicht.

»Ich sehe schon die nächste Scheidung auf uns zukommen«, schloss Caroline.

Estelle sah das ganz anders: »Arthur und ich haben immer zwei unabhängige Leben geführt« sagte sie. »Das ist das Geheimnis unserer Ehe. Der wird mich nicht los.«

Genauso wenig wie sie ihre Schwiegertochter loswürde.

»Sabine sucht einen Grund, die Stiftung aufzulösen«, beschwerte sie sich. »Sie tut alles, um zu beweisen, dass die angelegten Spenden verlorenes Kapital sind.«

»Du musst sie als Freundin gewinnen«, schlug Judith vor. »Mit negativer Energie erreichst du nichts.«

Estelle verzog das Gesicht, als hätte sie soeben in eine Zitrone gebissen.

»Du brauchst eine Taktik«, unterbrach Caroline.

»Ich brauche Verfügungsgewalt«, hielt Estelle dagegen. »Die Menschen in unseren geförderten Projekten verlassen sich auf mich. Kiki verlässt sich darauf.«

Kiki machte ein betretenes Gesicht. In der Aufregung um Estelles Verschwinden war vollkommen untergegangen, dass sie immer noch einen akuten Dachschaden hatten. Sie drehte den Zettel mit Ricos Kostenvoranschlag unentschlossen in der Hand. Vielleicht konnte sie die Stunde der Wahrheit noch ein wenig herauszögern.

»Die Höhe der Summe ist sowieso egal«, versuchte Kiki einen Witz. »Es spielt keine Rolle, wie viel Geld ich nicht habe.«

Sie konnte nur hoffen, dass Sabine und Estelle sich irgendwie näherkamen.

»Vielleicht fällt dir noch was anderes ein, als ihr den Hals umzudrehen?«, ermunterte Kiki Estelle. Es ging ihr nicht um ihre eigenen Belange. Sie konnte prima weiterimprovisieren. Sie wollte den Gedanken, die Kölner Kinder zu empfangen, nicht aufgeben.

»Was soll ich sonst tun?«, fragte Estelle. »Aussitzen kommt nicht infrage. Das gewinnt Sabine. Die ist halb so alt wie ich.«

Judith versuchte, etwas Aufmunterndes beizusteuern: »Wer weiß, vielleicht entsteht etwas Gutes aus dieser Situation. Manchmal muss man einen Umweg gehen, um zum Ziel zu kommen. Dreimal links ist auch rechts.«

»Ich will nicht um die Ecke gebracht werden«, wütete Estelle weiter. »Von niemandem. Weder links noch rechts.«

Judith begriff, dass hier keine relativierenden Worte gefragt waren. Vielleicht konnte sie besser mit den Freundinnen reden, wenn die Dampf abgelassen hatten. Dass Kiki zu ihrem Dienst in die Tankstelle musste, gab ihr einen willkommenen Vorwand zu flüchten.

»Ich nehme dir die Schicht ab«, erklärte sie Kiki in einem Ton, der keinen Widerspruch zuließ. »Du hast hier genug zu tun.«

54

In der Minol-Tankstelle herrschte reges Treiben. Kiki hatte ganze Arbeit geleistet und das halbe Dorf aufgescheucht. Die Gerüchteküche brodelte. Die Damen aus der Stadt beflügelten die Fantasie der Birkower. Von einem entführten Rassehund war die Rede, von Erpressung und kriminellen Machenschaften. Judiths Kommen wurde begeistert aufgenommen. Alle wollten en détail hören, wie Judith es durch reine Intuition geschafft hatte, das Fahrrad zu finden. Der Fall Estelle brachte die neuen und alten Bewohner von Birkow näher zusammen. Niemand gab zu, dass es pure Sensationsgier war, die sie in die Tankstelle führte. Also kauften selbst die Altbirkower im Genossenschaftsladen ein oder genehmigten sich ein Getränk. Selbst Peggy war vor Ort. Vorgeblich, um sich zu erkundigen, ob sie in der Tankstelle nicht auch den Eierlikör anbieten könnte, für den ihre Familie bekannt war. Angesetzt mit Kondensmilch und Prima-Sprit, dem Original 96prozentigen unvergällten Neutralalkohol aus dem Erzgebirge.

»Mein Eierlikör«, so versprach sie, »schmeckt noch genau wie zu DDR-Zeiten.«

Und weil sie schon mal da war, bestellte sie einen Kaffee und animierte so ganz nebenbei die Dorfbewohner dazu, sich von Judith die Karten legen zu lassen. Die Wahrsagerei am Kaffeehaustisch boomte.

Die alte Frau Möller vom Bauernhof neben der Sandkrugschule, die die Ausstrahlung einer eingetrockneten Quitte hatte, bestand darauf, als Erste dranzukommen. Sie hatte ebenfalls einen Vermisstenfall zu beklagen: »Mein Mann ist verschwunden«, sagte sie mit vorwurfsvoller Stimme.

Judith begriff nicht: »Ich habe ihn eben noch auf dem Hof gesehen, als ich hierherkam.«

Frau Möller klagte weiter: »Den mürrischen Alten meine ich nicht. Ich will wissen, wo der Junge hin ist, der versprochen hat, immer für mich da zu sein.«

Judith legte die Karten. Die Antwort war klar: »Der ist auf die Suche nach dem fröhlichen Mädchen mit den Zöpfen gegangen, das mit ihm vor dem Traualtar stand.«

Selbstbewusst zeigte Judith, wie weit die Karten, die für Mann und Frau standen, in dem Legemuster voneinander getrennt waren. Darüber hinaus hatte Judith keine Ahnung, was das Blatt zu bedeuten hatte. Sie schaffte es einfach nicht, sich alle Kombinationen und Möglichkeiten zu merken.

»Ihr Mann wartet auf ein Zeichen von Ihnen«, versuchte Judith eine allgemeingültige Interpretation und tippte erst die Karte »N°15. Guter Ausgang in der Liebe« und dann auf »N°17. Geschenk bekom̄en«.

Sechs Personen standen um sie herum und beobachteten mit kritischen Augen, was sie trieb. Judith geriet ins Schwitzen. Dabei war es ganz einfach. Ihre Klienten einte die Hoffnung auf zukünftiges Glück und bessere Zeiten. Wer war sie, den Menschen ihre Träume zu nehmen und sie mit schlechten Nachrichten zu belasten? Ganz im Sinne von sich selbst erfüllenden Prophezeiungen konnte man das Schicksal zwingen, sich freundlich zu zeigen.

Fragen stellen, sagte Judith sich vor. Einfach Fragen stellen, um nach zusätzlichen Informationen zu fischen.

»Erinnern Sie sich noch an Ihr erstes Treffen?«, hob sie an. »Ihr Mann hat Ihnen etwas mitgebracht …«

»Er war pleite«, erinnerte sich die Bäuerin. »Also habe ich ihn eingeladen. Auf ein Eis.«

Judith überspielte den Fehler: »Sehen Sie, das meinte er mit Geschenk. Ihre Anwesenheit.« Mühsam hangelte sie sich weiter. »Er vermisst Sie, genau wie Sie ihn.«

Frau Möller starrte sie ungläubig an.

Judith entschied sich für eine klare Anweisung. »Sie müssen einen Schritt auf ihn zu machen. Wie damals mit dem Eis. Dann kommt alles in Ordnung.«

Judiths Märchenstunde beeindruckte die Bäuerin. Wie bei Peggy hatte Judith ein Gespür dafür, was Frau Möller hören wollte, um an das eigene Lebensglück glauben zu können und sich zu trauen, etwas im Leben zu verändern. Statt für ihre hellseherischen Dienste ein Honorar zu nehmen, hatte Judith eine Spendenbüchse aufgestellt. Der Umsatz war nicht für sie gedacht, sondern für Kikis Projekt. Anders als Kiki, die standhaft an einen guten Ausgang glaubte, befürchtete Judith, dass das Apothekenimperium sich vollständig aus jeder gemeinnützigen Arbeit zurückziehen würde. Es sei denn, die Freundinnen fanden eine überzeugende Taktik.

Die Dorfbewohner hatten keine Ahnung, wofür sie spenden sollten. Kiki war so beschäftigt mit dem Umbau gewesen, dass sie bislang nicht dazu gekommen war, in die dorfinterne PR zu investieren. »Wenn ich fertig bin«, klang Kikis Mantra Judith in den Ohren. Aber »fertig« gab es nicht. Nicht in Kikis Leben. Vor allem nicht in Kikis Leben.

Judith übernahm in der Tankstelle die Rolle der Sprecherin des Projektes. Zum ersten Mal erfuhren die Altbirkower, dass das Bed & Breakfast weit mehr als eine Frühstückspension werden sollte. Aufmerksam hörten sie zu, als Judith von der Initiative »Sommertag für alle« erzählte und von dem Plan, die Sandkrugschule wieder zu dem zu machen, was sie einstmals war: ein lebendiges Dorfzentrum.

»Warum kommen Sie nicht und sehen sich das Ganze einmal an?«, forderte Judith ihre Zuhörer auf.

Die Reaktionen der Altbirkower fielen mehr als zurückhaltend aus. Man hatte hier zu viele Westler mit großspurigen Ideen kommen und vor allem gehen sehen. Wer wusste schon, wie lange der Genossenschaftsladen sich hielt? Wer wusste, wie lange die neuen Eigentümer der Schule durchhielten? So jung, wie die waren. In dem gut informierten Dorf war niemanden entgangen, dass Kiki Rico statt Bruno Schwarzer engagiert hatte. Das war ein deutliches Zeichen, dass die Finanzen nicht zum Besten standen. Man wollte in niemanden emotional investieren, der kurz vor der Pleite stand.

Statt einer Zusage drückte Peggy Judith einen Zettel in die Hand. »Vielleicht ist das was für Sie.«

Es war ein Anmeldeformular für den Birkow-Cup. Judith verdrehte die Augen. Bowlen. Du meine Güte.

»Wir haben noch Platz für eine Mannschaft«, bekräftigte Peggy.

Judith verstand die Botschaft. Erst wenn man sich aktiv an den althergebrachten Dorfaktivitäten beteiligte, hatte man eine Chance, als Neueinwohner gesehen und gehört zu werden.

»Zu gewinnen gibt es auch etwas«, versprach Peggy.

Judith drehte den Zettel um. Auf der Rückseite waren Sponsoren und gestiftete Preise aufgelistet. Sie strahlte, als sie den Hauptgewinn sah.

55

Caroline zögerte. Sollte sie? Sollte sie nicht? Sie war auf dem Weg zum Fischerhäuschen, um mit Steiner zu reden. Oder auch nicht. Gretas Plastikente, die bei der Hütte zurückgeblieben war, nahm ihr die Entscheidung ab. Mit einem viel zu lauten Quietschton wehrte sie sich dagegen, von Caroline totgetrampelt zu werden, und bewies gleichzeitig, dass manches Kinderspielzeug die Lautstärke von Alarmanlagen überstieg. Verlegen winkte sie Steiner zu, der seinen Koffer über die Veranda in Richtung Auto zog. Überrascht war er nicht. Im Gegenteil. Er hatte sogar ein Abschiedsgeschenk für sie.

»Das habe ich heute Morgen im Informationszentrum vom Nationalpark erworben«, sagte er. »Extra für Sie.«

Verblüfft sah Caroline auf die Broschüre über den Vogelbestand der Gegend. Auf der letzten Seite lag eine CD mit Vogelstimmen bei.

»Versuchen Sie es weiter. Zuhören ist eine Tugend, die unterschätzt wird«, gab Steiner ihr mit auf den Weg.

Caroline verstand genau, worauf er anspielte. Nach Estelles Bericht hatte sie Satz für Satz Revue passieren lassen, was Steiner ihr erzählt hatte. Sie musste zugeben, dass er auf alle Fragen zwar nicht vollständig, aber immer wahrheitsgemäß geantwortet hatte. Sie war verblendet genug gewesen, keine seiner Antworten ernst zu nehmen. Sie war so in ihren eigenen Vorurteilen und Ängsten gefangen gewesen, dass sie nicht in der Lage war wahrzunehmen, was wirklich um sie herum vorging. Vielleicht konnte Judith sich auf ihr Bauchgefühl verlassen, Carolines Intuition hatte sich als Totalversager erwiesen. Eine Frage blieb: »Das mit Ihrem Job im Finanzministerium, stimmte das?«

Steiner hielt inne: »Sie haben den psychiatrischen Bericht im Netz gefunden?«

Caroline nickte.

»Ich habe ein bisschen zu viel, zu genau und zu oft bei einer Frankfurter Bank nachgefragt«, gestand Steiner. »Der Vorstandsvorsitzende hatte gute Beziehungen ins Ministerium.«

Sein Bericht deckte sich mit dem, was Caroline von Nora erfahren hatte.

»Mein Verfahren gegen die Kündigung läuft noch. Drei meiner Kollegen haben ihre Prozesse gegen die psychiatrischen Gefälligkeitsgutachten bereits gewonnen.«

Caroline hatte keinen Grund, am Wahrheitsgehalt seiner Aussage zu zweifeln. »Es tut mir leid«, gab Caroline kleinlaut zu.

»Ist schon okay«, meinte Steiner. »Solange Sie versprechen, das nächste Mal meine Hemden ordentlicher zusammenzulegen.«

Caroline lächelte schief. »Was haben Sie hier so lange gemacht? Angeln? Ausflüge? Das ergibt doch keinen Sinn.«

»Ich habe vierundvierzig Institutionen und Projekte besucht, in die die Apothekenkette in den letzten Jahren investiert hat. Da hat man ein bisschen Ruhe verdient. Vor allem, wenn man noch nicht weiß, wohin einen der nächste

Auftrag führt. Seit der Geschichte in Frankfurt verzichte ich auf einen festen Wohnsitz.«

In Carolines Kopf kreisten tausend Fragen, die sie gerne gestellt hätte: Was war mit Eva, dem Kuss …

»… und den Rest«, ergänzte Steiner, der genau zu ahnen schien, was in ihrem Kopf vorging, »fragen Sie am besten Ihre Freundin. Die kann Ihnen manches genauer erklären.«

Caroline schluckte: »Könnten Sie, wenn Sie mich schon durchschauen, nicht ein wenig Mitleid mit mir haben?«

Steiner reagierte überraschend freundlich: »Wenn ich mich wieder mal streiten will, darf ich Sie anrufen?«, fragte er. »Ich glaube, wir haben mehr gemein, als Sie denken.«

Das war das Netteste, was Steiner ihr in all den Tagen gesagt hatte. Und vielleicht hätte Caroline ebenso freundlich geantwortet, wenn nicht ausgerechnet in diesem Moment ihr Telefon geklingelt hätte. Sie brauchte gar nicht nachzusehen. Es war ihr anonymer Verfolger. Und sofort war da wieder das Gefühl des Ausgeliefertseins. Sie war auf der Suche nach ihrem Stalker wieder bei null angekommen.

Caroline nahm das Gespräch an, griff die Quietscheente, hielt sie an das Mikrofon und drückte sie mit aller Macht zusammen. Wenigstens flogen ihrem Anrufer jetzt die Ohren weg. »Auch Paranoiker können Feinde haben«, entschuldigte sie sich.

»Wenn Sie mich fragen, ich empfehle einen Aufenthalt in Hilden. Eine Woche mit einer Herde Therapie-Lamas bringt einen auf den Boden der Tatsachen zurück«, sagte Steiner, nahm seinen Koffer und rollte aus ihrem Leben. Es tat Caroline leid. Sie hatte die Chance, ihn wirklich kennenzulernen, verpasst.

Sie wandte sich zum Gehen und bemerkte, dass Eva aus einem sicheren Versteck Steiners Abgang verfolgte. Anders als Caroline flüchtete sie vor einem letzten Zusammentreffen.

»Wir sehen uns«, rief Steiner und winkte, ohne sich noch einmal umzudrehen.

56

Eva widmete sich der Gartenarbeit. Als ob sie damit die Nacht vergessen machen könnte. Die Schmerzen im Knöchel waren nichts gegen die im Kopf, wo ein Nilpferd lebte, das sich von Rotwein ernährte und alles kurz und klein trampelte.

»Schön, dass du wieder auf den Beinen bist«, sagte Caroline.

Eva wusste nicht, was die Freundin von ihr wollte. Zur Sicherheit arbeitete sie stur weiter. Sie drückte mit den Händen eine Kuhle in die mühevoll aufgelockerte Erde und setzte fein säuberlich eine Salatpflanze hinein. Nicht zu tief, sonst schimmelten die unteren Blätter ab. Hinter ihr zog sich bereits eine lange schnurgerade Reihe. Die einfache Tätigkeit, die simplen Regeln folgte, gefiel ihr. Gartenarbeit suggerierte, dass man das Leben unter Kontrolle hatte.

»Ich hätte dich nicht so angehen dürfen«, gab Caroline schuldbewusst zu.

»Geht schon wieder«, antwortete Eva. »Ich habe in meiner Handtasche einen Schokoriegel gefunden. Das tröstet.«

»Bist du sauer auf mich?«, fragte Caroline.

»Ja und nein«, gab Eva zu. »Vielleicht ein bisschen mehr ja als nein.«

»Wenn ihr irgendetwas passiert ist, bist du schuld.« Der Satz schwirrte noch immer in der Luft und vergiftete das Klima. Seit ihrer Auseinandersetzung hatten Eva und Caroline kein vernünftiges Wort mehr miteinander gewechselt.

»Du hattest recht«, gestand Eva. »Ich habe etwas ganz Dummes getan.«

Ihre Gedanken kehrten zum Lagerfeuer zurück. Der Abend mit Steiner war großartig gewesen. Nicht heute. Aber gestern. Nüchtern betrachtet war es besser, ein bisschen beschwipst zu sein und über nichts nachzudenken.

Eva blickte zu Estelle, die im Hintergrund mit Gretas Unterstützung versuchte, Oskar wieder das Antlitz eines Rassehunds mit eindrucksvollem Stammbaum zu verleihen. Mit großem Ernst half Greta dabei, Oskar einzuseifen, zu waschen, zu fönen und zu kämmen. Der Pudel hielt still. Selbst Hunde hatten einen Wunsch nach Normalität.

»Ich habe mitbekommen, was zwischen dir und Steiner lief«, gab Caroline zu. »Den Anfang davon.«

»Den Anfang vom Ende«, platzte Eva heraus.

»Mich brauchst du nicht anzulügen«, meinte Caroline. »Wir bauen alle Mist.«

»Es ist nichts passiert mit Thomas Steiner«, gab Eva unumwunden zu.

Sie widmete sich dem Salat und spürte doch, dass Carolines Blick fragend auf ihr ruhte.

»Es ist nichts passiert«, wiederholte Eva. »Aber an mir hat es nicht gelegen. Ich hatte Frido an dem Tag schon dutzendfach im Kopf betrogen.«

»Und Steiner?«, fragte Caroline nach.

»Überfordert«, sagte Eva. »Von selber wäre der nie auf die Idee gekommen, dass wir etwas anderes als eine freundschaftliche Verbindung haben.«

Caroline verzog schmerzhaft das Gesicht: »Au.«

»Du hättest ihn sehen sollen. Die Panik in seinen Augen. Das war das Peinlichste, was ich je im Leben getan habe.«

»Bei der Menge Rotwein, die du getrunken hast, bekommst du mildernde Umstände«, meinte Caroline.

Eva sah das anders: »Ich glaube, ich verdiene die Höchststrafe.«

Sie hatte Steiner nicht geküsst, weil sie so viel getrunken hatte. Sie hatte so viel getrunken, weil sie ihn küssen wollte.

»Man muss nicht alles glauben, was man denkt«, wandte Caroline ein. »Verbrechen, die man im Kopf begeht, zählen vor Gericht nicht. Es war ein Kuss, Eva. Das gilt als minderschwerer Fall.«

»Das war ja noch gar nicht die größte Dummheit«, gab Eva zu.

»Du hast ihn im Negligé überfallen«, mischte sich Estelle ein. Sie hatte einen untrüglichen Sinn dafür, wenn irgendwo interessante Neuigkeiten ausgetauscht wurden. Auch Kiki war näher gekommen.

Eva schluckte schwer. Es hatte keinen Sinn, etwas vor den Freundinnen geheim zu halten. Früher oder später kam alles raus.

Caroline tauschte einen Blick mit Eva. Sie nickte. Es würde sich ohnehin rumsprechen.

»Eva hat fremdgeküsst«, erklärte Caroline den Tatbestand.

»Nur ein einziges Mal«, gab Eva zu, bevor die Freundinnen überhaupt einen Kommentar abgeben konnten. »Leider.«

Die Verliebtheit hatte ihr gefallen, das Gefühl, aus Zeit und Raum zu fallen.

Kiki lachte laut auf: »So was passiert normalerweise nur mir.«

In Kikis Vergangenheit war Monogamie ein durchaus dehnbarer Begriff gewesen. Moralische Vergehen, die man aus Lust, Liebe und Laune beging, konnten sie nicht erschrecken.

»Das ist nicht komisch«, mahnte Eva. Die Freundinnen ahnten nicht, dass das nicht die ganze Geschichte war.

Estelle hatte ihre eigene Sicht auf die Dinge: »Zum Ehebruch empfehle ich immer Hummer. Hummer sind monogam. Da kann man sich getrost eine Scheibe von abschneiden.«

Caroline hakte noch einmal nach. »Wenn es der Kuss nicht ist, was ist dann das riesengroße Problem?«

»Ich habe Frido angerufen und ihm alles erzählt«, gestand Eva.

Das verschlug Caroline erst einmal die Sprache.

Auch Kiki schüttelte nur noch den Kopf: »So was hält man geheim. Das ist der Sinn einer Affäre. Niemand soll es wissen.«

Estelle verzog das Gesicht: »Alles, was im Leben passiert, hat einen Grund. Manchmal ist der Grund, dass du blöd bist und falsche Entscheidungen fällst.«

»Ich kann Frido nicht anlügen. Das geht nicht. Das bin ich nicht. Ich bin für Heimlichkeiten nicht geboren.«

Zu sehr hatte sie erschreckt, dass all diese Gedanken überhaupt aufgekommen waren. Sie nahm es als Zeichen, dass in ihrer Ehe etwas fehlte.

»Und was hat Frido gesagt?«

Eva zuckte die Schultern: »Das weiß ich nicht. Er hat einfach aufgelegt.«

»Du meine Güte«, sagte Caroline. Sie nahm Eva in den Arm.

»Wird in den Wechseljahren das Gehirn auch noch einmal umgebaut?«, fragte Eva. »Ich fühle mich wie ein verwirrter Teenager.«

Eigentlich war sie ein bisschen wie Greta. Greta konnte sich stundenlang damit beschäftigen, aus Bauklötzen einen Turm zu bauen, und dann riss sie selber alles wieder ein. Anders als Greta fand Eva wenig Komisches daran, ihre mühsam aufgebaute Welt einstürzen zu sehen.

»Ich hatte vergessen, dass es Abenteuer nicht ohne Nebenwirkungen gibt«, klagte Eva.

»Das mit der perfekten Balance im Leben ist eine Illusion«, tröstete Caroline die Freundin: »Leben ist nicht wie Fahrrad fahren. Man lernt es einmal und danach ist es ein Kinderspiel. Ich probiere auch jeden Tag aufs Neue, nicht zur Seite zu kippen.«

Eva schluckte schwer: »Ich fühle mich, als wäre ich komplett unter die Räder gekommen.«

Estelle hatte einen guten Tipp: »Aufstehen, Krone richten und weiter.«

57

Estelle schuftete im Garten. Wie eine Wahnsinnige wühlte sie in der Erde. Noch 48 Stunden bis zu Sabines Ankunft. Noch 48 Stunden Zeit, um zu spekulieren, wie das Duell ausging. Noch 48 Stunden, um sich mit körperlicher Arbeit von dem aufziehenden Gewitter abzulenken. Nebenbei lernte sie alles über die Pflanzabstände von Radieschen, Standortbedingungen von Kohlrabi und dass man Zwiebeln besser nicht neben Stangenbohnen in die Erde setzt. In ihren kühnsten Albträumen funktionierte Estelle bereits den edlen englischen Rasen, der ihre Kölner Villa umgab, zu einem Nutzgarten um, weil Sabine verkündete, das Unternehmen werfe keinen Gewinn mehr ab.

»Es ist gut, wenn ich mir rechtzeitig eine Hornhaut zulege«, verkündete sie. »Wer weiß, was mich zu Hause erwartet.«

Nach einem halben Tag in Plastikhandschuhen waren Estelles sorgsam gepflegte Hände Sabines erstes Opfer. Beim Anblick der schrumpeligen Finger wurde ihr ganz anders: »Meine Hände sehen aus, als gehörten sie einer Wasserleiche«, beschwerte sie sich.

Der Dreck hatte sich in jeder einzelnen Pore festgesetzt. Trotzdem war sie entschlossen weiterzumachen. Es war eine eigentümliche Genugtuung, sich die Erde untertan zu machen.

»Vielleicht kann ich meine Freunde bald damit beeindrucken, dass ich den größten Kürbis ziehe«, meinte Estelle. »Falls ich noch Freunde habe, wenn ich zurückkomme.«

»Auf Freunde, die nur auf dein Geld schielen, kannst du getrost verzichten«, sprach Caroline Estelle gut zu.

»Du vielleicht. Aber ich? Ich bin eitel. Ich mag es, wenn Leute höflich zu mir sind.«

Kiki tat das, was in dieser Situation angebracht war. Sie nahm Estelle in den Arm. Die war davon so gerührt, dass ihr die Tränen kamen. »Ich weiß nicht, ob ich mich in arm aushalte.«

»Du kannst jederzeit anrufen, wenn du Ratschläge brauchst«, meinte Kiki. »Was ist schon dran am Geld? Schweine fressen es nicht einmal.«

»Und die Rechnung von Rico?«, fragte Caroline nach.

»1.367,20 Euro«, seufzte Kiki. Nachdem die Lage an der Steiner-Front ruhig geworden war, hatte sie sich offenbar erlaubt, einen Blick auf die Kalkulation zu werfen.

Es gab Dinge, die waren mit Muskelkraft und gutem Willen nicht zu bewerkstelligen. Da half nur eins: Geld!

»Es ist zum Verzweifeln«, sagte Kiki. »Immer wenn ich glaube, ich bin angekommen, geht irgendetwas schief.« Sie hatte den halben Nachmittag herumtelefoniert. Mit der Bank, mit Max, mit einem Pfandleiher. Sie hatte sogar erwogen, ihren Schwiegervater anzurufen. Aber nur ganz kurz.

»1.367,20 Euro«, wiederholte Kiki. »Das kann doch so schwer nicht sein, so eine Summe aufzutreiben.«

»Wir machen einen Ausflug«, schlug Judith vor, die beschwingt von der Minol-Tankstelle zurückkam. In allerbester Laune.

»Mir ist nicht nach Ausflug«, winkte Estelle ab. »Ich leide noch unter der letzten Radtour.«

Mit Schwielen und Schrammen an den Händen und Muskelkater in den Beinen mochte Estelle nicht daran denken, sich noch irgendwohin zu bewegen. Das beständige Bücken und Beugen hatte ihrem Rücken schwer zugesetzt.

»Den ganzen Tag habe ich das Gefühl, dass in meinem Körper ein Wettrennen zwischen Bandscheibenvorfall und Muskelfaserriss tobt.«

Kiki stöhnte auf. »Stand das in den Karten: Befinden Sie sich in einer persönlichen Finanzkrise? Dann machen Sie am besten einen Ausflug.«

»Ich habe uns zum Bowlingturnier angemeldet«, verkündete Judith ihren genialen Einfall.

»Ich bekomme nicht einmal beim Golf einen Ball dorthin, wo er hinsoll«, wandte Estelle ein.

»Bowling ist viel einfacher«, erklärte Judith. »Die Bälle sind größer und du bekommst schon Punkte, wenn du so ungefähr triffst.«

Die Freundinnen schienen wenig begeistert. Aber Judith hatte einen Joker in der Hinterhand: »Hatte ich bereits erwähnt, dass OBI der Hauptsponsor des Turniers ist?«, fragte sie.

»Keine von uns kann bowlen. Wie sollen wir da was gewinnen?«, wandte Caroline ein.

Kiki blies ins selbe Horn: »Keine Chance. Bruno Schwarzer gewinnt seit Jahren. Das Preisgeld lässt er stehen.«

»Und wie viel hat sich inzwischen angesammelt?«, erkundigte sich Estelle, die jetzt doch neugierig geworden war.

»1.500 Euro«, verkündete Judith triumphierend.

»1.500 Euro«, wiederholte Kiki. Ihrer Stimme war deutlich anzuhören, dass sie das für unfassbaren Reichtum hielt. Schließlich war es genau die Summe, die sie brauchten, um das Dach in Angriff zu nehmen.

Judith hielt eine Karte hoch: »›N°11. Viel Geld gewinnen‹, die Tageskarte von heute Morgen. Das kann nur bedeuten, dass wir eine Glückssträhne haben.«

»Und wenn es das Gegenteil bedeutet?«, erkundigte sich Caroline, die inzwischen begriffen hatte, dass jede Karte eine positive und eine negative Bedeutung haben konnte.

»Dann fällt man aus allen Wolken, weil man unrealistische Erwartungen hat«, antwortete Judith ehrlich.

»Ich habe diese Woche genug Schläge kassiert«, meinte Estelle. »Ich kann keine weitere Niederlage ertragen.«

»Diese ewige Schwarzseherei«, ereiferte sich Judith. »Wer weiß, vielleicht ist das Schicksal in Geberlaune. Wenn man nicht manchmal etwas bekommt, kann es einem auch nichts wegnehmen.«

»Wir brauchen so was wie einen positiven Schicksalsschlag«, übersetzte Kiki, die bereit war, jeden Strohhalm zu packen, der sich ihr bot. »Und einen sechsten Mann für die Mannschaftswertung.«

»Rico«, schlug Judith vor. »Der ist richtig gut.«

Estelle war mit Arthur öfter mal im Spielcasino in St. Moritz gewesen. Der Gedanke, um ihr Glück zu spielen, lag ihr nicht fern. »Bowlen ist auch nur lebendiges Roulette«, nickte sie.

»Fehlt nur noch Eva«, gab Caroline zu bedenken.

Sie sahen sich um. Eva war nirgendwo zu sehen. Ganz offensichtlich hatte das Nilpferd im Kopf gewonnen.

58

Eva fühlte sich wie ein dummes Kind. Sie wusste nicht, wohin mit sich und ihrer Peinlichkeit. Das Fiasko steckte ihr tief in den Knochen. Ihre Karriere als Ehebrecherin war zu Ende, bevor sie richtig anfangen konnte. Ihre erste große Liebe fiel ihr ein. Christof hatte er geheißen, und Eva war so alt gewesen wie ihre Jüngste jetzt. Mit zwölf waren sie beste Freunde. Sie teilten alles miteinander: Elternleid und Schulprobleme, Hausaufgaben, Taschengeld, Eis, Mad-Hefte, die erste und letzte Zigarette, Kaugummis. Gemeinsam schlugen sie Zweipfennigstücke platt, bis sie für fünfzig Pfennig durchgingen und in den Getränkeautomaten im Schwimmbad passten. Gemeinsam schämten sie sich zu Tode, als ihnen der Kantinenpächter am selben Tag eine Leckmuschel schenkte. Christof war ihr bester Freund. Bis sie mit fünfzehn auf einer Faschingsfeier rote Bowle aus einem Reagenzglas schlürfte und ihn aus Versehen küsste. Es kostete sie die Unbefangenheit und die Freundschaft. Eva war am Boden zerstört gewesen und ihre Mutter Regine der schlechteste Tröster der Welt. Ein einziger Kuss hatte damals genügt, das Band, das sie mit Christof hatte, zu zerschneiden. Ein einziger Kuss genügte jetzt, sie in ihre Teenagerjahre zurückzukatapultieren. Zum ersten Mal seit der Geschichte mit der Deckenplatte konnte sie klar denken. Wozu brauchte sie eigentlich Bücher über die Pubertät? Es reichte, die Spuren der frühen Verwirrtheiten bei sich selber zu suchen. Sie verstand auf einmal, was Frido jr. und Lene bewegte. Sie war keinen Hauch besser. Weder damals noch heute.

Während die Freundinnen im Gemüsebeet wateten, widmete sie sich der letzten DVD aus der Serie »Japanische Schocker«. Noch 46 Minuten, dann war der Film zu Ende, und sie hatte denselben Wissensstand wie Frido jr. Gerade empfing eine Frau einen Drohanruf: »Ich habe dich immer im Auge«, erklang es im Video. »Ich kann deine Angst riechen. Deine Zeit läuft ab.«

Danach folgte martialischer Gesang. »I'm gonna kill you«, hallte es durch die Gänge der Sandkrugschule.

Mit einem Knall flog die Tür auf. Caroline stand in der Tür.

Eva schrie auf: »Willst du mich umbringen? Ich bin schon so schreckhaft.«

»Was ist das?«, platzte Caroline heraus.

Eva rang nach Luft: »Der Film erzählt die Geschichte einer Anwältin, die auf dem besten Weg ist, einen Serienmörder im Prozess rauszuhauen«, presste sie mühsam hervor. »Und dann ist da dieser heimliche Zeuge, der sie bedroht. Weil er Angst hat vor dem Täter.«

Caroline war blass geworden. »Das ist einer von Fridos Filmen?«

»Er synchronisiert sie sogar selber«, nickte Eva. »Keine große Arbeit. Es gibt kaum Dialog. Mehr Massaker.«

»Spul noch mal zurück«, forderte Caroline sie auf. Beim zweiten Hören entdeckte sie noch mehr Versatzstücke, die sie von ihrem Verfolger kannte. »Mein anonymer Anrufer kupfert seine Drohungen wortwörtlich aus einem japanischen Splattermovie ab«, sagte sie entgeistert.

»Ganz schön einfallslos«, meinte Eva.

Doch Caroline interessierte etwas anderes: »Vielleicht gibt es einen Zeugen, der in der Sache Lenny Fischer noch nicht gehört worden ist. Und womöglich steht der auf Fridos Kundenliste.«

»Frido weigert sich, die Namen herauszugeben. Er nennt das Betriebsgeheimnis«, klagte Eva.

Caroline ließ sich davon nicht beeindrucken. »Möglicherweise kann man ihn damit überzeugen, dass seine Aussage helfen kann, eine Straftat aufzuklären …«

Eva zückte ihr Handy, wählte und hielt Caroline, noch bevor sich jemand melden konnte, den Hörer hin: »Frag ihn selber.«

Caroline durchschaute ihr Manöver sofort: »Hast du Angst, Frido sr. ist dran?«

Eva nickte betroffen. »Ich habe Angst, wie er reagiert. Kiki hatte recht: Es war nicht besonders klug, alles zu erzählen.«

Caroline widersprach energisch: »Besser, du besprichst das mit Frido als mit dem Scheidungsrichter.«

Eine halbe Stunde später hatte Caroline einen minderjährigen Mandanten für ihre Kanzlei gewonnen. Sie würde ihm in seiner Auseinandersetzung mit dem Erzbischöflichen Gymnasium beistehen. Im Gegenzug bekam sie seine Kundenliste. Als seine Anwältin unterlag sie selbstverständlich der Schweigepflicht.

In der Tür tauchte Kiki auf. »Und, was ist?«, fragte sie neugierig.

Neben ihr erschien Estelles Kopf: »Machst du mit?«

Eva hatte keine Ahnung, wovon die Freundinnen sprachen: »Wobei?«

»Beim Bowling.«

»Hilft das bei Beziehungsproblemen?«, fragte Eva.

»Bei deinen nicht. Aber vielleicht bei Kikis«, erklärte Estelle.

»Wir können doch gar nicht bowlen«, gab Eva zu bedenken. »Keine von uns.«

»Verloren haben wir schon«, verkündete Kiki fröhlich. »Jetzt können wir nur noch gewinnen.«

59

So etwas hatte Kiki noch nie erlebt. Fiebrige Aufregung hatte das Dorf erfasst. Auf der Hauptstraße, sonst Flaniermeile für Kühe und versprengte Dorfbewohner, herrschte Stau. In Birkow reichte ein falsch geparktes Auto, um den Verkehr dauerhaft zu blockieren. Beim Bauer Möller beschwerten sich die schwarzbunten Kühe laut im Stall, weil sie ihren angestammten Platz im Freien abtreten mussten. Da nicht genug Fremdenzimmer vorhanden waren, zelteten die angereisten Teilnehmer auf den Kuhweiden rund ums Dorf.

»Das Bowlingturnier ist offensichtlich das Woodstock von Birkow«, stellte Estelle nüchtern fest.

Überall herrschte hektische Betriebsamkeit. Improvisierte Getränke-, Grill- und Souvenirstände wuchsen aus dem Boden. Zusammen mit Judith schob Kiki Sonderschichten im Genossenschaftsladen. Auf den Bierbänken vor der Minol-Tankstelle herrschte buntes Treiben. Bei vielen Mannschaften gehörte ausführliches Vorglühen zur konsequenten Vorbereitung. Peggys nostalgischer Eierlikör fand gerührte Abnehmer. Erst nach drei Herrengedecken, so schien es, war die Betriebstemperatur erreicht, die eine optimale Beschleunigung der Bowling-Bälle zuließ.

Judith nahm schon mal die Konkurrenz in Augenschein: »Sportlich vorbelastet sind die nicht gerade«, raunte sie Kiki zu.

»Ich glaube, darum geht es gar nicht«, hielt Kiki dagegen.

Der Birkow-Cup ersetzte das jährliche Dorffest. Gesprächsthema Nummer eins war, ob man Bruno Schwarzer dieses Jahr als Bowlingkönig ablösen konnte. Der Jackpot war nur deswegen so hoch, weil Schwarzer Jahr um Jahr seinen Gewinn von 250 Euro stehen ließ. Sechs Jahre war er ungeschlagen. Die Dienstagsfrauen hatten sich vorgenommen, der Siegesserie ein Ende zu bereiten.

»Alles Gute für euch«, rief das Hamburger Ehepaar, das sie an der Tankstelle ablöste. Einmal zurück in der Sandkrugschule musste es schnell gehen. Kiki bediente sich an Max' Kleiderschrank und verteilte seine weißen T-Shirts als Mannschaftstrikots, die sie eilig mit dem Schriftzug *Dienstagsfrauen* verzierte.

»Drück uns die Daumen«, forderte sie Greta zum Abschied auf. Ingrid hatte sich noch einmal bereit erklärt, auf das kleine Mädchen aufzupassen. Greta war begeistert. Bei Ingrid durfte sie herrlich im Ton rummatschen und Teller bunt bemalen. Das gefiel Greta und tröstete sie darüber hinweg, dass sie nicht mitdurfte.

Zu Fuß machten sich die Dienstagsfrauen auf den Weg zum Bowlingcenter, das mit wehenden Fahnen und einem Willkommen-Transparent geschmückt war, offenbar von den Dorfkindern gestaltet. Woodstock war es dann doch nicht. Statt Jimi Hendrix begrüßte die örtliche Akkordeonband, die sich aus DDR-Zeiten gehalten hatte, die Teilnehmer und die Ankunft des Siegerpokals. Judith, auf deren Initiative das sportliche Engagement der Damen zurückging, wurde feierlich zum Kapitän der Mannschaft ernannt.

Es gab nur ein Problem. Sie waren keine Mannschaft. Rico fehlte. Immer noch.

»Wo ist Ihr sechster Mann?«, fragte der bullige Besitzer, mit dem sie schon bei ihrem ersten Besuch Bekanntschaft gemacht hatten. Mit jeder Faser seines Körpers strahlte das John-Wayne-Double Wichtigkeit aus. Schließlich war er der Oberschiedsrichter des heutigen Tages.

Kiki sah sich suchend um. Statt Rico betrat Bruno Schwarzer, sechsfacher Birkower Bowlingheld, in Siegerpose das Feld seiner größten Triumphe. Kiki begriff zum ersten Mal, wie schwer die Aufgabe sein würde. Selbstverständlich hatte Schwarzer einen maßgefertigten Bowling-Ball mit eingraviertem Firmenlogo, der vermutlich selbst mit der Gewinnsumme des heutigen Tages nicht zu bezahlen war. Er schob den Schiedsrichter einfach zur Seite und begrüßte sie überschwänglich: »Fräulein Kiki, wie schön, dass Sie teilnehmen.«

Sein Ton zeigte deutlich, dass er das neue Damenteam eher als Dekoration denn als ernsthafte Konkurrenz wahrnahm. Irgendwann würde Kiki ihm erklären müssen, dass sie keine Figur aus einer Operette war. Widerwillig gab John Wayne den Weg frei. »Wenn die zu fünft bleiben, sind die draußen.«

»Rico wollte noch etwas erledigen«, log Mannschaftsführerin Judith. »Er muss jede Minute hier sein.«

Die Erwähnung seines ehemaligen Kompagnons entlockte dem selbstbewussten Bauunternehmer ein mitleidiges Lächeln. Zu Rico hatte er eine dezidierte Meinung: »Bei dem weiß man nie genau, ob man ihn nüchtern, pünktlich oder überhaupt antrifft«, warnte er sein Fräulein Kiki.

Als amtierender Platzhirsch ließ er es sich dennoch nicht nehmen, die Damen zur Schuhausgabe zu geleiten.

»Wohltätigkeit hat immer etwas mit eigenen Opfern zu tun«, beklagte sich Estelle. Mit Todesverachtung roch sie an den Leihschuhen, die durch viele Vorgänger eingelaufen und durchgeschwitzt waren. Während sie noch klagte, nahmen die Freundinnen eine sportliche Haltung ein: Sie stretchten, dehnten und streckten ihre Körper und wogen schon mal die Bowling-Bälle in den Händen, um herauszufinden, welche Farbe wie schwer war. Selbst Eva versuchte es vorsichtig mit sportlicher Aktivität. Systematisch bereiteten sie sich auf die Partie vor. Alle. Bis auf Judith.

»Ich weiß, dass wir gewinnen«, verkündete sie. »Wozu die schweißtreibende Prozedur?«

Kiki stand vor der Vitrine und bewunderte die Kegelteller, Vereinspokale, Wimpel befreundeter Mannschaften und ein finnisches Mölkkyset. Eine Mannschaft aus Helsinki, so klärte Schwarzer sie auf, hatte das Spielset, bei dem die nummerierten Kegel so getroffen werden mussten, dass eine bestimmte Punktzahl erreicht wurde, als Gastgeschenk mitgebracht. Durchgesetzt hatte sich nur der provisorische Name Helsinki Club, so hatte man den nüchternen Ausschank zu Ehren der ausländischen Gäste getauft, nicht jedoch das Spiel. Das Rechnen hatte zu viel Zeit in Anspruch genommen. Da verließ man sich schon lieber auf die vollautomatischen Bowlingbahnen. Schwarzer öffnete die Vitrine, setzte die diesjährige Siegertrophäe dazwischen und verschwand. Der farbenfrohe und wild geformte Pokal war wie jedes Jahr von Töpferlegende Ingrid gestaltet worden. Selbst das Wort exzentrisch beschrieb das Tonungetüm nur ungenügend.

»So was würde sich gut vor meiner Haustür machen«, meinte Estelle. »Das Ding hält sicher auch böse Geister ab. Oder Verwandtschaft.«

»Fehlt nur noch Rico, dann ist der Pokal fast dein«, ergänzte Caroline.

Kiki fing an, sich ernsthaft Sorgen zu machen. Wo blieb er nur? Rico musste doch seit vielen Jahren darauf warten, seinem Erzrivalen Bruno eins auszuwischen. Leider besaß er nicht mal ein Handy. Ihnen blieb nichts anderes übrig als abzuwarten.

Caroline hatte sich in der Zwischenzeit in die Regeln vertieft: »Jeder Teilnehmer hat zwei Chancen«, verkündete sie. »In der Mannschafts- und in der Einzelwertung.«

Das Siegerteam wurde mit einer Minicruise Rostock-Helsinki auf einem Schiff von Finnlines belohnt. Kiki interessierte viel mehr der begehrte OBI-Warengutschein für den Einzelgewinner. Der Riesenscheck wartete griffbereit hinter der Theke. So nah. Und doch so fern.

»Ohne Mannschaft kein Einzel«, las Caroline aus dem Reglement.

Nervosität breitete sich bei den Dienstagsfrauen aus. Die ersten sechs Mannschaften begannen mit ihren Würfen. Kiki zuckte zusammen. Der Geräuschpegel war enorm. Die Discobässe hämmerten, die bunten Polyesterkugeln donnerten über das Holzparkett, die Pins knallten gegeneinander, Spieler jubelten und verzweifelten. Die Gläser klangen. Siegerlaune und Verzweiflung hielten sich die Waage. Der Alkohol trübte bei mancher Mannschaft zwar den Blick aufs Ziel, niemals aber die ausgelassene Laune.

»Das ist wie Karneval«, befand Estelle. »Man fühlt sich sofort zu Hause.«

Kiki begutachtete die Konkurrenz. Neben den Dienstagsfrauen spielte eine fröhliche Damentruppe in blau-weiß gestreiften Blusen und dunkelblauen Westen von Lidl mit, der Kindergarten war angetreten, die vier Söhne samt halbwüchsiger Enkel vom Möllerbauern, daneben die Küchentruppe vom Hotel am See und die Gemeindeverwaltung von Birkow. Nicht wenige Mannschaften waren extra angereist. Der Birkow-Cup hatte eine Strahlkraft in die weite Umgebung.

Die Dienstagsfrauen waren in der zweiten Runde an der Reihe. Sie sollten bei ihrem ersten Auftritt im k.-o.-System gegen die Silberlocken von der Schachvereinigung Mirow bowlen. Die Konkurrenz war hart. Vor allem, wenn man mit einem Spieler zu wenig antrat und Gefahr lief, disqualifiziert zu werden, bevor es überhaupt angefangen hatte. John Wayne hatte sie im Blick. Kiki wurde nervös, Caroline genervt.

Nur Judith blieb gelassen. »Wir gewinnen. Das sagen die Karten«, wiederholte sie. »Es kann nichts schiefgehen.«

Fraglich war nur, ob das Schicksal über ihren bevorstehenden Sieg informiert war. Vier Minuten vor dem Anpfiff, der hier sicher nicht Anpfiff hieß, fehlte Rico noch immer. John Wayne wackelte bedenklich mit dem Kopf. In seinen Augen blitzte die Entschlossenheit, Recht und Ordnung durchzusetzen. Für ihn war Bowling weder Sport noch Spaß, sondern Lebensinhalt und todernst.

Es ging los. Aus dem Augenwinkel sah Kiki die Gegenmannschaft bereits frohlocken. Die älteren Schachherren freuten sich sichtlich, gegen eine unvollständige und vollständig ahnungslose Damenmannschaft anzutreten. Caroline rechnete: »Wenn wir 90 Sekunden für je zwei Würfe brauchen, bleiben Rico 450 Sekunden, um hier aufzutauchen. Siebeneinhalb Minuten.«

Kiki blieb optimistisch: »Mit ein bisschen Recken zehn.«

Judith machte den Freundinnen Mut. »Das klappt. Ich weiß es. Worüber macht ihr euch Sorgen?«

Caroline machte sich als Erste bereit.

»Einfach mit zwei Würfen alle zehn Pins abräumen«, gab ihr Estelle mit auf den Weg. »Dann kann nichts schiefgehen.«

Die Mannschaften um sie herum feixten über die Damen, die kaum den Unterschied zwischen Bowle und Bowling kannten. Solche ahnungslosen Hühner konnte man als Gegner nicht ernst nehmen. Nicht mal unter Hobbyisten.

Caroline nahm den ersten Bowling-Ball. Kikis Blick flog zwischen den Schachfanatikern und der eigenen Bahn hin und her. Es krachte. Caroline schaffte acht Pins, Eva sieben, Judith zweimal die Bande. Vor Publikum und unter Druck zu spielen, machte sie nervös.

»Ich hatte schon immer Prüfungsangst«, gab sie zu. »Deswegen ist aus mir nie was Gescheites geworden.«

Niederschmettern konnte sie der Misserfolg dennoch nicht: »Wenn man die Gewissheit hat, am Ende zu gewinnen, ist es viel leichter, mit Niederlagen umzugehen«, verkündete sie.

Kiki schaute wie paralysiert zur Eingangstür, in der Rico jeden Moment erscheinen musste. Der Schiedsrichter zückte bereits den Rotstift, um die Dienstagsfrauen aus dem Klassement zu streichen. Estelle beförderte mittelprächtige sechs Pins in die Horizontale. Zufrieden war sie nicht: »Ist doch merkwürdig, dass mein Arm nicht das macht, was ich ihm befohlen habe.«

Aber wer tat gegenwärtig schon noch, was Estelle sagte?

Als Vorletzte war Kiki an der Reihe. Sie war als Einzige der Spielerinnen im kurzen Kleidchen angetreten. Sie hatte sich im Vorfeld keine Gedanken darüber gemacht, dass sie auf diese Weise womöglich unfreiwillige Einblicke gewährte. Aber das war ihr egal. Viel mehr beschäftigte sie, dass alle leichten Bowling-Bälle spurlos verschwunden waren. Die schachspielende Rentnertruppe, mit der die Dienstagsfrauen sich den Ballrücklauf teilten, vermied sorgsam jeden Blickkontakt.

»Wie soll ich mit den schweren Kugeln bloß treffen?«, jammerte Kiki.

»Kommt drauf an, ob du mit Kurve oder ohne spielst«, meinte Caroline, die sich gut vorbereitet hatte. Wenn auch nur theoretisch übers Internet.

»Mir würde es schon reichen, wenn die sieben Kilo mir nicht auf den Fuß fallen«, hoffte Kiki. »Mit oder ohne Kurve.«

»Wichtig ist, nicht in die Mitte zu zielen«, ergänzte Eva.

»Das ist wie im Leben«, meinte Estelle. »Knapp daneben kann immer noch der Hauptpreis sein.«

Kiki versuchte, Zeit zu schinden. »Was ist die beste Taktik?«, erkundigte sie sich.

»Mach den Kopf leer. Nicht zu kompliziert denken. Die beste Taktik ist, keine zu haben«, schlug Eva vor. Die Fußballmutter hatte reichlich Erfahrung darin, chancenlose Mannschaften anzufeuern. Wenn Rico nicht innerhalb der nächsten Sekunden in der Halle erschien, würde John Wayne sie aus dem Wettbewerb kegeln, und alles war verloren.

»Ich geb mir die Kugel«, witzelte Kiki, griff den schweren blauen Bowling-Ball, versenkte drei Finger in die Löcher und nahm Anlauf. Die Kugel entglitt ihrer Hand und machte sich nach lautem Aufprall auf ihren Weg Richtung Pins. Kiki wunderte sich, dass das schwere Ding kein Loch im Boden hinterließ. Noch verwunderlicher war, dass der Bowling-Ball sich überhaupt fortbewegte. Anstatt die zwanzig Meter zügig hinter sich zu bringen, schlitterte ihre

Kugel im Schneckentempo in Richtung seitlicher Rille. Dann das Wunder von Birkow: Kurz vor dem Desaster drehte der Bowling-Ball überraschenderweise bei und knallte in die Pins. Strike. Zehn auf einen Streich. Kiki konnte es nicht fassen. Wie hatte sie das nur hinbekommen?

Sie riss die Hände hoch, drehte sich um und erstarrte in der Bewegung. Da machte sich gerade ihr sechster Mann für den Wurf bereit. Kiki knickten beinahe die Beine weg. Da stand Max. Er war zurückgekommen. Viel früher als geplant. Kiki fiel ihm spontan um den Hals. Ihre unmittelbaren Reflexe wussten sehr viel mehr über den Zustand ihrer Beziehung als ihr Verstand. Weg war alle Verstimmung, jeder Vorwurf und schlechte Gedanke. Er war da. Das genügte. Kiki und Max küssten sich, als wollten sie niemals mehr voneinander lassen.

»Sexuelle Handlungen vor dem Wettkampf sind kontraproduktiv für die Konzentration und deshalb zu unterlassen«, warnte Eva.

Judith winkte John Wayne zu, der zähneknirschend den Rotstift weglegte. Die Spaßturniere, bei denen er alle Augen zudrücken musste, kosteten ihn den letzten Nerv.

Max löste sich aus Kikis Umarmung und drosch ohne zu fackeln neun Pins nieder. Nach der zehnten Runde waren die Schachspieler am Ende. Judith ebenfalls. Sie kam auf magere 70 Punkte. Meilenweit von der idealen Zahl von 300 entfernt. Kiki, beflügelt von Max' Anwesenheit, hatte vier Strikes. Während Estelle behauptete, dass die Kugel von Mal zu Mal schwerer wurde, lernte Kiki dank Carolines theoretischer Unterstützung mit jeder Runde dazu. Am Ende reichte ihre Punktzahl überraschenderweise an die von Bruno heran. Die Mannschaftswertung ging trotzdem verloren. Adé, Helsinki! Statt der Dienstagsfrauen würde sich die Lidl-Kassentruppe auf den Weg nach Finnland machen. Im Einzel war Kiki noch im Rennen. Sie war unter den letzten sechs, die noch die Chance auf den Gesamtsieg und den großen Scheck hatten. Kiki wurde von allen Seiten beglückwünscht.

»Ich bin ihr größter Fan«, verkündete Max jedem, der es hören wollte. »Schon immer.« Er glühte vor Stolz über das, was »sein Mädchen« alles schaffte.

Kiki war jetzt schon glücklich. Tagelang hatte sie sich vorgemacht, dass sie das Leben auch ohne Max bewältigen konnte. Nur wozu? Zu zweit fühlte sich alles sofort leichter an.

Mit der Anzahl der Promille wuchs die allgemeine Bereitschaft zur Verbrüderung. Dass alle Teilnehmer dieselben Schuhe anhatten, schien zum allgemeinen Wir-Gefühl beizutragen. Einig war man sich vor allem in einem: »Der Bruno ist fällig.« Dem Neuankömmling Kiki traute man alles zu.

»Schlag den Bruno! Darauf wartet die ganze Halle«, flüsterte Max ihr ins Ohr.

Das Signal zum Finale ertönte.

60

Es ging um alles. Die letzte Kugel. Die letzten Punkte. Kiki gegen Bruno. Bruno gegen Fräulein Kiki. Pin für Pin war sie dem Lokalmatador näher gekommen, bis sie irgendwann nur noch zu zweit im Wettbewerb waren. Der letzte Wurf würde entscheiden. Das Licht wurde gelöscht. Trommelwirbel. Dann Stille. Keine Discomusik. Keine Gespräche. Im Schwarzlicht leuchteten nur noch die Pins. Die Freundinnen nahmen Max in ihre Mitte. In der Halle war es mucksmäuschenstill. Alle warteten darauf, dass jemand den allmächtigen Bruno auf den zweiten Platz verwies und seine Alleinherrschaft beendete.

Kiki überlegte: Wohin sollte sie zielen? In die rechte oder die linke Gasse? Bruno legte vor. Und zeigte Nerven. Nur neun Pins. Das war ihre Chance.

»Leg sie flach«, flüsterte Estelle Kiki aufmunternd zu. Die Freundinnen drückten die Daumen.

Kiki konzentrierte sich. Sie visualisierte die fallenden Pins, so wie Judith es ihr geraten hatte. Zehn fallende Pins, und sie konnte den Dachschaden vergessen. Zehn Pins, und die Zimmer konnten fertig eingerichtet werden. Zehn Pins trennten sie vom Start ihres Bed & Breakfasts. Zehn Pins dafür, dass Max nicht immer und dauernd irgendwo anders arbeiten musste. Zehn Pins und ein halber Nervenzusammenbruch. Sie stolperte, hielt im Anlauf inne. Max zuckte zusammen. Kollektives Entsetzen ergriff das Publikum.

»Der härteste Gegner«, warnte Judith, »bist du selber. Versuch, den Kopf frei zu machen. Du darfst dich von nichts ablenken lassen.«

Caroline hatte ihr die richtige Haltung gezeigt. Rechter Fuß gerade nach vorne. Schultern nicht verdrehen. Das Zusammenspiel zwischen Fuß, Hand und Kopf musste perfekt funktionieren. Max begann rhythmisch zu klatschen. Die Dienstagsfrauen fielen ein, dann die ganze Halle. Brunos Siegerlächeln gefror zur Fratze. Er war sich seiner Sache nicht mehr so sicher.

Kiki nahm erneut Anlauf. Ein Schritt, zwei Schritte, ausholen, jetzt kam es drauf an. In diesem Moment ging die Saaltür auf. Das plötzlich einfallende Licht irritierte sie. Stoppen konnte sie nicht mehr. Im letzten Moment verzog sie. Nur ein winziges bisschen. Es reichte aus, die Niederlage perfekt zu machen. Nur acht Pins. Verloren. Aus. Der neue Sieger war der alte. Der schöne Gewinn verblieb auch in diesem Jahr im Pott.

In die entsetzte Stille tönte eine bekannte Stimme: »Bin ich zu spät?«, rief Rico. Eine Sekunde später war ihm klar, dass er seinem Ruf als Loser des Dorfes alle Ehre gemacht hatte.

»Tut mir leid«, entschuldigte er sich tausendmal. »Ich habe mich mit Peggy getroffen. Das war der einzige Moment, wo ich sicher sein konnte, dass Bruno uns nicht in die Quere kommt. Wir haben uns verquatscht.«

Max nahm Kiki in den Arm. »Für mich bist du die Siegerin.«

Kiki war sich da nicht so sicher.

61

So kurz vor dem Ziel. Und doch gescheitert. Judith war am Boden zerstört. Sie war es gewesen, die mit ihren Vorhersagen die Wiedervereinigung von Bruno und Peggy angestoßen hatte. Sie hatte sich selber ins Schicksal gepfuscht. Jetzt musste sie mit der Niederlage leben. Während drinnen die Party losbrach, machten sich die Dienstagsfrauen auf den Heimweg.

»Wo wollen Sie hin? Warten Sie!«, rief eine aufgeregte Stimme aus dem Hintergrund. John Wayne hatte sich höchstpersönlich aufgemacht, um sie aufzuhalten. Zu einem gelungenen Bowlingabend gehörte der passende Abschluss. »Jetzt kommt die Preisverleihung! Und dann spielt die Band.«

Kiki lächelte gequält: »Richten Sie Bruno meine Glückwünsche aus.«

»Sie wollen doch Ihren Preis abholen?«, wandte der Oberschiedsrichter ein.

»Ich habe etwas gewonnen?«, fragte Kiki.

»Sie nicht«, begeisterte sich John Wayne. »Aber Judith. Den Trostpreis als erfolgloseste Spielerin des Abends.«

»Ich habe es euch doch gesagt«, verkündete Judith mit matter Stimme. Ihre Prophezeiung stimmte. Nur fiel sie nicht so aus, wie sie sich das vorgestellt hatten.

Den nächsten Morgen läuteten sie mit einem Frühstück am Ostseestrand ein. Es war Kikis Wunsch gewesen. Sie hatte noch viel zu wenig von Mecklenburg mitbekommen. Schweigend starrten sie in einen Sonnenaufgang, den man problemlos für eine Postertapete hätte halten können. Die Ostsee schimmerte im frühen Licht des Morgens, die ersten Strandkörbe waren von hartgesottenen Pfingsturlaubern besetzt. Die Tage wurden spürbar wärmer. Die Dienstagsfrauen drängten sich auf die nagelneuen Strandlaken, genossen den heißen Kaffee und die mitgebrachten Brötchen. Judith hielt sich eine Pistole an die Schläfe und drückte ab. Wasser rann ihr über die Wange. Greta lachte sich kaputt. Sie war hochzufrieden mit Judiths Trostpreis: einem Strandset mit Kinderspielzeug. Gestiftet von Lidl. Zusammen mit Max schippte sie begeistert Sand und sprang in die Kuhle.

Plötzlich stimmte Kiki in Gretas Lachen ein: »Du hättest dein Gesicht sehen sollen, als man dir auf der Bühne den Preis überreichte.«

»Ich habe noch nie einen Blumentopf gewonnen«, gab Judith zu. »Ich war überwältigt.«

Dann wurde es wieder still. Gedankenverloren starrten sie auf das Meer. Am Horizont zog ein Passagierschiff mit Kurs auf die Insel Rügen seine schnurgerade Bahn.

»Nächstes Jahr gehen wir auf Kreuzfahrt«, schlug Estelle vor. »Nach Helsinki.«

»Von welchem Geld genau?«, erkundigte sich Kiki.

»Auf den großen Schiffen suchen sie immer Personal«, verkündete Judith.

»Ich könnte Schiffsarzt werden«, kicherte Eva.

»Garten umgraben«, schlug Estelle vor. »Da bin ich gut drin.«

Allgemeine Heiterkeit machte sich breit: »Estelle wird Hochseegärtner. Ich sehe dich schon auf Deck 7 Rasen mähen«, stellte Caroline sich vor.

Estelle verteidigte ihre Vision: »Irgendeiner muss sich doch um die Pflanzen kümmern auf den Schiffen. Die müssen auch mal umgetopft werden.«

»Und Oskar?«

»Auf der Queen Mary gibt es einen Hundezwinger. Und eine eigens eingerichtete Straßenlaterne«, wusste Estelle. »Da kommt dann ein schmucker Steward und führt ihn Gassi. Das wäre was für Max.«

Max konnte dem wenig abgewinnen: »Und abends schiebe ich reiche Witwen über die Tanzfläche. Sonst geht es euch gut, oder?«

Nein, ging es nicht. Denn die Probleme ließen sie auch hier nicht los. Estelles Telefon klingelte.

»Sabine«, stöhnte sie beim Blick auf das Display.

Seit Tagen hatte sie auf Sabines Rückruf gewartet. Jetzt, wo es so weit war, hatte sie Lust, ihr Telefon in der Ostsee zu ertränken.

»Nicht drangehen hilft nur bedingt«, meinte Caroline. Sie wusste, wovon sie sprach.

Estelle nahm ab. Viel sagen musste sie nicht. Nur zuhören. Und dann für die Freundinnen zusammenfassen: »Steiner hat Sabine gesagt, dass ich Bescheid weiß. Sie kommt heute Nachmittag«, berichtete sie.

Sie atmete schwer durch: »Ich bin bereit für den Showdown.«

62

Kiki hatte ihre Zweifel. »Und wenn es nicht klappt?« Sie hatte noch so viel erledigen wollen, bevor sie ihr Werk kritischen Investoren präsentierte.

Gemeinsam mit Max lief sie dicht am Meeresrand entlang. Die Fußabdrücke, die sie im nassen Sand hinterließen, wurden durch die Wellen sofort wieder weggeschwemmt. Vielleicht erging es ihr mit der Sandkrugschule ähnlich? Kiki war erleichtert, Max trotz aller Streitigkeiten an ihrer Seite zu wissen. Wenigstens musste sie sich nicht alleine der Konfrontation mit dem Stiftungsrat stellen.

Max nahm Kiki in den Arm: »Was macht es schon aus? Wir leben jetzt seit einem Jahr so. Wir halten es noch ein bisschen länger aus.«

Kiki antwortete nicht. Sie hatte nicht aufgepasst und war auf eine Qualle getreten. Barfuß. Das durchsichtige Gallert quoll zwischen ihren Zehen hindurch.

Angeekelt sah sie, dass die ganze Wasserlinie voll mit den toten Nesseltieren war. Glücklicherweise keine Feuerquallen.

»Wenn das mit dem Bed & Breakfast nichts wird«, schlug Max vor, »steigen wir in den Handel mit Quallen ein.«

Kiki war dabei, ihre Füße im Ostseewasser zu säubern. Das Wasser war eiskalt, das Gelee ebenso glibberig wie hartnäckig. »Prima Idee«, meinte sie. »Noch etwas, wovon wir keine Ahnung haben.«

»Du vielleicht«, widersprach Max. »Ich kann dir genau sagen, dass du gerade eine männliche Qualle zertreten hast.«

Kiki sah überrascht auf. Bei Max wusste man nie genau, ob er Witze machte.

»Diese vier Kreise, das sind die männlichen Geschlechtsorgane«, sagte er und wies auf ein unversehrtes Prachtexemplar. »Weibliche Quallen besitzen orangefarbene Larven in ihrem Inneren.«

Kiki starrte Max an, als käme er von einem fremden Planeten.

»Wir haben dem Hamburger Hotel einen maritimen Anstrich gegeben«, gab Max zu. »Wenn man Riesenquallen an die Restaurantwände projiziert, sollte man wissen, mit wem man es zu tun hat.«

Kiki war ein bisschen neidisch auf Max, seine Aufträge und die damit verbundene Auszeit vom Renovieren. Das hatte sie immer an ihrem Beruf gemocht: sich in neue Themen einzuarbeiten. Vielleicht sollte sie in die Designwelt zurückkehren, anstatt sich in Mecklenburg-Vorpommern abzustrampeln.

Max fiel nicht auf, dass Kiki ihren eigenen Gedanken nachhing. Er schwelgte in seiner Quallenidee: »In Asien ist der Handel mit Quallen für den Verzehr bereits ein Riesengeschäft. Wir müssen nur noch ein paar Fragen klären: Wie züchtet man Quallen? Wie muss man sie verarbeiten? Frittieren? Kochen? Roh essen?«

»Vielleicht hat dein Vater recht«, unterbrach Kiki. »Vielleicht ist es besser, wir gehen in die Stadt zurück.«

Max sah sie fassungslos an. »Nach Köln? Wo willst du da Quallen finden?«

Max versuchte, sie auf andere Gedanken zu bringen. Doch Kiki war es ernst. »Ich könnte wieder arbeiten.«

»Wir brauchen einfach ein bisschen mehr Zeit«, meinte Max. »Das wird schon.«

Kiki drehte sich zu den Freundinnen um, die mit Greta zurückgeblieben waren. Ihre Kleine hatte die Jeans hochgekrempelt und sprang gemeinsam mit den Dienstagsfrauen in die Kuhle. Der Wind zerzauste ihre Haare, sie strahlte. Das war das Bild, das sie vor Augen gehabt hatte, bevor sie herkamen. Sie hätte schon viel früher einmal ans Meer fahren sollen. Greta war glücklich, kein Zweifel.

»Wir sind sturmerprobt. Wir überleben auch eine Sabine«, machte Max ihr Mut. »Und zur Sicherheit bestellen wir schon einmal ein Buch über Quallen.«

Kiki ließ sich in seine Arme sinken. Vielleicht war es das, was sie an Max liebte. Er war einfach davon überzeugt, dass das Glück ihn nicht verlassen würde. Kiki hoffte, dass er auch in diesem Fall recht behalten würde.

63

»Geht's?«, fragte Caroline besorgt.

»Ich habe mich noch nie besser gefühlt«, sagte Estelle kampflustig.

Sie war bereit, sich mit allen Mitteln für den Fortbestand ihrer Stiftung einzusetzen: »Für ein Leben zwischen Geranien, Kreuzworträtseln und Seniorenstammtisch bin ich eindeutig zu jung.«

Von draußen verkündete Elvis mit schriller Stimme, dass die entscheidende Runde eingeläutet war. Sie waren zu zweit gekommen. Sabine hatte ihren Ehemann als Verstärkung mitgebracht. Arthurs Sohn Alexander sah trotz jugendlichen Alters so aus, als würde er jede Frau am liebsten mit »Küss die Hand, Madame« begrüßen, Sabine trug ihr Businesskostüm wie eine Rüstung. In der ländlichen Umgebung wirkten die beiden reichlich deplatziert.

Einen winzigen Moment hatte Estelle noch gehofft, ihr Mann wäre mitgekommen. Arthur machte Ernst mit seiner Ankündigung, den jungen Leuten keine Vorschriften zu machen, wie sie in ihren Aufgabengebieten zu agieren hatten. Konsequente Unternehmensführung nannte er das. Die Begrüßung fiel ausgesprochen unterkühlt aus. Estelle war klar, dass es um eine einzige Frage ging: Hatte die Stiftung im Weltbild ihrer Nachfolger Platz und Wertigkeit, oder suchten sie einen bequemen Grund zu beweisen, dass man besser ausstieg?

»Wir sind hier, um uns einen Überblick zu verschaffen«, sagte Sabine.

Alexander, der ganz nach seinem konfliktscheuen Vater geriet, hielt sich in der Auseinandersetzung mit seiner Stiefmutter vornehm zurück. Die Rollenverteilung war klar. Sabine war für die Fakten zuständig, Alexander als designierter Firmenerbe für die Entscheidungen.

Die Freundinnen beobachteten aus der Ferne, wie sich das Duell entwickelte. Den halben Morgen hatten sie am Ostseestrand debattiert, wie man den Besuch am besten gestaltete. Nach all den Streitigkeiten hatte es ihnen gutgetan, sich auf einen gemeinsamen Feind zu konzentrieren. Das Thema Thomas Steiner vermieden sie tunlichst. Allein schon wegen Eva.

Estelle war vorbereitet. Sie hatte für ihre Besucher zwei Overalls organisiert, zwei Paar Gummistiefel und Arbeitshandschuhe.

»Aus Papieren lernt man nichts«, erklärte Estelle. »Man lernt nur mit den eigenen Händen.«

»Ich glaube, du verstehst nicht, worum es geht«, fiel Sabine Estelle ins Wort. »Wir müssen Arthur vor sich selber beschützen. Die Zeiten sind anders geworden. Die Umsätze sinken, aber die Stiftung verursacht von Jahr zu Jahr mehr Kosten. Ehe er es sich versieht, hat Arthur sein ganzes Geld für Wohltätigkeit ausgegeben.«

»*Sein* Geld, ja«, erwiderte Estelle.

Alexander beobachtete konzentriert, inwiefern sich die Wolkenbildung in Mecklenburg-Vorpommern von der in Köln unterschied.

Sabine kämpfte weiter: »Man will seiner Familie doch

was hinterlassen«, zischte sie. »Was glaubst du, warum Alexander Pharmazie studiert hat? Um dann von vorne anzufangen?«

Ihre flackernden Augen bewiesen, dass sie genauso nervös war wie Estelle.

Alexander sagte gar nichts. Nach dem Himmel hatte sich sein Blick an etwas anderem festgesogen. Seine Augen glänzten vor Rührung, sein Gesicht verzog sich zu einem entrückten Lächeln. Kiki folgte seinem Blick, um herauszufinden, was ihn so faszinierte. Alexanders Augen waren starr auf den Traktor geheftet, der in der Einfahrt stand. Auf der Motorhaube prangte ein großes Schild: »Zu verkaufen«.

»Ich hatte früher alle Traktoren von Matchbox«, schwärmte er. »Traktoren und Feuerwehrautos habe ich gesammelt.«

Max nickte eifrig. Endlich jemand, der ihn verstand: »Genau wie ich«, rief er begeistert. »Angefangen habe ich mit der Nachbildung der Krönungskutsche von Queen Elizabeth. Die habe ich gegen 51 Traktoren getauscht. Mein Vater tobte vor Wut.«

Max hielt nichts von Formalia und Siezen. Wozu auch? Die beiden Söhne aus vermögendem Haus schien mehr zu verbinden, als sie im Vorfeld geahnt hatten.

Alexander nickte begeistert: »Ich hatte vierzehn verschiedene Ferrari-Traktoren. Aber die waren lange nicht so schön wie dieser.«

Sabine verdrehte die Augen. Alexander war nicht zu bremsen. Voller Ehrfurcht trat er an das grüne Ungetüm heran und streichelte zärtlich über das antike Blech.

Max wühlte aus seiner Hosentasche den Schlüssel hervor: »Probefahrt? Willst Du?«

Alexander konnte sein Glück kaum fassen: »Darf ich?«

Er war überwältigt von so viel Großzügigkeit: »Ich habe immer davon geträumt, mit so was zu fahren.«

In seinem teuren Zwirn, mit strahlend weißem Hemd, Krawatte und den Gummistiefeln, die er zur Sicherheit anzog, gab er eine merkwürdige Figur auf dem Führerstand ab. Es störte ihn nicht. Beim ersten sonoren Sprotzen des Motors hatte er längst vergessen, warum er nach Mecklenburg-Vorpommern gekommen war. Er hatte Tränen in den Augen. Ein Kindertraum wurde Wirklichkeit.

Sabine lagen solche Sentimentalitäten fern. Sie seufzte und kramte aus ihrer Aktentasche eine Mappe heraus. Obenauf lag der Bericht von Thomas Steiner. Wie üblich hatte sie sich Notizen gemacht und den Text mit bunten Anmerkungen und vollgekritzelten Post-its versehen. Sie war unfassbar tüchtig. Nur vergaß sie manchmal, dass zum Verstand auch das Herz gehörte.

Estelle legte ihr nahe, vor der Besichtigungsrunde den Overall anzuziehen: »Du willst dir das Kostüm doch nicht versauen?«

Sabine ging nicht darauf ein: »Das wird nicht nötig sein. Wir schauen uns schnell um, und dann fahren wir weiter nach Heiligendamm.«

Estelle vermutete, dass sie sich im Fünfsternehotel eingemietet hatten. Die Sparmaßnahmen galten offensichtlich nur für die Charityprojekte, nicht für die eigenen Bedürfnisse.

In Estelle begann es zu brodeln: »Die Besitzer arbeiten seit Monaten an dem Projekt, jeden einzelnen Tag. Da kannst du dir doch eine Stunde Zeit nehmen, dir das anzusehen.«

»Ich kenne die Zahlen, Estelle«, wehrte Sabine ab.

»Was sind schon Zahlen? Alleine sagen die nichts.«

»Dir vielleicht nicht. Sei froh, dass du nicht jeden Tag in der Firma die Bilanzen lesen musst.«

Estelle brachte den Overall zurück in die Scheune, von der aus Kiki das Geschehen beobachtete.

»Die macht mich fertig«, zischte Estelle. »Ich glaube, ich bin doch eher für Mord geschaffen.«

»Wenn's ums Erben geht, kann die Moral schon mal leiden«, flüsterte Kiki.

»Hier gibt es nichts zu erben«, meinte Estelle. »Ich habe vor, ewig zu leben. Bis jetzt jedenfalls.«

Im Hintergrund hörte man das Tuckern des Traktors und einen glückseligen Aufschrei von Alexander. Er benahm sich auf dem Fahrersitz, als habe er soeben unter Einsatz von Leib und Leben einen wilden Ochsen gezähmt.

Für Sabine zählten andere Dinge. Kopfschüttelnd lief sie über das Außengelände. Estelle war stolz auf das, was sie in den vergangenen Tagen mit den Freundinnen geschafft hatte. Die Hecken waren zurückgeschnitten, ein neuer Pfad zur Fischerhütte angelegt, die Bäume mit Ricos fachkundiger Unterstützung gestutzt, das Gemüsebeet angelegt. Für innen warteten sie immer noch auf die entscheidende Geldspritze, außen waren sie ein ganzes Stück weitergekommen: Überall leuchtete frisches Grün, hoben sich zarte Pflanzen aus der Erde und buhlten bunte Blumenrabatten um die Aufmerksamkeit. Sabine hatte nur Augen für das, was noch nicht stimmte, machte Minusstriche hier und Abstriche dort: »Haben sie einen Spielplatz? Einen Hobbykeller? Eine Computerecke? Sportanlagen?«, fragte sie.

»Das ist kein Sternehotel. Es geht nicht darum, etwas auf dem Silberteller fix und fertig präsentiert zu bekommen«, erklärte Estelle. »Es geht darum, dass man selber anpackt.«

»Das genügt keineswegs den Standards moderner Familienhotels«, sagte Sabine. Und dann nichts mehr. Das lag nicht daran, dass sie nichts mehr zu bemängeln hatte, sondern an Oskar, der sie neugierig beschnüffelte. Es tat seiner angeschlagenen Hundeseele offensichtlich gut, jemanden zu finden, der noch ängstlicher war als er selber. Sabine wich Schritt um Schritt zurück, bis sie mit dem Rücken zur Wand stand.

»Ich habe genug gesehen«, stammelte sie.

Estelle hatte sich in den letzten Minuten zusammengerissen. Jetzt platzte ihr der Kragen. »Weißt du was. Die Welt ist deswegen so schlecht, weil sich der liebe Gott vor allem um deine Karriere gekümmert hat. Da draußen sind Kinder, die noch nie richtig Urlaub gemacht haben. Denen ist es vollkommen egal, ob sie einen Flachbildschirm haben oder eine Sterneküche. Die wollen was erleben. Hast du mal eine Kuh umarmt? Oder ein Feuer gemacht? Ein Dreibein gebaut? Ente am Strick gegrillt? Oder den Garten umgegraben?«

Sabine schluckte schwer. Sie wollte nur noch weg. Aber da stand Oskar, der sich alle Mühe gab, gefährlich auszusehen.

Estelle hatte sich in Rage geredet: »Etwas kann falsch und richtig gleichzeitig sein. Ist dir das schon mal in den Sinn gekommen?«

»Hier gibt es nicht einmal einen Spielplatz«, wiederholte Sabine trotzig. »Was sollen die Kinder hier machen? Den ganzen Tag mit ihren Telefonen herumfummeln?«

»Internet funktioniert nicht. Jedenfalls nicht immer«, mischte sich Kiki aus dem Hintergrund ein und bekam dafür einen Rüffel von Caroline. Die beiden verfolgten jedes Wort der Auseinandersetzung.

»Sie sollen mithelfen«, erklärte Estelle. »Die Tiere versorgen. Gemüse ernten, den Garten bestellen. Die Kinder sollen neue Erfahrungen machen. Selber. Mit den eigenen Händen. Handarbeit. Falls du begreifst, was das ist.«

Sabine war nicht ironiefähig: »Du willst mich beleidigen, oder?«

»Wenn das die Bedingung ist, dass du dir mehr als zehn Minuten Zeit nimmst, den Laden anzuschauen, ja.«

»Ich bin doch nicht etwa zu spät«, tönte eine begeisterte Stimme im Hintergrund. Im Garten tauchte ein junger Bursche mit einer Kameratasche auf.

»Kommt ganz drauf an, was Sie wollen«, meinte Estelle. »Solange man noch aufrecht gehen kann, ist es selten zu spät.«

»Oh, Oh, Oh«, sagte der Mann und streckte Estelle freundlich die Hand entgegen. Er klang dabei wie Bruno Schwarzer, meinte aber etwas anderes: »Ole Olsen. *Ostseezeitung*. Ich komme für die Scheckübergabe.«

Er glühte vor Stolz über seine Aufgabe. Vermutlich war er Praktikant und sonst nur im Einsatz, wenn der berüchtigte Kanickelzüchterverein tagte.

»Welcher Scheck?« Estelle war irritiert. »Hast du den bestellt?«, wandte sie sich an Sabine.

In Estelles Kopf ratterte es. Hatte sie etwas überhört? Hatte sie Sabine falsch eingeschätzt? Wollte die junge Frau Heinemann den Besuch schnell abwickeln, weil die positive Entscheidung über das Projekt längst gefallen war? Estelle schämte sich.

»Das ist Sabine Heinemann vom Stiftungsrat«, stellte Estelle ihre Schwiegertochter vor.

Sabine hob schüchtern die Hand zum Gruß. Mehr traute sie sich nicht. Wer weiß, vielleicht würde Oskar jede Bewegung als Angriff missverstehen.

Jetzt war es Ole Olsen, der verwirrt war: »Das ist nicht die Dame, mit der ich telefoniert habe.«

»Das kann das Sekretariat gewesen sein«, erklärte Estelle. »Gisela Peters. Die kümmert sich um Presseangelegenheiten.«

Sabine hatte inzwischen hektische rote Flecken auf dem Hals. Sie tat Estelle fast leid. Vielleicht hatte sie wirklich eine Hundeallergie? Sie nahm sich vor, in Zukunft freundlicher zu ihrer Schwiegertochter zu sein.

»Es tut mir leid. Ich dachte wirklich, du kommst nur hierher, um alles runterzumachen. Ich verstehe, dass du nicht mit Gummistiefeln und Overall auf das Pressefoto willst.«

»Haben Sie den Scheck dabei? So einen großen?«, fragte Ole. »Oder wie sollen wir es machen?«

Sabine zeigte Heldenmut, überwand die Oskar-Front und nahm Estelle zur Seite. »Was soll das Theater?«

Weiter kam sie nicht im Text. Am Gartentor stand Peggy. In der Hand trug sie den überdimensionierten Scheck, den die Dienstagsfrauen gestern in der Bowlinghalle sehnsuchtsvoll angeschmachtet hatten.

64

Kiki wusste nicht, wie ihr geschah. Peggy war nicht alleine gekommen. Im Schlepptau hatte sie die Akkordeonband und eine ganze Reihe von neugierigen Dorfbewohnern. Ein paar der Lidl-Damen, zwei Schachspieler, die alte Frau Möller. Peggy setzte das um, was gestern Abend gemeinschaftlich beschlossen worden war. Da konnte John Wayne noch so sehr auf Regeln pochen.

»Das Geld steht schon seit Jahren da«, erklärte Peggy verlegen. »Es wird Zeit, dass etwas Sinnvolles damit getan wird.«

Kiki konnte ihr Glück kaum fassen. Wenn es positive Schicksalsschläge gab, dann fiel die unerwartete Wendung deutlich unter diese Kategorie.

»Rico hat mir erzählt, was Sie hier alles geschafft haben. Wir wollen den Preis für den guten Zweck spenden.«

»Und Ihr Mann?«, erkundigte sich Kiki.

»Er wird damit einverstanden sein. Wenn er es erfährt«, sagte Peggy in einem Ton, der Kiki erschaudern ließ.

Schwarzer hatte sich noch nie getraut, seiner Frau zu widersprechen. Er würde es auch dieses Mal nicht wagen.

Die Umstehenden applaudierten. Ole Olsen von der *Ostseezeitung* fotografierte. Die Dienstagsfrauen standen gerührt herum.

»Wenn Sie das Haus besichtigen wollen, Sie sind herzlich eingeladen«, lud Max alle Neugierigen ein.

Mit Begeisterung führte er die Altbirkower durch das Gebäude. Viele Dorfbewohner waren hier zur Schule gegangen und füllten die frisch renovierten Räume mit Geschichte und Geschichten. Sie erzählten von Lehrern, die noch mit Rohrstock argumentierten, von der Möllerhochzeit, die in einem Brand mündete, von Festen und Feiern. Lange hatte man nicht daran glauben mögen, dass das unkonventionelle Paar aus der Großstadt der Sandkrugschule neues Leben einhauchen konnte. Jetzt klang überall die Bewunderung durch für das, was Kiki und Max bereits verwirklicht hatten. Die Dorfbewohner hatten Antennen für das kleine Wunder, das Sabine bislang entgangen war. Während um sie herum die Erfolge beklatscht wurden, registrierte sie nur die Defizite.

»Das nächste Mal musst du mit, Sabine«, rief Alexander beseelt zu seiner Frau. Er kam von einer ausgedehnten Runde Traktorfahren zurück.

»Es wird kein nächstes Mal geben«, sagte Sabine beleidigt.

»Du musst noch viel lernen über das Glück«, antwortete Estelle.

Alexander nickte. Die Dienstagsfrauen ahnten, dass es in Heiligendamm eine lange Nacht voller Diskussionen werden würde.

65

Caroline war glücklich. Der letzte Abend wurde ein einziges großes Fest. Caroline und die Dienstagsfrauen improvisierten, wie sie das in den letzten Tagen häufig getan hatten. In Windeseile wurden die Tische aus der Aula in den Garten geschleppt, Windlichter und Lampions an einer Schnur befestigt, ein Podium für die Band geschaffen und die Minol-Tankstelle geplündert. Man musste die Feste feiern, wie sie fielen.

Im Garten der Sandkrugschule wurde getrunken, geplauscht, gelacht, geduzt, es wurde erzählt und Verbrüderung gefeiert. Und die Dienstagsfrauen mittendrin. Eva und Kiki sorgten für das Catering, Caroline gab den Bowling-Gewinnerinnen Tipps, wie sie mit ihrem übergriffigen Chef bei Lidl umgehen konnten, Judith vergab neue Wahrsage-Termine und Estelle rührte die Werbetrommel für »Ein Sommertag für alle«. Ein paar der Bowlingbrüder, die nach Turnier und Alkoholgenuss in Birkow hängen geblieben waren und nun zwischen Kühen zelteten, reservierten bei Max Zimmer für den Birkow-Cup im nächsten Jahr. Angelockt von dem ausgelassenen Treiben trafen ständig neue Dorfbewohner und Bowlingliebhaber ein. So wie in früheren Jahrzehnten war die Sandkrugschule an diesem Abend wieder das Zentrum des dörflichen Lebens.

Caroline begriff, dass ihre Mission trotz aller Rückschläge erfolgreich gewesen war. Es war vollkommen egal, was Alexander und Sabine entscheiden würden. Die Woche mit den Dienstagsfrauen hatte etwas gebracht, was mit keinem Geld der Welt aufzuwiegen war. Kiki und Max hatten die Unterstützung der Birkower gewonnen. Sie wurden von einer Welle der Sympathie getragen. Hier wuchs zusammen, was gemeinsam stärker war. Die ersten freiwilligen Helfer meldeten sich zur Stelle und zum Einsatz.

Ein Tusch riss Caroline aus ihren Gedanken. Die Akkordeonband spielte auf. Das Repertoire der flotten Rentnertruppe war seit Jahrzehnten unverändert: melancholische russische Volkslieder, Klezmermusik, viel Balaleika und Kalinka mit einer guten Prise Mitsingschlager. Die Klänge wehten weit über den Birkowsee. Caroline konnte nicht umhin, sich zu fragen, wie Steiner diesen Angriff auf die ländliche Stille gefunden hätte. Sie vermied jeden Blick zur leeren Fischerhütte und jeden Gedanken daran, wie sehr er sie hatte auflaufen lassen. Vielleicht sollte sie mit ihm sprechen? Wenn sie zurück war? Vielleicht konnte man noch einmal von vorne beginnen.

Der Eröffnungswalzer gehörte Kiki und Max. Beseelt drehten sie sich unter dem Nachthimmel von Birkow. Umstrahlt von glücklichen Gesichtern und bunten Lichtern. In ihrer Mitte trugen sie Greta. Caroline lehnte sich zurück. Zum ersten Mal hatte sie das Gefühl, dass Kiki, Max und Greta es schaffen könnten, echte Wurzeln in Birkow zu schlagen. Ihre gemeinsame Zeit in dem beschaulichen Dorf neigte sich jedoch dem Ende entgegen.

Um drei Uhr trafen sich die Freundinnen noch einmal in der Aula. Kiki strahlte von innen. Nachdem alle Gäste gegangen waren, waren die Dienstagsfrauen unter sich. Sie saßen in ihren Pyjamas da, ausgelaugt, aber glücklich, und löffelten eine einfache Tomatensuppe, die Kiki noch schnell auf den Tisch gezaubert hatte. Abschiedsstimmung hatte sie ergriffen. Am nächsten Morgen würden sie wieder nach Köln aufbrechen.

»Ich werde das vermissen«, seufzte Caroline. »Essen, das so schmeckt wie früher …«

»… Arbeit an der frischen Luft …«, ergänzte Judith schwärmerisch.

»Man muss nicht auf dem Land leben, um ein bewussteres Leben zu führen«, versuchte Kiki die Freundinnen zu ermutigen.

»Man denkt immer, man nimmt die Erfahrungen aus dem Urlaub mit in den Alltag und kann neue Ideen umsetzen, und dann wird doch nichts draus«, befürchtete Eva.

Caroline schüttelte den Kopf. »Das muss nicht so sein. Nicht automatisch.«

»Ihr kommt einfach wieder«, sagte Kiki. »In den Ferien. Hier gibt es in den nächsten zehn Jahren immer was zu tun.«

Caroline wollte gerade ein letztes Erinnerungsfoto aufnehmen, als sie bemerkte, dass eine Mail eingegangen war. Von Frido jr. Mit Anhang. Die Kundenliste. Schon beim ersten Überfliegen blieb ihr Auge an einem Namen hängen. Sie begriff sofort, dass sie ihrem Verfolger längst persönlich begegnet war.

66

Ein hektisches Frühstück, Koffer packen und dann ins Auto. Oskar hatte als Erster Platz genommen. Er freute sich sichtbar, so schnell wie möglich in seine großstädtische Heimat zurückzukehren. Eva konnte seine Begeisterung nur bedingt teilen. Es ging ihr alles zu schnell. Der Abschied von Kiki war emotional und tränenreich, die Fahrt nicht so lange wie erhofft. Schneller, als sie sich das gewünscht hatte, war Eva zurück. Ehe sie sich versah, hatte ihr altes Leben sie wieder. Zehn Stunden zuvor war sie noch in Mecklenburg-Vorpommern gewesen, jetzt stand sie ratlos vor dem Kleiderschrank in ihrem Schlafzimmer. Was sollte sie für ihr Date anziehen? Aus der Küche erschallte lautstarkes Gebrüll. Die Kinder versuchten, sich demokratisch auf die Speisefolge für das Abendessen zu einigen. Eva ließ sie mit ihrem Streit alleine. Sie hatte andere Probleme.

Was stand auf ihrer geheimen Liste? Sie wollte noch einmal erleben, wie es sich anfühlte, verliebt zu sein. Noch einmal Schmetterlinge im Bauch haben. Noch einmal so nervös sein vor einem Treffen, dass man den ganzen Tag nichts essen und denken konnte. Noch einmal vor einem großen gähnenden Loch stehen, das Zukunft heißt. Sich noch einmal an einer Schwelle wiederfinden, an der das

Leben in zwei Richtungen gehen kann. Eva bekam, was sie sich gewünscht hatte. Nur bekam sie es auf eine Art und Weise, die sie niemals vorhergesehen hatte. Der Mann, der sie so aufgeregt flattern ließ, hieß Frido und war ihr eigener Ehemann.

Am Abend würden sie zum ersten Mal zusammentreffen. Sie hatten sich auf neutralem Boden zum Essen verabredet. Eva war aufgeregt. Medizinisch gesehen kämpfte der Körper bei Nervosität ums Überleben. Der Grund für das rasche Herzklopfen war pure Angst. Hier ging es um das Überleben ihrer Ehe. Sie hatten sich in einem Schnellrestaurant am Rand der City verabredet. Eva hatte den Tipp von einer Kollegin bekommen, die ihr immer wieder vorgeschwärmt hatte, wie köstlich das Falafel dort war. Sie hatte es noch nie dorthin geschafft, obwohl sie es schon tausendmal versprochen hatte. Es schien ihr ein guter Moment, mit dem Nichtsmehraufschieben zu beginnen. Frido war direkt aus der Versicherung gekommen und der einzige Anzugträger in einem Umkreis von 400 Metern. Normalerweise begrüßten sie sich mit einer Umarmung. Heute hielten sie auf Armlänge Abstand. Frido hatte graue Strähnen im Haar. Wieso war ihr das eigentlich noch nie aufgefallen?

»Wo sollen wir hingehen?«, fragte Frido.

Eva bestand darauf, dass sie bereits da waren: »Es gibt Falafel«, erklärte Eva. »Sie haben drinnen Tische und Stühle.«

Frido schien zu überlegen, ob es in Birkow eine Hühnerkrankheit gab, die sich negativ auf den menschlichen Verstand auswirkte. Oder schlimmer noch: Vielleicht schlugen hier die Gene von Schwiegermutter Regine durch. Die war ein verrücktes Huhn und immer für eine Überraschung gut.

»Zwei Falafel und Ayran zum Trinken«, bestellte Eva. Das Getränk sah aus wie Bier, dem man alle Farbe entzogen hatte.

»Das ist Joghurt mit Wasser«, erklärte Eva, nachdem sie Fridos zweifelnden Blick bemerkt hatte. »Mit etwas Salz schaumig gerührt.«

»Und das schmeckt?«, wunderte sich Frido.

»Keine Ahnung, ich habe es noch nie getrunken. Deswegen habe ich es bestellt.«

Was hatte Caroline gesagt? Solange es Dinge gab, die man zum ersten Mal im Leben tat, hatte das Leben einen Sinn.

Frido schien wenig versessen darauf zu sein, neuerdings in einem Imbiss zu essen und Salzjoghurt zu trinken. »Ich hatte einen anstrengenden Tag«, beschwerte er sich.

»Wir können doch mal was anderes ausprobieren«, meinte Eva.

»Es gibt genug Premieren in meinem Leben«, wandte Frido ein. »Lene hat einen neuen Freund.«

Doch so meinte Eva das nicht: »Und was wird aus uns?«, fragte sie. »Wenn die Kinder aus dem Haus sind und Lene längst mit dem siebten Nachfolger ihres Freundes in die Welt zieht?«

Frido fügte sich in sein Schicksal. Schweigend biss er in sein Falafelbrot. Die Unterhaltung wollte nicht recht in Gang kommen.

»Warum fragst du nicht nach dem anderen?«, lenkte Eva vorsichtig das Gespräch in die entscheidende Richtung.

»Du bist zurückgekommen«, konstatierte Frido nüchtern.

Knoblauchsauce tropfte auf sein Hemd. Frido ließ sich

davon ebenso wenig irritieren wie von Evas Eröffnungen. Beziehungsprobleme diskutierte Eva besser mit den Freundinnen als mit ihrem eigenen Mann. Besonders gesprächig war Frido in dieser Hinsicht noch nie gewesen.

»Hast du jemals eine andere gehabt?«, fragte Eva neugierig.

Fridos Antwort kam klar und deutlich: »Eine Affäre? Nie. Wozu auch?«

»Ich auch nicht«, gab Eva zu. »Aber das war nicht mein Verdienst.«

Frido sah sie schockiert an. Eva war so deutlich, dass Frido zu einer Reaktion gezwungen war. Er stand auf.

»Kann man den Joghurt auch mit was anderem auffüllen?«, fragte er an der Theke. Konnte man nicht. Dafür gab es Dosenbier. Das brauchte er jetzt.

»Ich war damals auch nur zweite Wahl«, erinnerte er sich.

Eva wusste, dass er recht hatte. Frido hatte eine ganze Weile um sie geworben, bevor sie ihn überhaupt wahrgenommen hatte.

»Ich hätte dich am liebsten betrogen«, gab Eva ehrlich zu. »Und es war mir beinahe egal, mit wem.«

Frido schien auf Geständnisse keinerlei Wert zu legen. Er aß stur weiter. Oder war er einfach überfordert? Wenn er gewütet hätte, wenn er sie beschimpft hätte, vielleicht wäre es einfacher gewesen. So war Eva ganz auf sich gestellt.

»Das ist die Wahrheit«, wiederholte sie noch einmal.

»Ich bin mir nicht sicher, ob ich nicht lieber angelogen werden will«, sagte Frido. Er klang verzweifelt.

Ein Mann der großen Worte war Frido noch nie gewesen. Zu einer Trennung gehörten immer noch zwei. Frido schien im Moment nicht geneigt, daran mitzuarbeiten. Im Gegenteil. Er hatte nachgedacht: »Du wolltest schon lange mal zum Amazonas. Willst du das noch immer?«, fragte er fast schon schüchtern.

Es war seine Art zu sagen, dass er die Botschaft verstanden hatte. Eva lehnte sich zurück. Das war doch schon mal ein Anfang.

67

»Ich glaube, Eva und Frido schaffen das«, sagte Caroline.

Estelle nickte nur. Sie war außer Atem. Es war wieder mal Schleppen angesagt. Estelle hatte nach der Rückkehr Nägel mit Köpfen gemacht und bezog vorübergehend ein Büro in Carolines Kanzlei. Sie hatte nicht die geringste Lust, ihre Energie in einen Machtkampf mit Sabine zu investieren, den sie am Ende verlieren würde. Noch weniger Lust hatte sie, von den Entscheidungen des Apothekenimperiums abhängig zu sein.

Estelle sah sich stolz auf ihren acht Quadratmetern um: »Prima Geschäftsräume für eine Estelle-Heinemann-Stiftung.«

Sie würde nicht abwarten, ob und wie andere über ihre Arbeit urteilten. Ab jetzt würde sie in kleinerem Stil operieren und mit noch kleinerem Eigenkapital. Sie konnte selbst vielleicht nicht mehr so viel geben, aber Spenden zusammentrommeln konnte sie immer noch so gut wie vorher. Arthur hatte es nicht so recht verstanden. Aber er wusste, dass er seine Frau ohnehin nicht bremsen konnte.

Caroline sah nervös auf die Uhr. Die Freude, dass Estelle sich nicht unterkriegen ließ, wurde getrübt durch die Spannung, die in der Luft lag.

»Ich muss los«, sagte sie. »Sonst komme ich zu spät.«

Wenn Caroline richtig kalkuliert hatte, würde sie in ein paar Minuten ihrem Verfolger Auge in Auge gegenüberstehen. Sie hatte ein konkretes Ziel: die Imbissbude an der Vorseite des berüchtigten Schwimmbads, in der der Entführungsfall seinen Anfang genommen hatte.

»Pommes rot-weiß«, bestellte sie. »Und eine Cola.«

Sie hatte sich nicht getäuscht. Um Viertel nach sieben kam er an. Mit hängenden Schultern und roten Wangen schlufte er kraftlos auf den Kiosk zu. Als er Caroline bemerkte, drehte er sich sofort um und rannte so schnell wie möglich davon. Es half nichts. Bereits an der nächsten Ecke hatte Caroline ihn eingeholt. Er war eben nicht sehr schnell, der übergewichtige kleine Torwart vom SC Borussia Lindenthal-Hohenlind. Nur seine Schüsse waren wohl weit präziser, als er bei ihrem ersten Zusammentreffen auf dem Parkplatz behauptet hatte. Caroline hatte keinen Zweifel mehr daran, dass er ihr den Ball damals mit voller Absicht an den Kopf geschossen hatte. Sie hielt den zappelnden Jungen energisch am Oberarm fest.

»Ist es dir lieber, wenn wir das mit deiner Mutter und deinem Stiefvater klären?«, fragte sie.

Der Junge schüttelte ängstlich den Kopf.

»Ich will dir helfen, Dennis«, sagte Caroline.

Bei der Nennung seines Vornamens sackte der Junge hilflos zusammen. Dabei war es sein Nachname gewesen, der sie auf die richtige Spur gebracht hatte. Dennis hieß Jakubiak. Genauso wie die Freundin von Lenny Fischer, die ihrem Freund ein Alibi gegeben hatte. Frido jr. hatte seine japanischen Schockerfilme nicht nur an der Schule vertrieben, wie Krüger annahm, sondern auch auf dem Fußballplatz. Dennis war der Torwart seiner Mannschaft. Caroline hatte die Begegnung mit ihm rekapituliert. Jedes Detail.

Ein kleiner Gegencheck zeigte, dass sein Fußballtraining an dem Wochentag stattfand, an dem das kleine Mädchen aus dem Schwimmbad verschwand. Bei einer Wegstrecke von 15 Minuten zwischen Trainingsfeld und Imbiss musste er um die Tatzeit herum am Kiosk aufgetaucht sein. War er Zeuge geworden? So wie die Figur in Fridos Horrorvideo? Gehört hatte ihn niemand von den Ermittlungsbehörden. Warum auch? Niemand wusste, dass er nach dem Training heimlich an der Bude am Schwimmbad Pommes kaufte.

»Ich weiß nichts«, stammelte der Junge, dem sofort Tränen in die Augen schossen. »Ich weiß gar nichts.«

Caroline konnte sich lebhaft vorstellen, dass Dennis panische Angst vor jemandem wie Fischer hatte.

»Es geht um Lenny, nicht wahr? Den Freund deiner Mutter.«

»Sie sind doch auf seiner Seite«, brach es aus dem Jungen hervor. »Sie haben geholfen, dass er rauskommt. Sie sagen, dass er nichts getan hat.«

»Dem Gericht fehlt ein Zeuge, der das Gegenteil beweisen kann«, sagte Caroline.

Dennis biss so schwer auf seinen Lippen herum, dass Blut zu sehen war.

»Die Angst wird nie aufhören, wenn du nichts tust. Ich weiß das, ich habe nämlich auch Angst gehabt.«

Und dann erzählte sie ihm, was sie gefühlt hatte. Sie beschrieb ehrlich, wie die Angst dazu geführt hatte, dass sie sich mit ihrer besten Freundin gestritten hatte. Und mit einem Mann, der eigentlich ganz nett war. Weil sie vor lauter Angst nicht mehr klar hatte denken können.

»Die Angst macht alles kaputt«, sagte sie. »Ich weiß das aus eigener Erfahrung.«

Vermutlich hatte der Junge in ohnmächtiger Wut mit

dem Fußball auf sie geschossen. Der direkten Konfrontation war er nicht gewachsen. Und Lenny Fischer am allerwenigsten.

Der Junge schwitzte und zitterte.

»Sie sind für ihn«, wiederholte Dennis hilflos.

Caroline schüttelte den Kopf: »Ich bin dafür, dass die Wahrheit ans Licht kommt. Jemand muss wissen, was passiert ist.«

»Er macht mich tot, hat er gesagt«, schluchzte Dennis. »Und meine Mutter auch.«

»Wenn du dich nicht wehrst, wird es nie aufhören«, sagte Caroline.

Der Junge zweifelte an ihrer Aufrichtigkeit: »Sie erzählen ihm doch alles weiter.«

Caroline wies auf die Straße. Dort hatte ein Wagen angehalten. Eine junge Polizeipsychologin stieg aus. Caroline kannte sie aus einem Verfahren gegen einen jungen Serieneinbrecher und hatte sie speziell angefordert. Die junge Frau hatte wilde Haare, noch wildere Tattoos, ein Piercing und war auch sonst ziemlich cool. Jedenfalls in den Augen eines Vierzehnjährigen. Die Polizeikollegen, die sie begleiteten, hielten sich dezent im Hintergrund.

»Du kannst mit ihr sprechen«, versprach Caroline.

»Und meine Mutter?«

»Sie haben einen Wagen geschickt, um sie abzuholen. Ihr seht euch im Präsidium.«

Dennis bewies, dass er die falschen Dinge von seinem Stiefvater gelernt hatte. »Wenn Sie mich linken …«, schleuderte er ihr entgegen. »Ich mach Sie tot. Sie und Ihre ganze Familie.«

Caroline atmete tief durch, als der Junge nach vielem Hin und Her eine Stunde später in das Auto stieg. Sie hatte ihre Entscheidung längst gefällt. Rein rechtlich dürfte sie vor Gericht weiter für ihren Mandanten auf unschuldig plädieren. Solange sie nicht log oder ihren Mandanten anstiftete, aktiv zu lügen. Sie würde das Mandat trotzdem niederlegen. Sie wusste, die Presse würde ein zweites Mal über sie herfallen. Es war ihr egal.

Am nächsten Morgen wachte sie so erfrischt auf wie schon lange nicht mehr. Sie war befreit. Von Lenny Fischer und von ihrem Verfolger. Beschwingt brach sie zu ihrer morgendlichen Runde im Stadtpark auf. Die Nachrichten vermeldeten bereits die sensationelle Wendung im Fall Lenny Fischer. »Die bekannte Kölner Strafverteidigerin Caroline Seitz«, hörte sie, »hat noch in der Nacht das Mandat niedergelegt.«

Caroline zog die Stöpsel aus dem Ohr. Wie still es war, wenn einem niemand die Nachrichten des Tages ins Ohr flüsterte. Caroline lauschte bewusst auf ihre Umgebung. Vielleicht gelang es ihr ja, einen der Vögel zu identifizieren, die im Park den neuen Tag begrüßten. Sie blieb stehen und beobachtete einen Vogel, der in einer Baumkrone mit einem Artgenossen um das Revier stritt.

»Das ist ein Mauersegler«, sagte eine bekannte Stimme. »Mauersegler machen alles im Flug. Alles.«

Neben ihr tauchte Steiner auf. Einfach so. Aus dem Nichts. Wie im Film. Ungerührt fuhr er mit seiner zweiten ornithologischen Schulstunde fort, als wäre das das Wichtigste, was man jetzt besprechen musste.

»Am erstaunlichsten sind die Kolibris«, erklärte er. »Die können rückwärts fliegen. Das ist sehr praktisch, wenn mal was schiefgegangen ist. Dann kann man zurück, ohne das Ziel aus den Augen zu verlieren.«

»Was sind Sie? Philosoph?«

»Steuerfachmann«, gab Steiner zu. »Leider sehr hartnäckig.«

»Ist das Zufall?«, fragte Caroline.

Steiner schüttelte den Kopf: »Seit Tagen checke ich alle Routen, die Sie möglicherweise morgens nehmen könnten. Wenn Sie das Zufall nennen, von mir aus.«

Er war rückhaltlos offen, im Angriffsmodus. Wie immer. Caroline wusste nie genau, wie sie mit Steiner umgehen sollte.

»Trinken Sie einen Kaffee mit mir?«, fragte er.

»Sehe ich so aus, als würde ich mit jedem mitgehen?«, beantwortete Caroline seine Frage mit einer Gegenfrage.

»Nein«, antwortete Steiner. »Aber für mich machen Sie eine Ausnahme.«

Caroline zögerte. Sie hatte in den letzten Jahren jede Menge Mist gebaut. Aber man konnte nie wissen. Vielleicht hatte Kiki recht mit ihrem chronischen Optimismus: Das Beste kam noch. Morgen.

68

Es hupte. Schrill und durchdringend. Elvis, der so lautstarke Konkurrenz nicht gewohnt war, beschwerte sich mit empörtem Krakeelen über die Störung. Kiki und Max eilten auf den Hof. Sie waren da. Der erste Bus mit Kindern bremste auf der Hauptstraße vor der Sandkrugschule. Das Gerüst war verschwunden, der Schuppen erstrahlte in neuem Glanz, die Bäume in herbstlichem Rot. Es hatte noch ein paar Monate gedauert, bis alles fertig war. Ende September war es endlich so weit gewesen. Voller Überschwang umarmte Kiki den Jungen, der als Erster den Bus verließ.

»Willkommen in der Sandkrugschule.«

In der Gedankenwelt eines Vierzehnjährigen fiel die Umarmung deutlich in die Kategorie »ungewünschte Intimitäten«.

»Muss das sein?«, presste der Junge hervor.

»Ich darf das«, verkündete Kiki und herzte ihn gleich noch einmal. »Schließlich kenne ich dich schon dein ganzes Leben lang.«

Der Junge war Frido jr. Er hatte für seinen Hackerangriff auf das Schulsystem Sozialstunden aufgebrummt bekommen. So hatte Caroline das mit Krüger, dem Erzbischöflichen Gymnasium und seinen Eltern abgesprochen.

Frido jr. war als jugendlicher Betreuer der Kindergruppe eingesetzt worden. Gemeinsam mit Dennis. Der dicke Torwart grinste schief. Er war noch ein bisschen dicker geworden. Und weiß wie Kalk. Caroline hatte Kiki vorgewarnt, wie sehr der Prozess ihn mitgenommen hatte. Lenny Fischer hatte in der Revision zehn Jahre bekommen, seine Mutter einen Nervenzusammenbruch. Dennis war blass und verschüchtert. Ihre gemeinsame Hoffnung war, dass es Dennis guttun könnte, Verantwortung für andere zu übernehmen, die aus ähnlich schwierigen Verhältnissen kamen. Zehn Kinder stiegen aus dem Bus. Vorsichtig und misstrauisch.

Greta musterte die ersten Gäste neugierig. Auch die Hühner waren gekommen, um sich persönlich davon zu überzeugen, ob Gefahr und Kochtopf drohten. Man beäugte sich gegenseitig.

Eine halbe Stunde später hatten die Kinder ihre Unterkünfte bezogen, sich mit der neuen Hofkatze bekannt gemacht, einen Berg Brote vertilgt und die Overalls angezogen. Max hatte jedem Kind einen Hammer und einen Plastikbecher mit riesigen Nägeln in die Hand gedrückt. Es war noch so viel Holz übrig: »Vielleicht wollt ihr eine Hütte daraus bauen?«

Aus der Aula beobachteten Eva, Caroline und Estelle, wie die Kinder mit Feuereifer an die Arbeit gingen. Sie hatten es sich nicht nehmen lassen, Kiki zur Eröffnung persönlich zu gratulieren. Nur Judith fehlte noch. Seit ihrem ersten Aufenthalt kam sie regelmäßig nach Birkow. So regelmäßig, dass sie eine monatliche Sprechstunde in der Minol-Tankstelle abhielt. Und die war ausgerechnet heute länger ausgefallen als erwartet. Kein Wunder. Schließlich stand Judith mit Rat, Tat und offenem Ohr dem armen Schwarzer in der schwierigen Phase seiner Trennung von Peggy bei.

Die Dienstagsfrauen nahmen Kiki in ihre Mitte. Es war nicht perfekt. Es würde nie perfekt sein. Und das war perfekt. Jedenfalls für diesen einen Moment.

Mit Dank an:
Susanne Marian für ihre inspirierenden Dorfgeschichten.

Frank Scholtens, dessen Projekt im sauerländischen Stünzel mir vor Augen führte, was es bedeutet, ein altes Haus von den Toten zu erwecken.

Gesina für die zündende Idee zwischen Gängen und Blitzeinschlägen.

Dank an die wunderbaren Menschen bei KiWi, die sich mit Enthusiasmus meinen fünf Damen widmen. Mit euch im Rücken beantwortet sich die Frage, ob Autoren einen Verlag brauchen, von alleine. Dank vor allem auch an Iris Brandt, die gemeinsam mit Aleksandra Erakovic den Dienstagsfrauen den Weg über die Grenzen geebnet hat.

Und ein besonderes Dankeschön an meine Lektorin Kerstin Gleba. Die hat immer recht. Leider. Und Gott sei Dank! Schön, dich an meiner Seite zu wissen. Ich freue mich auf alles, was noch vor uns liegt.

Dank an Lotte für die musikalische Untermalung meiner Arbeit, Peter Jan für die liebevolle Rundumbetreuung. Und einen Dank an Sam, den schon mal die Frage beschäftigt, ob eine Autorin auch mal vor die Tür geht. Aber natürlich tut sie das. Und zwar jetzt ...

Anmerkungen, Kommentare, Lob, Kritik und alles andere gerne unter https://www.facebook.com/Dienstagsfrauen

Große Romane im kleinen Format – die Geschenkbuchreihe

Jetta Carleton
Wenn die Mondblumen blühen

Katharina Hagena
Der Geschmack von Apfelkernen

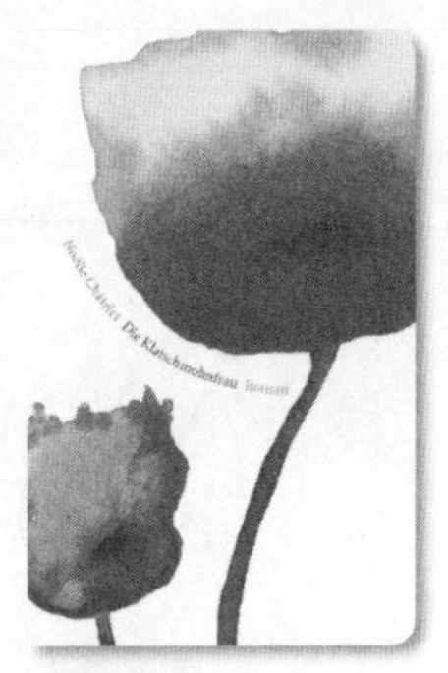

Noëlle Châtelet
Die Klatschmohnfrau

Monika Peetz
Die Dienstagsfrauen

Monika Peetz
Sieben Tage ohne
Die Dienstagsfrauen gehen fasten

Herrad Schenk
In der Badewanne

Alle Titel in bedrucktem Leinen mit Lesebändchen

Leseproben und mehr unter www.kiwi-verlag.de